遺跡発掘師は笑わない

縄文のニケ

桑原水菜

角川文庫
21417

遺跡発掘師は笑わない

縄文のニケ

The Nike of Jomon

主な登場人物

西原無量　天才的な宝物発掘師《トレジャー・ディガー》。亀石発掘派遣事務所に所属。
相良忍　亀石発掘派遣事務所で働く、無量の幼なじみ。元文化庁の職員。
永倉萌絵　忍の同僚。特技は中国語とカンフー。

丹波理恵　旧姓・多田。学生時代、無量の祖父の研究室に所属していた。
都築寛人　忍と同じ「鳳雛園」の出身で、中学高校時代の同級生。
多田透　理恵の四つ年上の兄。三十年以上前に行方不明となる。
森屋一心　新興宗教団体〝真道石神教〟の副代表。道心の息子。

森屋道心　新興宗教団体〝真道石神教〟の教祖。一年ほど前に死去。

ＪＫ　民間軍事会社ＧＲＭのエージェント。無量の能力に強い関心を抱く。

序　章

永倉萌絵《ながくらもえ》には「亀石《かめいし》発掘派遣事務所（通称カメケン）で働いていて良かった」と思えることが、ひとつある。

イベントや企画展の招待券が、たやすく手に入ることだ。

所長である亀石弘毅《ひろき》は、顔が広い。「人脈王」を誇るだけあって、博物館はもちろん美術館や各種シンポジウム、時には映画やコンサート、果てはプロ野球のチケットまで、どこからともなく入手できてしまう。

亀石自身はほとんど行かないので、「ご自由にどうぞ」ボックスに入っているチケットは所員が好きに使っていいことになっていた。

福利厚生は親会社にぶら下がり気味のカメケンにとって、ありがたい特典だ。

萌絵もたびたびお世話になっている。今、手にしているチケットも亀石がどこからか入手してきたものだ。

しかし——。

「……さすがに渋すぎただろうか」

十月の土曜日。上野《うえの》駅公園改札の前に、萌絵はいた。

休日の上野は大賑《おおにぎ》わいだ。上野動物園に行く親子連れや観光客が次々と改札からあふれ出てきては、公園のほうに向かっていく。

手にした招待券は、東京国立博物館の特別展のものだ。

奈良の興福寺《こうふくじ》にある有名な阿修羅《あしゅら》像がやってくるというので、巷《ちまた》で話題になっていた。だから、一応は人気スポットではあるのだが、よほどの仏像好きでもない限り、若い男女がすすんで来るところでもない。

「いやいや。これはあくまで仕事の一環で」

勉強に、ちょっとつきあってもらうだけだと思い込めば、誘うほうも気兼ねがない。

怪しまれることもない（多分）。

「……まだ来ない。遅いなあ」

待ち合わせている相手は、西原無量《さいばらむりょう》だ。

カメケンに登録している派遣発掘員で、弱冠二十三歳のエース発掘師《ディガー》だ。

萌絵が担当マネージャーを務めている。……あくまで「いまのところは」だが。

休日にふたりで遊びに出かけるような間柄かといえば、そうでもない。共に出かけること自体はないでもないが、ふたりきりは、ない。ほぼ、ない。たいてい、相良忍《さがらしのぶ》がついてくる。

相良忍は、萌絵の同僚男子だ。無量の幼なじみでもある。

三人で近所に呑《の》みに行ったり、出かけたりはちょいちょいある。三人で過ごすのは気兼ねがなく、楽しい。心地いい距離感でいられる安心感がある。だが、ある日、萌絵は気づいてしまったのだ。

これでは「仲良し三人組」のまま、年をとって、おじいちゃんおばあちゃんになってしまうのではないか。

いや。それ自体は、よいことだ。むしろ望むところだ。

――西原くんに彼女ができても？

悪魔の忠告をするのは、同僚女子のキャサリンだ。

――年頃の男子があんたみたいに呑気《のんき》なわけないでしょ。あんたがお友達に甘んじてる間に、あっというまに彼女ができるっつーの。いくら西原くんがオンナに疎くてオクテでも、その気にさせる可愛い女子が現れたら「はい終了」だよ。それでもいいの？

よくない。

それはまったく、よくないけれど。

――そもそも本当に、西原くん彼女いないか、確かめたの？

それは、確かめた。忍に。

――無量に彼女？　ははは。ないない。そんなのいないよ。

忍はあっさり否定した。信憑性《しんぴょうせい》は高い。なぜなら、たとえ無量が隠したところで、同居している忍が嗅《か》ぎつけないわけがないからだ。……まあ、忍が萌絵に嘘をついていなければ、の話ではあるが。

——なら、どうすればいいのかは、自分でしっかり考えるように。

キャサリンに言われて考えた結果が、いま萌絵の手にある二枚の招待券というわけだ。あくまで仕事の一環で、デートなどでは断じてない。という建前なのは、無量にドン引かれた時の予防線だ。そうでなくても、誘っただけで怪しがられた。

——忍は行かないの？

すぐこれだ。

だが三人ではだめなのだ。ふたりきりでないと意味ないのだ！　とも言えず、萌絵は「二枚しかないの」とごまかした。我ながら、あやうい嘘だ。本当は十枚あるし、なんなら事務所全員で行ける。

——だったら、忍誘えばいいじゃん。

確かに同僚だから距離感的には忍のほうが近い。仕事なら尚更《なおさら》だ。しかも無量はこういう場面でなぜかいつも忍を推してくる。

——あ……ああ……うー……ん、その日は忙しいみたいで。

口走ってから「ヤバイ」と思った。忍と無量は同居しているのだ。忍が「そんなこと聞かれてないよ」「暇だよ」と返せば、一発でばれる。

幸いなことに、無量は「ふーん」と反応しただけだった。

——別にいいけど？

素っ気ない。が、これが無量の「ＯＫ」なのだ。

かくして、待ち合わせ場所の上野駅公園改札に立っている次第だ。

「はー……。緊張する」

ふたりきりで出かけるのは別に初めてではない。派遣先ではよくあることだが、地元であえて休日に、というシチュエーションに何かを察して欲しいものだ。

が、一抹の不安がある。博物館というチョイスがあまりにガチ仕事っぽくて効果を半減させてしまうのではないか。

いや、そこは「中学時代からオトコを切らしたことのない」師匠キャサリンから伝授された技の出しどころだ。ほどよい密着感を生みだして「あれ？　私たち、なんかカップルっぽいよね」という空気をこちらから作ってしまうのだ。いつもは無量の隣を歩いても、ついつい微妙な間合いをとってしまうのだが、その空間がよそよそしさを生み出すのだ。あえて距離をつめ、寄り添う感じにもっていき、少々あざといがコケるふりでもして手をつかみ、あわよくばそのまま腕を……。

「あー……。むりむりむりむり……」

萌絵の脳内シミュレーションはいつもそこで頓挫《とんざ》する。それができるなら苦労はない。息をするように「いい雰囲気」にもっていけるキャサリンとは、そもそも地力が違いすぎる。

それにしても、遅い。時計を見ると、もう十分以上過ぎている。

改札を間違えたかと思い、メールを送ると、

「はあ？　もう〝博物館の入口にいる〟？　なんで先にそこ行っちゃうの！」

萌絵は舌打ちをして、信号が点滅し始めた横断歩道を慌てて渡った。


「遅かったね」

西原無量は、国立博物館のゲート前で待っていた。

萌絵は息を切らしてうなだれている。

「西原くん……私、改札口でってメールに書いてたよね」

「科博（国立科学博物館）の知り合いんとこに顔だしてたから。戻んのめんどくさかったし」

「めんど……。うん、まあ、そんなとこだろうなとは思ったよ。はいチケット」

「見ようとしてんの、あれ？　めっちゃ並んでるんですけど」

は？　と顔をあげてゲートの向こうを見ると、建物前には目を剝《む》くほどの長蛇の列ができている。

「二時間待ち！　って、なにそれ！」

阿修羅人気を甘く見ていた。

仏像界のアイドルを一目見ようと客が押し寄せているようだ。

「……並ぶのめんどい」

「あ、うん」

「俺、てきとーに他んとこみてっから、あんたひとりで見てくれば？」

「え！　見ないの、阿修羅！」

「そんなん別に奈良行きゃ見れるし。終わったらメールして。ぶらぶらしてるから」

これではなんのための招待券なのかわからない。とはいえ、二時間並び続けてまで見たい、という執念は、萌絵にもない。無量の言う通り、阿修羅像は興福寺にいけばいつでも見られる。

「わかったよ。他の見よ」


このマイペースぶりは、ひとりっ子だからなのか？

いや、それは原因ではない。そもそも正しい社会人生活を営んでいれば、ここまではならないはずなのだ。発掘調査の現場はチーム作業だし、仕事は破綻《はたん》させていないところをみると、ほどほどに周りと足並みを揃える術《すべ》は心得ているのだろう。

なのに、なぜ、萌絵相手にはそれができないのか。

こうまで振り回されるのは、自分がなめられまくっている証《あかし》ではないのか（今更だ）。

あきらめちゃだめ。と萌絵は自分を叱咤《しった》した。

いつもはここで心が折れるが、今日の萌絵はひと味違う。

無量との距離を縮めるためにきているのだ。

相変わらず無量は萌絵の少し先を歩く。早足なので正直、ついていくのでやっとだ。問題はこの微妙な距離感だ。

友人ならば何も問題はないかもしれないが、このままではいつまでも友人距離だ。キャサリンに忠告されたとおり、さりげなく間合いを詰めるのだ。この微妙な空間をなくしてしまうのだ。そうだ。武道だと思えばいいのだ。必要なのは間合いと呼吸。相手にそうとは気づかせずにじりじりと近づいて、一気にゼロ距離にもっていくのだ。さらにうっかりつまずくふりでもして、ここぞとばかりに……！

「つか、なんでそんな近いの？」

無量に冷たくあしらわれ、萌絵は我に返った。

「はっ。ひっ。いやそのこれは」

「ひっつかないでよ。暑苦しい」

「こ、混んでるんだから仕方ないでしょ」

「は？　人いねえし」

「もっと端寄って、端」

はいはい、と無量は離れた。これでは「いい雰囲気」どころではない。

思った以上に至難の業だ。

そうでなくとも無量は放っておくと、ひとを置いて、どんどん歩いていってしまう。足並みを揃えるという気遣いがないし、同行者の萌絵に「どこみてまわる？」と訊《き》く配慮もなく、自分の行きたいところに向かってしまう。優柔不断ではないところが美点ともいえるが、ついていくほうは先が読めない。

「待って、どこいくの？　常設展示みるなら、あっち……っ」

「こっちでいーの」

と無量が歩いていく先にあったのは、考古展示室だ。

そこには国内で発掘された貴重な出土品が多く展示してある。常設展示の部屋からは少し離れているので、客もあまり気に留めないのか、阿修羅《あしゅら》展の混雑が嘘のように、がらんとしている。

ガラスケースに並んでいる遺物は、石器から始まり、縄文土器、銅鏡、埴輪《はにわ》、鉄剣、勾玉《まがたま》、馬具……よりどりみどりだ。選《え》りすぐりの出土品の数々に、萌絵は興奮した。

「わあ。火焔《かえん》土器、かっこいい。この勾玉きれい……。翡翠《ひすい》かな？」

「あ、それ出したの、俺」

は？　と思わず萌絵は振り返った。

「これ発掘したの、西原くんなの？　だって重要文化財……っ」

「そっちの素環頭大刀《そかんとうのたち》も」

「え？　あれも？」

「そっちの冠も」

「まじですか」

確かに「大した当たり屋」（重要遺物や遺構をよく掘り当てる者を指す業界語）だと周囲からはよく言われているが、国立博物館に展示されるほどの遺物を、しかも複数発見していたとは……。

「ほら。こないだ出したのも展示してあんじゃん」

見れば、出雲《いずも》で出土した「青銅の髑髏《どくろ》」もあった。

萌絵は顔をひきつらせた。

「宝物発掘師《トレジャー・ディガー》……やばい」

「ちなみに、そこにある内行八花文鏡《ないこうはちかもんきょう》は、師匠が若い頃、沖《おき》ノ島《しま》で出したやつだから」

無量の師匠、鍛冶大作《かじだいさく》だ。

宗像大社《むなかたたいしゃ》の沖津宮《おきつぐう》がある沖ノ島は「海の正倉院」と呼ばれている。古代祭祀《さいし》遺跡からは沢山の遺物が発見されていて、発掘調査も行われていた。鍛冶がその調査に参加していたことは萌絵も聞いていたが、よくみると「国宝」の赤い二文字が燦然《さんぜん》と輝いている。

「もしやとは思うけど、西原くんが出した遺物も国宝になったりしたことは……」

「あるけど」

「うっ。そんなにさらっと……」

萌絵はますます顔がひきつった。

「自分が出した遺物が国宝になるって、どんな気分？」

「どんなもこんなも……。『へえ、アレそんなすごいやつだったんだー』くらいは思うけど、別に……」

「別にって、もっと興奮するでしょ。みんなにうらやましがられ……」

と言いかけて、萌絵は思い出した。

——別に掘り当てたヤツが凄《すご》いわけじゃない。同じとこ掘れば誰でも見つけられるし。

無量はいつも手柄も自分から否定してしまう。

それは祖父の捏造《ねつぞう》事件があったせいだと萌絵は知っていた。手柄などと誇ってはいけない。その過剰な自意識が、厄介な功名心と結びついて、祖父の過ちを招いたと思っているからだ。自戒なのだ。

「それにこういうとこに収まってるやつは、お行儀良くなっちゃってるし」

展示されている遺物は出土したときのままではない。土を落とし、洗浄して整理され、保存処理や復元作業の手も入る。ぴかぴかにされてライトを当てられ、行儀良くガラスケースに収まっている遺物を、無量は醒《さ》めた目で眺めている。

「やっぱ遺物は、土から顔出したばっかの時が一番新鮮だし、きれいだから」

「新、鮮……？」

「野菜とかと一緒。フレッシュでいい色してる。長い間、土に埋もれてたもんが空気に触れると、すぐに色も変わるし、生々しさがみるみるなくなる。どんな遺物も出たての時が一番、輝いてみえる」

発掘作業者ならではの言葉だ。萌絵も現場に行くことは何度かあったが、やはり土と直接触れあって作業する人間が一番、出たばかりの状態を知っている。その生々しさはおそらく記録写真では伝わらない。

取りあげを終えた後よりもずっと、遺物が生き生きとしている。それを目にすることができるのは、作業員の特権だ。

何百年、何千年も土に包まれていたものが剥《む》き出しになった瞬間の姿を、無量はそれこそ何千回何万回と見ているのだ。

「そういうの見れんの、最初に掘りあてた本人だけだから」

そう呟《つぶや》いた無量の横顔は、どこか誇らしげだった。

滅多に笑顔もみせない無量だが、まなざしが柔らかい。

「……そうそう。この勾玉。出たのが、夕立の後でさ。急にふってきたからブルーシートかけんのが遅れて、ぬかるんで泥だらけになっちゃって」

見つけた本人から直接、発掘エピソードを聞けるのは、なんと贅沢《ぜいたく》なことだろう。

周りにはそこそこ見学客がいたが、内緒話でもするように、無量は発掘秘話を聞かせてくれる。まさか最初に見つけた本人がここにいるとは誰も思わない。

一度話し出すと、無量の語りは立て板に水だ。

ふだんは口数少ないくせに、発掘のこととなると、熱を帯びてきて止まらなくなる。

無量にはそういうところがある。

もしかして、無量が萌絵を考古展示室につれてきたのは、自分の出した遺物がここにあると知っていて、ちょっと自慢をしたかったからではないのか。

きっと、そうだ。と萌絵は思った。

武勇伝なんて、滅多にどころか全くしない無量だ。

自己顕示欲など毛嫌いしていた無量が、こんなふうに自分語りできるようになったのは、少なくとも萌絵に心を許している証《あかし》ではないか。

化石掘りに夢中だった幼少時の無量も、きっとこんな感じだったのだろう。

「こっちの埴輪出したのは、大阪の博物館にいる川奈《かわな》さんって人なんだけど」

「それってこの間のシンポジウムに登壇してた川奈館長？　古墳研究の第一人者って」

「そう。師匠の同期。師匠の紹介で知り合って、何度か一緒に掘った」

「西原くん、あの川奈先生と知り合いだったの？」

「海外発掘にも一緒に行った」

鍛冶大作の弟子というので、考古学界の大物とも交流があるようだ。

陳列してある出土品を見て回っては、何らかの知人が関わっていると語る。やはり、ただの「作業員」なんかじゃない。「宝物発掘師《トレジャー・ディガー》」の異名はダテではない。

「わかってたけど、すごいんだね……。西原くんて」

「まあね」

相変わらず素っ気ないが。

こんなふうにさりげなく自慢してみせるなど、かつてはありえなかったから、萌絵は素直に嬉《うれ》しかった。出会った当時の「とりつくしまのなさ」を思えば、大進歩ではないか。

話は尽きず、ふたりは考古展示室でたっぷり二時間過ごした。

遺物たちとの出会いを語る無量のまなざしは、少年のようにひたむきだった。

＊

博物館を後にしたふたりは、上野公園を散策することにした。

上野大仏や清水《きよみず》観音堂、弁天堂などを拝観していると、それなりにデートのように思えてきて、萌絵はひそかに胸を高鳴らせていたが、無量はといえば、史跡見学の延長くらいの気分なのか、特に意識している様子もない。博物館でせっかく打ち解けた空気になったのに、またいつもの距離感に戻ってしまった。

されば、とばかりに、萌絵が再び間合い詰め作戦を決行すると、無量は身の危険を覚えるのか、すすっと離れてしまうのだ。まるで同極の磁石だ。おかげでじれったいくらいに距離が縮まらない。忍とは鳥のつがいみたいにいつも肩と肩をぴったりくっつけて、寄り添いあっているくせに、なぜ自分が近づくと離れるのだ。近づかれるのが嫌なのか？　やはり拒まれている？　脈ナシ確定？

などと悶々《もんもん》としながら、おみくじをひいたら、駄目押しの「凶」がでた。

「うわ……」

萌絵は大ショックだ。望みなし、と宣告されたようで絶望した。

「なにでた？」

「ひっ」

無量が横から覗《のぞ》き込んでくる。「凶」と知られた日には、ここぞとばかり、鬼の首でもとったように笑われる——と萌絵は覚悟したのだが、

「あー……。凶ってさ。引くとみんな、これから悪いことが起きるんじゃないかってびびるけど、そうじゃないんだと」

「へ？」

「運気が一時的に落ちてるから、いつも以上に足元を確認して、何事も石橋叩《たた》くみたいに念入りに、堅実にやる時期ですよって意味らしいよ」

萌絵は驚いた。小馬鹿にするどころか、凶を引いた時の心構えを教えてくれるとは。

「それ誰から聞いたの？」

「お寺のひと」

「謙虚になれってことかな？」

「ここが踏ん張りどころだから、浮かれんなってことでしょ。たぶん」

なるほど、と萌絵は飲み込んだ。焦らず、浮かれず、堅実に、か。欲望に駆られて恋愛テクニックめいたものに躍起になっていた自分を顧みて、猛省した。仏様はお見通し

なのだ。我ながら、らしくない。

らしくないといえば、無量も。ここぞとばかりに萌絵を小馬鹿にできた場面で、励ますみたいにフォローしてくれるなんて、優しいところもあるではないか。

気まぐれにしても、ちょっと何か変わってきた……？

「で、西原くんのおみくじは？」

「大吉。とーぜんでしょ」

謎の敗北感に苛《さいな》まれながら、やってきたのはアメ横近くの店だ。

萌絵が以前から狙っていた「レンコン専門店」に落ち着いて、ビールとレンコン料理を頼んだ。

「西原くんのその腕時計、初めて見る。買ったの？」

萌絵がめざとく無量の手首にあるデジタル時計を指さした。無量は、ああ、とレンコン揚げを口に運びながら、

「忍が誕生プレゼントにくれた」

「うっ。それ、もしかしてスマホアプリと連動するやつ？」

「そう。活動量も記録できるやつ。運動不足にならないようにって」

スマートウォッチというやつだ。無量は先日やっとスマホに買い換えたのだが「なら、ついでにこれも」と忍が買ってくれたという。ガラスコーティングされたスタイリッシュな造形は、見るからに最新機種で、値段も安くはないはず。

現場でうずくまって作業していると体が固まりがちだ。土運びでもして活動量を増やさないと、あっというまに筋肉がなまる。忍の兄心だ。

萌絵は思わぬところで、また差をつけられてしまった。

「そ、そっか……。さっそく使ってるんだね」

「こんな感じで脈拍なんかもとれて、血圧も……」

無量は自慢げに操作してみせる。ジョギングが日課の無量は、距離や速度もはかれる上に日々記録できるので重宝しているという。

「面白いから毎日使ってる」

「そっか。いいなあ」

「まあね」

「はあ。かっこよすぎて、ちょっと渡しにくくなっちゃったかも」

「なにを？」

萌絵はバッグからギフトラッピングされた箱を取りだし、差し出した。

「はい、これ。私からもバースデープレゼント」

え？　と無量は顔をあげた。萌絵は箱を押しつけると、取り繕うようにビールのジョッキを一気にあおった。

「……は、はは。そんな高いものじゃないから期待しないでね」

無量は目の前で開け始めた。

「……手袋」

いつも無量が右手にはめているような革手袋だ。黒いシンプルなデザインを愛用しているが、表面がだいぶ擦り切れていた。萌絵のプレゼントは縫い目の青い糸がさりげなく洒落《しゃれ》ていて、大人っぽさもあるスマートなデザインだ。素材も柔らかくて、ごわつきのないものにした。

「……お、お気に入りのブランドとかあるだろうから、気に入らなかったら、使わなくてもいいから」

日常、身につけるものをプレゼントするのは、結構勇気がいるのだ。

無量は萌絵の手袋に手を通した。何度か、グーパーを繰り返し、感触を確かめた。

「……悪くないし」

「ほ、ほんと？　サイズあってる？」

「うん。そのうち使うわ。サンキュー」

萌絵はほっとした。安堵《あんど》したついでにビールを飲み干した。

「今日はありがとね、付き合ってくれて。阿修羅《あしゅら》は見れなかったけど、阿修羅以上に見《み》応《ごた》えあったよ」

「阿修羅はまた忍と行けばいいじゃん」

唐突に、無量が突き放すように言った。そっぽを向いて、

「だって、ほんとは忍と行きたかったんでしょ」

「え、え、え……？」

「俺はどーせ忍の代行なんでしょ。いっつも」

萌絵は目を丸くして絶句していたが、やがて、はっと気づいた。

——相良さん、その日は忙しいみたいで……。

ごまかすためについた嘘で、無量はどうやら「自分は二番手」だと勘違いしてしまったようだ。萌絵は頭から冷や水をぶっかけられた気がした。

「ちがう！　ちがうよ！」

「いーよ、ムリしないで」

「そうじゃなくて、初めから西原くんの誕生日祝いするつもりで誘ったの！　西原くんと来たかったの。本当だってば！」

するとそっぽを向いていた無量がちらっとこちらを見た。

「なら、ここ奢《おご》り？」

「も……もちろん」

にや、と無量は笑って、嬉々《きき》としてレンコンをつまみはじめた。

「なら遠慮なく食うわ。あー、ナマおかわりくださーい！」

無量は言葉通りに次々と追加注文を重ねていく。予算オーバーは目に見えていて、萌絵は冷や汗ものだったが。

あれ？　要するに拗《す》ねてたのかな？

優先順位が、一番でないことに拗ねていたのかな？

そう思ったら無量の距離感の謎もとけ、萌絵は嬉《うれ》しくなってしまった。それはつまり自分を優先してほしいという無量の気持ちの表れで……。

それってつまり……。

いやいや、と萌絵は手綱を引いた。だからって脈アリってことでは全然ないが。

テーブルいっぱいのレンコン料理を挟んで、いつものやりとりが始まる。「いい雰囲気」とまではいかないが、美味《おい》しいものを食べて気兼ねなく話せる時間はなにものにも代えがたい。

どんな発掘をしてきたかは教えてくれるようになったけれど、どんなひとを好きになってきたかは、なかなかその口から聞くことはできない。聞くのもちょっと怖いが。

本当は踏み込んで知りたいこともたくさんあるけれど、無理に踏み込むと、またさっきのようにスッと距離を置かれてしまいそうだ。だから、少しずつ少しずつ、知って理解していく。

無量にはもう次の派遣現場が決まっている。

発掘調査の期間は、三週間。

出発は、明後日《あさって》だ。

「……〈革手袋《レザーグラブ》〉はどうやらアメ横の店に落ち着いたようだね」

萌絵と無量が上野で呑《の》んでいる頃、相良忍はお台場《だいば》のホテルにいた。

最上階にあるフレンチレストランで食事を取りながら、目の前にいる欧米人の男が、にこやかに言った。

＊

「食事デートかな。僕らと一緒だね。サガラ」

「一緒、というのは語弊がありますよ。ミスター・ケリー」

忍の目の前にいて、フォークとナイフを動かしているのは、ジム・ケリー。通称ＪＫ。米国の民間軍事会社グランド・リスク・マネジメント社（ＧＲＭ）の職員で、総合コンサルタント部門に所属している。

トレードマークの無精ひげも今日は剃《そ》り、金髪を整えてスーツを纏《まと》うと、いっぱしのビジネスマンに見える。甘いマスクに青い瞳《ひとみ》が映えて、周りのテーブル席につく女性の注目を集めている。忍はナイフとフォークを皿に置いた。

「……こんなことして。プライバシー侵害だと訴えられたら言い逃れできませんよ」

「あのスマートウォッチはＧＲＭ社の特別製さ。位置情報まで発信してることは、つけている本人にはわからないし、まして逐一データが我々のもとに飛んできているとは思うまい」

忍は憂鬱《ゆううつ》そうに溜息《ためいき》をついた。

「……気が咎《とが》めるかい？　サガラ。でもこれが君の仕事だからね」

「わかってますよ」

無量にプレゼントしたスマートウォッチは、無量の身体データをとるためのものだ。脈拍から血圧、体温といった基礎データがリアルタイムでGRM社の端末に記録される。健康管理の名のもと、少なくともそれをつけている日中は無量の活動を管理できるというわけだ。〈革手袋《レザーグラブ》〉とは無量を指す暗号名《コードネーム》だった。

「これでも苦肉の策なんだよ。君がなかなか本部に連れてこないからだ。こうやって少しでも〈革手袋《レザーグラブ》〉のデータを取って送らないと本部がうるさいからね。君も給料泥棒呼ばわりされないですむ」

「一発掘作業員の健康管理までしてくれるとは……。GRMの面倒見のよさには脱帽ですよ」

「日常データを取っておかないと、いざ、彼がミラクルを起こした時、その肉体の仕組みが解明できない」

ＪＫは窓から見えるレインボーブリッジの明かりを眺めて、ラム肉を頬張った。

「〈革手袋《レザーグラブ》〉の右手が土の中の遺物に反応する仕組みを科学的に解明することも、我々の仕事だ」

「解明などしてどうするんですか。ネイチャーにでも発表すると？」

忍が慎重に問いかけると、ＪＫはニヤリと笑い、赤ワインのグラスを指の間に挟んで持ち上げた。

「……我々は民間軍事会社だよ。学問をしてるんじゃない。商売だ」

「無量のデータを商売に使うというんですか。いったい、なんの」

「それは……まあ、いずれわかるよ」

フルボディの赤ワインは、ダウンライトを受けて鈍く輝いている。キャンドルを映す青い瞳が、まっすぐに忍を見た。

「それより、そろそろ次の発掘調査が始まるね。彼がミラクルをキメるいいチャンスだ。もちろん君もついていくんだろ？」

「……ずっと張り付いてはいられませんがね」

「まあ、何かと口実をつけて目を離さないでくれよ。身体状態の変化と位置情報だけじゃ、肝心のミラクルを見逃すかもしれないからね」

忍は暗い眼差《まなざ》しでＪＫを睨《にら》みつけている。その広い肩越しに点滅する、遠くの高層ビルの航空障害灯が、不穏を知らせるシグナルのようだ。

ＪＫは青い瞳を細めると、不遜《ふそん》に微笑んだ。

「それで、次の現場はどこなんだい？」

「……。諏訪《すわ》です。長野県の」

「諏訪」

　ＪＫはパッと顔を輝かせた。

「それは面白い。実に面白いところだね」

「ええ……。まあ」

「宝物発掘師《トレジャー・ディガー》があの諏訪を掘るのか……。ふふ。これはなかなか見ものだ。次は何を掘り当てるのか、期待しているよ。サガラ。僕は高みの見物を決め込もう」

　忍は苦々しい表情になって、赤ワインを一息に飲み干した。ふくよかな芳香のあとで、なんともいえない渋みが舌に残った。

　高速道路をいく車列のテールランプと、無数の航空障害灯が窓の向こうに蠢《うごめ》いている。華やかな湾岸の夜景を、黒い海が、鏡のように映している。

　ＪＫはまたナイフを手に取ると、ラム肉を器用に骨から刮《こそ》ぎ落とし始めた。

第一章　縄文の王国

この時期の八ヶ岳《やつがたけ》は、もう紅葉に彩られている。

十月ともなれば、山の季節は晩秋だ。朝晩は空気もひんやりとして、薄いダウンが欲しくなる。

長野県諏訪《すわ》郡富士見町《ふじみまち》は八ヶ岳の麓《ふもと》にある。

八ヶ岳連峰は長野県と山梨県の県境にそびえる、南北三十キロにわたる大火山群だ。富士見町はその西南端の麓にあって、標高千メートル。

高地の現場は、無量《むりょう》も久しぶりだった。

「わ……。すご……」

駅から出ると、正面には南アルプスの峰々が、手前にある低い山並みから身を乗り出すように顔を覗《のぞ》かせている。山頂付近の雪の白さが際立っていて、大迫力だ。

それと向かい合うように、背後には八ヶ岳のなだらかな稜線《りょうせん》が腕を広げている。連峰の一番端っこを仰ぎ見る形になるので、八ヶ岳の全容は見えない。南端である編笠山《あみがさやま》・三《み》ツ頭《がしら》・権現岳《ごんげんだけ》が仲良く頂を並べ、まるで三ヶ岳だ。

南へと目を転じれば、遠くに横たわる甲州御坂《こうしゅうみさか》のあたりの山塊が、門のように開いたところに、驚くほどくっきりと白い三角錐《さんかくすい》が佇立《ちょりつ》する。霊峰富士《ふじ》だ。素晴らしい眺めだ。南アルプスと八ヶ岳、富士山を三方に望むこの一帯は、まさに「山々に抱かれた」という表現がふさわしい。

「空気もうまいし」

「ああ。高原の現場だな」

キャリーケースを引きながら答えたのは、相良忍《さがらしのぶ》だった。今回マネージャーを務めるのは珍しく萌絵《もえ》ではない。萌絵は別件の会合があり、ついてこられなかったのだ。

「季節もいいし、さわやかだね。少し肌寒いけど」

野外作業者としては、やはり環境は大事だ。ほんの二ヶ月ほど前まで派遣されていた鷹島《たかしま》の海とは真逆といえる。

高原の里にはコスモスの花が風に揺れていて、車もほとんど通らない。紅葉し始めた山は彩り豊かで華やかだし、ひなびた雰囲気がまた、よい。

坂の向こうに現場が見えてきた。プレハブ小屋の前に人だかりがある。

「おはようございます。亀石《かめいし》発掘派遣事務所の相良です」

「西原《さいばら》です。今日からお世話になります」

迎えてくれたのは、今回の発掘調査を仕切る諏訪《すわ》大学の穂高幹生《ほたかみきお》准教授だった。

「待ってたよ、宝物発掘師《トレジャー・ディガー》。三週間、よろしく頼みます」

穂高幹生と無量は、面識がある。以前、師匠の鍛冶《かじ》を通じて一緒の現場に入ったことがあった。縄文時代を専門とする考古学者だ。五十代半ばで、丸メガネにちりちりの天然パーマがトレードマーク。無量を指名したのも、この穂高だ。

「こちらは助手の入来始《いりきはじめ》くん」

「入来です」

頭を下げたのは、二十代半ばとみえる男性だ。無量と同じくらいの背丈で、真ん中分けの黒髪にどんぐり眼《まなこ》がぱっと目を惹《ひ》く。諏訪大の院生で、穂高のもとで鍛錬中とのことだった。

「穂高先生はこちらは長いんですか」

「ああ。このあたりの発掘には僕も学生時代からたずさわってきたので、庭みたいなものです。今回の発掘は、有名な藤内《とうない》遺跡以来の期待がかかってる。……ああ、ほら。もうきてるよ。取材のひとたち」

視線を転じると、テレビクルーと思われる人たちが、プレハブ小屋のそばでカメラの支度をしている。

「なんすか、あれ」

「地元テレビ局が密着取材するそうだ。縄文フェスティバルの一環で」

ひどく浮かれたネーミングに、無量は「は？」と訊《き》き返した。

「お祭りでもするんすか」

「うちとお隣の茅野《ちの》市、原村《はら》、諏訪市が中心になって、縄文遺産で地元を盛り上げるイベントをするそうだ」

「縄文遺産でイベント……って」

「この一帯は縄文王国とも呼ばれてる、いわば縄文時代の大都会だからね」

穂高は誇らしげに胸をはり、発掘準備中の現場を振り返った。

「八ヶ岳の西南麓――いわゆる諏訪地方にはたくさんの縄文遺跡がある。それを大々的にPRして県外からも大勢ひとを呼びこもうというものだ。お隣の茅野市にある尖石《とがりいし》縄文考古館の『縄文のビーナス』は見たかい？」

「いえ」

「国宝だ。縄文中期の女性形土偶。ゆるキャラにもなってるよ」

「土偶で町おこし、っすか……」

「実は無量。僕らもそのフェス、一枚嚙《か》んでる」

え？　と無量が忍を振り返った。

「おまえが？　なんで？」

「亀石所長に実行委員会から協力依頼が来てね。永倉《ながくら》さんも手伝ってるんだ」

「じゃ、しばらく茅野で仕事するって言ってたのも」

「そ。縄文フェスの準備のため」

フェスティバル期間中は、博物館や公民館、史跡など様々な場所でイベントをする予定だ。諏訪地方全体で「縄文」をテーマに盛り上がろうと、商工会の旗振りで各店舗では土偶や土器をモチーフにした料理やグッズを出したり、スタンプラリーをしてみたり、文字通りのお祭り期間となる。地元テレビ局も後援企業に名を連ねていた。

「この発掘調査自体も、実はフェス合わせのものだしね」

と穂高は作業服の胸につけた土偶のゆるキャラワッペンを指さした。

「諏訪の各地で発掘調査を実施して、リアルタイムで実況する。小学生にも見学にきてもらって発掘のおもしろさを知ってもらい、地元の埋蔵文化財への関心を……」

「お題目は立派っすけど、イベント合わせの発掘とかホントやめてほしいんですけど」

「安心してくれ。調査自体はちゃんとしたものだ。どのみち、このへんは寒くなると土がカンカンに凍ってツルハシも入らなくなるからね。今のうちにやっとかないと。ただ発掘見学会は毎週土曜にやるから、君にも協力してもらうよ」

「まじすか……」

一般向けの説明会が大の苦手なのだ。

そういえば、と忍が穂高に話を振った。

「尖石縄文考古館といえば、……ビーナスに並んで、もうひとつ有名な土偶がありましたよね」

「三角形の仮面かぶったようなやつかい？　重要文化財の『仮面の女神』だ」

「それが来年の文化審議会に出される国宝指定候補になってるって話を聞きました」

え？　と無量と穂高は顔を突き出した。

「つか、なんでそんなこと知ってんの」

「こないだ文化庁時代の先輩が……。まずい。オフレコだったかな」

「そっか。おまえ元文化庁の中の人だったっけ」

「ほんとかい？　相良くん」

「県のほうから話がいってるもんだと……」

「そうかあ。それもあって盛り上げようというわけだな。こんな時期にいきなりフェスティバルなんていうから、妙だとは思ったよ」

穂高はテレビクルーたちを見やって、うなずいた。

「八戸《はちのへ》の『合掌土偶』に続いて、山形の『縄文の女神』も去年、国宝指定されたから、その流れかな？　いずれにせよ、めでたいな。縄文の作品はもっともっと認められるべきだ」

「まさか、そういうの出んの期待してテレビも来てるわけ？」

無量はマスコミ嫌いだ。かつて祖父の起こした捏造《ねつぞう》事件で、家族を巻き込む騒ぎになったせいで、マスコミ不信が強い。

「だったら意地でも土偶とか出さない。出ても埋め戻す」

「こらこら無量」

「まあ、密着取材と言っても夕方の情報番組で流す五分リポートみたいなやつで、なんとかスペシャルみたいな一時間ドキュメンタリー番組じゃないから」

「なら、目立たないよう、ひっそり掘ってれば大丈夫じゃないかな」

「長崎の粘着記者みたいなのがいなけりゃね……」

そんな話をしているところへ、プレハブのほうから作業服に身を包んだ男性がやってきた。胸元には「富士見町」と刺繍《ししゅう》がある。

「こちらが調査協力をしてくださる富士見町教育委員会の学芸員、大松健《おおまつけん》さん」

「大松です。よろしくお願いします」

年は四十代半ばといったところか。長身で、こざっぱりとした短髪がスポーツ選手のようだ。精悍《せいかん》な顔立ちだが、笑い皺《じわ》のできる目元が人なつっこい。

チームメンバーは総勢十三名。作業メンバーは、学生五名とパート八名。これに重機オペレーターなどが加わる。今回は工事に伴う行政発掘ではないが、重要な遺構が埋まっている可能性が高いので、周囲の期待も大きいという。

「結構広いっすね。もとは畑っすか」

「この一帯は、終戦後に入植してきた人たちが開拓したんです。林を開墾するのに、牽《けん》引《いん》車で樹木を根こそぎにして整地したんですが、その土から土器やら土偶やら、縄文の遺物がごろごろあがってきてね。見つけた先人が、こつこつ集めたり、発掘調査をしたりしてきたんですよ」

昭和三十年代から発掘が始まり、藤内遺跡、井戸尻《いどじり》遺跡、曽利《そり》遺跡……といった、縄文時代の名だたる遺跡が見つかっている。

この土地も地主が高齢となり、売りに出すというので、土地を手放す前に調査をさせてもらえることになったという。

見渡せば、ゆるい傾斜のついた大きな畑が広がっており、ぽつぽつと家が建っている他は静かなものだ。空高く横切るひばりの声がよく響く。

「西側の宅地から集落遺構が出てて、御座《ござ》遺跡と名前がつきました。ここもその一部とみなされているので、御座II遺跡と呼んでます。Iのほうでも大量の土器や土偶が出たので、期待されてますよ」

「これでなーんも出なかったら、テレビのひとたち、がっかりっすね」

「はは。これぱかりは土を引っぺがしてみないとね」

関係者が全員集合し、作業前のブリーフィングが始まった。

カメラも回っている。

秋風の吹く現場には、やがて重機の稼働音が響き始める。アームがまわり、バケットがごっそりと土をすくいあげる。表土を剝《は》がす作業にとりかかっている。

無量は遠く望める南アルプスの峰々を見やり、風に吹かれた。

土から、パワーを感じる。

右手もそれを受け止めているのか、肘《ひじ》から先が熱い。ここもきっと掘り甲斐《がい》のある発掘になるだろう。

この赤茶けた土の中には、どれだけ遠い昔の想いが眠っているのだろうか。

御座Ⅱ遺跡での発掘調査は、にぎやかに始まった。

＊

カメラクルーが来ているとはいえ、遺物が出るのはまだまだ先の話だ。

発掘はグリッド方式で行われる。調査区全体に等間隔の格子目状の区画を作り、掘り下げる。

すでに調査区の木や草などの刈り払い、地形測量、ベンチマークの設定とグリッド設定といった作業は済んでいて、すぐに粗掘りが始められるようになっていた。重機で表土を剥いだ後は、ひたすら人力で「遺物包含層」まで掘っていく。出た土はベルトコンベアーで排土置き場へ運ばれる。延々とその作業が続く。

地味な作業は撮るところもないためか、カメラクルーは関係者のインタビューだけ撮って昼前には帰っていった。

初日の作業は順調に進み、終了すると、無量と忍は当面の寝起きの場となる、町営の宿泊施設に落ち着いた。

「どうした、無量？　やけに考え込んで」

食堂で、先ほどから夕食にも手をつけないで黙り込んでいる無量を心配し、忍が声をかけてきた。

無量は我に返り、つけ合わせの野沢菜を箸《はし》でつまんだ。

「いや……。べつに」

初めての現場で疲れているのかと思ったが、そうではないようだ。忍は気を遣い、

「取材のことなら、事前に把握できず、すまなかった。まさかカメラが入るとは」

「あ、ちがくて。見たとこ粘着っぽい記者もいなかったし、この業界に詳しそうでもなかったから、おとなしくしてれば、やりすごせると思う」

「じゃあ、なんだ？　他に気にかかることでも？」

無量は箸を止めてまた考え込んでしまう。

「忍ちゃん、作業員のメンツみた？」

「え？　少し癖ありそうな人もいるなとは思ったけど、……何か言われた？」

「なんか知り合いに似てる人がいて……。でも、そんなはずは……」

「誰？　俺も知ってる人かな」

「忍は……どうだろ。たぶん覚えてない」

「覚えてってことは、俺も会ったことあるんだね？　誰？」

「うん……。たぶん……でも」

歯切れが悪い。名を出すのもためらわれるような相手なのか。

名は見なかった。

　忍は現場資料として作業員名簿も受け取っている。事前に目は通したが、知っている
　無量は目の前のソース瓶を凝視したまま、また考え込んでしまう。忍は心配になり、無量の目線から瓶を取り上げるようにして、メンチカツにかけた。

「厄介なやつがいるなら、俺が手を回しとくけど？」

「やめて。言い方コワイ」

「まじめな話、気がかりなことがあるならなんでも言ってくれ。おまえが作業に集中できるようにするのも、俺の仕事だ」

「うん。ありがとね」

　やはり、忍がそばにいると安心感が違う。しばらく宿舎通いだが、富士見町は東京の自宅から二時間もあれば来られる距離だというのも、気安くていい。さすがに通勤はできないけれど、休日には家に帰れると思えば、気も楽だった。

「無量たちが粗掘りしてる間に、ちょっと井戸尻考古館を覗《のぞ》いてきた」

　富士見町にある埋蔵文化財の博物館だ。戦後、重要な縄文遺跡を次々と発掘してきた成果が、展示されている。

「小さな博物館だったが、内容がとても濃かった。この富士見町で見つかる縄文土器や土偶はスペシャルだっていう意味がわかったよ」

「へえ。業界の人から井戸尻って名前はよく聞くけど」

「一番栄えていたのは今から五千年前、縄文中期。温暖気候で潮位があがる、いわゆる縄文海進の時期に、関東や東海の海沿いから沢山ひとが移住してきたそうだ。それらの人々がもってきた文化や風習が、この八ヶ岳山麓《さんろく》で融合して、とてつもない高みを生んだ。この一帯から出る土器や土偶は、素人目にも独特だったよ。これが縄文土器かと驚くくらい」

その影響は、北は諏訪湖、南は富士山のある山梨から東京方面まで及んだ。それらは富士見町の代表的な遺跡の名をとって「井戸尻文化圏」と呼ばれている。

「おまえも休みの時に一度見てこいよ。見れば、縄文人への認識がガラッと変わるよ」

「そんなにすごいの」

「ああ。なんていうか……、精神性の高さ？　充溢《じゅういつ》というか成熟というか高揚感というか。ともかく、あんなにアーティスティックな縄文土器は初めて見たな」

「火焔《かえん》土器とかよりも？」

「あれも素晴らしいけど、もっと、こう、縄文人の精神世界が垣間見《かいまみ》える。土器を作った人は少なくとも、自分たちの中にある何かを表現してたとわかるよ」

その手の審美眼は、あまり持ち合わせていない無量には、いまいちピンと来ない。

「土器はただ煮炊きする道具じゃない。井戸尻の縄文人は、その土器に自分たちの世界をぎゅっと詰めた。そんな感じだ」

忍は自らの興奮を読み解こうとしているかのようだ。

「尋常でない熱量を感じたよ。この土地はやはり何かある場所かもしれない」

「ああ……。それはなんとなく感じる」

と無量は右手を開いた。

「火山の地熱みたいに、熱をもった何かが土の下に眠ってる感じがする」

その正体はわからない。が、存在は感じる。

地中に潜む重い岩石が、あたりの重力を歪《ゆが》めるように。

灼熱《しゃくねつ》のマグマめいた何かが。

「そうか。おまえにもわかるか」

「気のせいかもだけど」

「いや。ここは様々な地域から縄文人が集まってきて、交流も濃かったというから、文化的にも凝縮感があったのかもな。きっとまだまだすごいものが眠っている」

楽しみだな、と忍は眼を細めた。

「縄文フェスの仕事もあるし、また、ちょいちょい様子見に来るよ。記事も書かないといけないし」

「記事？　なんの？」

「フェスの実行委員会から頼まれてね。諏訪エリアの史跡めぐりってお題でWeb連載するんだが、ライターが見つからなくて。鶴谷《つるや》さんに頼むにはライトすぎるし、他の人も予定があわなくて」

「で、自分でやんの？　できんの？」

「これでも大学時代、地元雑誌のバイトでおすすめカフェの記事書いてた。なかなか好評で、いい小遣い稼ぎになったよ」

「まじか……」

忍の多才ぶりに、無量は舌を巻いた。

「明日《あした》は茅野の観光協会と打ち合わせだけど、何かあったら連絡するんだぞ。すぐ駆けつけるから」

「うん……」

無量の気は、晴れない。忍も気がかりだったが、仕事を放り出して四六時中張り付いていられるほど過保護でもない。

無量の手首についているウェアラブル端末をちらりと見て、忍はメンチカツにかぶりついた。その視線の意味には気づかず、無量は冷めたほうじ茶を一口飲んだ。

＊

作業は粗掘りを経て、遺構確認の段階に入った。

道具もスコップやジョレンを持ち替えて、いよいよ移植ベラやガリの出番だ。

学生たちのいる現場は、にぎやかだ。無量は童顔なので同世代とみなされたのだろう。

タメ口で話しかけられるのは、まあ、いいのだが、初心者と思われたか、道具の使い方まで指導されるのには閉口だ。

バイト・パート作業員は年配が多く、経験者もぱらぱらといた。この近辺での発掘調査は、今では年に一、二度ほどしかないという。活況だったのは、工業団地の開発が盛んだった二、三十年ほど前らしい。その頃からのベテラン作業員は、段取りにも慣れており、てきぱきこなす姿が頼もしい。

かたや若い作業員たちは使い慣れない道具に悪戦苦闘している。

作業員の中にひとり、三十代後半とみえる女性がいた。うなじまで隠す日よけ帽をかぶり、黙々と土を掘っている。黒髪を黒ゴムでひとつに束ね、日焼け止めのため申し訳程度に塗ったファンデーションの他はほぼノーメイクで飾り気がない。控えめな性格らしく、他の作業員とはお喋《しゃべ》りをすることもなく、淡々と作業を進めている。

だが、手際のよさが図抜けている。

道具の扱い方も慣れている。発掘は農作業ともちがい、掘るというよりは、削る作業が多い。深さも角度も的確で、ベテランよりも作業が早かった。

離れたところからそれを見つめる無量のもとに、穂高准教授がやってきた。

「順調かい、西原くん」

「穂高サン。……奥にいる、青い長靴の女の人」

「ん？　丹波《たんば》さんのことか？」

「丹波……下の名前は」

「エリさんだったか、リエさんだったか。彼女がどうかしたか？」

無量は真顔になった。

「もしかして既婚すか」

「は？　あー……、指輪もしてたし、ダンナの迎えがどうとか言ってたからね。どうした。道ならぬ恋の予感か」

「なに言ってんすか。あほですか」

「発掘は初めてらしいが、筋がいいよね。彼女」

「初めて？　……なわけないでしょ！」

無量が突然ムキになって言い返したので、穂高は驚いた。

「筋がいいなんてもんじゃない。どうみたって玄人《くろうと》の手つきじゃないすか」

「おいおい。どうした。いきなり」

「初心者じゃないのは履歴書みればわかるはずでしょ」

「履歴書？　いや。未経験者だよ確か」

「え？　大学で考古学やってたはず……っ」

「いや？　大卒じゃないよ。地元の高校出て家事手伝いをしてたって」

無量の顔がこわばった。どういうことだ？　家事手伝い？　別人？　他人の空似？

確かに「彼女」と最後に会ったのは、もう十何年も前の話だ。こちらも子供だったし、別人だと言われれば、そうかもしれないが。

「丹波くんと知り合いかい？」

無量もまだ確証がもてない。別人かもしれない。そもそも、彼女がこの業界にいるはずはないのだ……。

はっきりとさせられないモヤモヤに悩まされながら、昼食の時間になった。

作業員たちは各々好きな場所で昼食をとる。丹波理恵《りえ》は年配グループと一緒にいるが、話の輪に進んで加わることはなく万事控えめだ。

無量は少し離れたところから観察しながら、仕出し弁当を広げている。

そこに若い作業員がやってきた。

「一緒にメシ喰《く》おうよ」

名は、根石光博《ねいしみつひろ》という。無量より三つ年上のアルバイト作業員だった。

少し小太りで暑がりなのか、首にタオルをまいている。高校卒業後、諏訪の飲食店で働いていたが、あまりにブラックな会社で体調を崩して退職し、一年ほど療養していたという。ちょっとした歴史オタクらしく、遺跡発掘にはずっと興味があったというようなことを一方的に語り始めた。

「君はなんで発掘バイトしてるの？」

「え……ああ。そっすね。まあ、なんとなく」

「いま若いひとの間でも多いもんね。土偶とか埴輪《はにわ》とか好きなひと」

無量の経歴を知らない根石からすると、「歴史好きで発掘を始めた若者」ぐらいにしか見えなかったのだろう。

「縄文時代っていいよね。いまみたいにネットもないし、面倒くさいことに気ぃつかったりしないで男は狩猟だけしてりゃよかったんでしょ。サービス業もないし、コミュ障とか社畜なんてのもなかったろうし。自給自足はめんどくても、学歴とか勝ち組とか負け組とか、そういうのない世界って、いいよね」

愚痴とも羨望《せんぼう》ともつかぬことを延々と話し続ける。無量は気のない相づちを打ちつつも、目線だけは、丹波理恵のほうに注いでいる。

「あーあ……。おれも縄文時代に生まれたかったなあ」

根石は独り言のように言って、弁当をたいらげた。そして、ぽつり、と一言。

「――……世の中、縄文時代に戻っちゃえばいいのに……」

漏らした呟《つぶや》きが、やけに神妙だったので、さすがの無量も違和感を覚えた。

根石は「はは」と乾いた笑いを漏らし、

「そんなの、核戦争でも起きない限り、無理だよなあ」

どこか投げやりな調子で言うと、立ち上がって、持ち場に戻っていった。

忍が言っていた「癖のあるヤツ」とは根石のことだったのか。ぐちっぽいやつ、とは思ったが、気には留めなかった。それよりも気になる人間がいる。

丹波という女性作業員。

無量が記憶する「彼女」だとすれば、さすがに無量にも気づいているはずだ。

だが、その素振りはない。

そもそも「彼女」がここにいるわけがない。

いられるわけは、ないのだが……。

＊

男は狩猟だけしてりゃよかったんでしょ。

という根石の縄文観は、いまは少し時代遅れだ。

縄文人は狩猟と植物採集のみで食料を得ていた、という見方はもう一般的ではない。

その証拠が、この現場からも次第に出始めた。

「石鍬《ぐわ》っすね。これもこれも」

無量の持ち場である発掘区画内の住居址《じゅうきょし》からも大量の遺物が出てきた。無量の手元で顔を覗《のぞ》かせているのは、平たい長方形の敲石《たたきいし》だ。

穂高准教授と入来助手がやってきて、覗き込んだ。

「よく見分けられたね」

縄文時代に用いられた石製の農耕具だ。

石器に木製の柄をくりつけて、土を耕したとされる。

「あとこっちの三味線のバチみたいなのは、ジョレンすか？」

「有肩刃広鍬《ゆうけんはびろ》。まあ、当たり。なんでわかった？」

「俺らが使ってる道具とも似てるんで」

「除草具だろうね。くびれのところを縄で柄にくりつけて使う。こんな感じにね」

迷いのない返答に、無量は感心した。一口に石器と言っても様々な形がある。それを実際に縄文人が使っているところなど、誰も見たことがないのに——。

「なんでわかるんすか。除草具だって」

「はは。実際に畑で使ってみるんだよ」

「石器をっすか」

「うちの研究室は畑をもってる」

畑？　と無量は目をひん剝《む》いた。

「実際に自分でやってみないと、畑仕事にはどんな道具が必要かわからないだろ？　道具の使い方も身についてないと、出てきた石器を手にとっても、どういう時に使われたもんか判断できないから」

縄文研究者は農作業経験をもつべし、というのが穂高のポリシーだ。石器を知るために畑に出る、というのは一見、遠回りに聞こえるが、石器の用途を知るための一番の近道なのだと入来も言った。

「畑仕事してると、どういう作業にどういう道具を用いるか、だんだんわかってくる。

そうすると、出てきた石器の形を見れば『あ、これ土を起こすやつだ』とか『草とるやつだ』ってわかるもんだよ。実際に石器を自作することもある」

無量には農作業の経験はない。そういう研究者の地道な積み重ねを目の当たりにするたび、頭が下がる。

掘って見つけ出すことは得意でも、無量は研究者ではない。

当たり前だが、出てきた遺物の用途を知るまでが考古学者の仕事なのだ。

「おかげでほら、手もマメだらけさ」

「すごいっすね……」

「それだけじゃない。石器を自作するときも、縄文時代のやり方を試行錯誤して作ってみるよ。こんなふうに」

と石に石を叩《たた》きつけるような仕草をしてみせて、

「やってるうちに、だんだんコツが摑《つか》めてくるんだけど、たまに敲《たた》き損ねて完成間近で割れたりもする。あー！　ってなるんだけど、出てきた石器の中にも似たような失敗作があったりするんだよね。それを手がけた縄文人が『あー！』ってなった時の気持ちがすごいわかっちゃってね。体感してるんだろうね。で、俺にはわかる、わかるぞー、おまえの気持ち、ってなる」

「その縄文人も、まさか五千年後のひとに共感してもらえるとは思ってもみなかったでしょうね」

「タイムマシンがあったら、がしって抱きしめるよ」

「すごいっす」

「こっちは石鋤《すき》かな。石は……」

「硬砂岩《こうさがん》っすね」

「おっ、こっちの石斧《せきふ》はなかなかの秀作っぽいなあ。早く取り上げたいなあ」

そこへ背後のほうから「こっちお願いします」と声があがった。

丹波理恵だった。

西側の第二号住居址付近で、皆とともに竪穴《たてあな》群の発掘にとりかかっていた。

作業員は遺物が出ると、すぐに担当者を呼んで指示を仰ぐことになっている。住居址では次々と遺物が出ているので、今日は入来も忙しい。

丹波理恵のもとに向かう入来を見て、無量も立ち上がった。

理恵は小さい竪穴を掘り進めているところだった。軍手をはめた手で、土から顔を覗かせた土器片を指さしていた。入来が覗き込み、

「深鉢の口縁《こうえん》部（上部のふちどり）のようですね」

「ふちのところに、孔《あな》の開いたつまみみたいなのがついてますけど、これは把手《とって》か何かですか？」

「ふたつ丸い孔があいてるでっぱりのことですか？　これは双眼《そうがん》かな……。このあたりで出る土器特有のものなんです。蛇文もきれいに出てるし、区画文は横帯でなく縦帯

……となると、藤内Ⅱ式かな」

　土から少しだけ顔を覗かせている土器の、たった一部分から、そこまで読み取れるのは、さすが地域のスペシャリストだ。

「もう五センチ掘り広げましょうか。済んだらまた呼んでください」

「わかりました」

　理恵は、スプーンを手にとる。土器の周りの土を削《そ》いでいくためだ。手際がいい。手首のスナップをきかせながら、土器を傷つけないように土をとりさっていく。軍手をはめた手の動きは無駄がなく、かつ丁寧だ。

　その間、無量は斜め後ろに立って見下ろしている。

　はっとした。

　理恵の軍手と袖《そで》の隙間から覗く白い手首に、大きなほくろを見つけたのだ。

　遠い記憶が、あざやかに甦《よみがえ》るのを無量は感じた。

　確信に変わった。

　麦わらの日よけ帽をかぶる理恵の頭頂部を、無量は思わず凝視してしまう。やはり、という思いと、なぜ、という思いで、立ち尽くしてしまった。

　理恵は休むことなく、土を掻《か》き続けている。

*

その日の作業後のことだった。

片付けを終えて、作業員たちは三々五々、帰宅の途につこうとしていた。陽はすでに南アルプスの向こうに落ちて、辺りは薄暗くなり始めている。

駐車場の車に戻った丹波理恵は、運転席のドアをあけたところで呼び止められた。

「……多田《ただ》さん、ですよね」

突然、別の名で呼ばれて、理恵は振り返った。

立っていたのは無量だ。頭に巻いたタオルは外し、ぺしゃんこになった前髪の奥から、鋭い眼差《まなざ》しで理恵を見据えている。

「あなた、多田理恵さんですよね」

理恵は沈黙で応《こた》えた。無量は言い逃れをさせまいとするように、語気を強め、

「とぼけても駄目っすよ。その手のほくろ、俺は覚えてる」

「………。気づいていたのね。無量くん」

理恵はためらいもなく、彼をそう呼んだ。そして降参したように、髪をひとつ結びにしていたヘアゴムを外した。

「私のことなんて、もうとっくに忘れていると思ってたのに」

「忘れてたっすよ。ここに来て、会うまでは」

無量は警戒を解かずに、低く言った。

「なんでここにいるんすか」

理恵の硬い表情を、走り去る車のライトが一瞬照らしあげる。

「なんで、この場にいられるんですか」

「………」

「履歴書には高卒で家事手伝いと書いてたそうですね。嘘っぱちだ。あんたの出身は」

「そのこと、穂高さんに話した？」

無量は答えに詰まった。

「……。まだ話してないっす。でも立派な経歴詐称っすよね。なんで嘘なんかついてまで、この発掘に参加してるんすか。この発掘になんかあるんすか」

「声が大きいよ。無量くん」

「十六年前、あんたがあの遺跡でしたこと、忘れたとは言わせない。あんたが本当に隠したいのは経歴よりも、その経歴の中でしでかしたことじゃないんすか」

それまで控えめに振る舞っていた理恵が、まなじりを決して無量を睨《にら》んだ。

黒目の大きな、気の強い眼差しだった。無量が知っていた頃と変わらない。

やはり、彼女は無量が知る「多田理恵」そのひとだ。

「穂高さんに言いつけるつもりなら、そうすればいいわ。単なるパート先だもの。咎《とが》められたら、やめて、他を探すだけよ」

「経歴がやましいから、嘘ついたんでしょ。あんたが何者かバレたら、採用されないってわかってたから。そうまでして、なんで」

「求人広告でたまたま目に入ったパート募集が遺跡発掘だっただけ。家から近いし日給もよかったし条件に合ったから」

「マジで偶然だってゆーんすか。あんたがここにいたのは」

語気に苛立《いらだ》ちがこもっている。理恵は突き放すように言い返した。

「驚いたのは、こっちよ。最初はわからなかったけど、名前を聞いたらすぐに思い出したわ。苗字《みょうじ》が変わってたのね。西原無量くん。西原教授のお孫さん」

「なんでなんすか。パート募集ならスーパーのレジ打ちだってなんだってあるでしょ。なんでまた発掘なんすか。あんたにそれをする資格があるとでも思うんすか」

無量は詰め寄るように言い放った。

「……いいや、資格がないと思うから、経歴詐称なんかしたんでしょ。自分でもわかってんでしょ。自分が二度と発掘調査には関わっちゃいけない人間だってこと。誰も前科持ちにガリ持たせようなんて思わないすもんね」

「用事は何。私をやめさせたいの？」

「その薄汚れた手で、触れて欲しくないんすよ。遺物に」

いつになく容赦のない口調で、無量は言った。

「あんたみたいな信用できない人間、現場にはいてほしくない」

「私があんな馬鹿なことを、二度も繰り返すとでも思うの？」

返す刀で勢いよく斬りつけるような語調に、無量は一瞬、気圧《けお》された。

薄闇の中で、理恵の見開かれた瞳《ひとみ》がぎらりと唸《うな》ったように見えた。

「私は宇治谷《うじたに》さんを忘れてはいない」

「……………」

「それにあの一件で、私は大学も中退したわ。経歴詐称というけれど、高卒資格しかないのは本当だもの」

「大学をやめた？　それ本当っすか」

「聞いてないのね。無理もないよ。おじいさんが大学を去った後のことだし、私たちを叩《たた》いたマスコミも、関わった学生たちがその後どうなったかなんて、誰も知ろうとはしなかった」

理恵は自虐的に笑った。

「結婚して苗字が変わったのも本当だし。……まあ、あの大学の研究室の名を書いただけで、私の経歴をみるまでもなく不採用になっただろうけど」

「……………。理恵さん」

「あの事件で人生が変わってしまったのは、私も一緒。ずっと志してた考古学者への道も断たれた。もう充分、罪は償ったつもりよ。せめて生活費を稼ぐために、パート作業員として土にさわることの何がいけないの」

「本当に」

無量は刑務官のように問いかけた。

「不正を繰り返さないと誓えるんすか」

「私たちに偽の遺物を埋めさせた西原瑛一朗《えいいちろう》は、この現場にはいない」

理恵はきっぱりと言った。

「私たちは若すぎて愚かだったし、事の善悪よりも恐れていたものがあった。いまも後悔しかないけれど、忘れないで。私はあなたのおじいさんを、今も許していないから」

ずきり、と無量の右手が軋《きし》むように痛んだ。肩先にまで響いて、思わず右手を抱えた。

理恵は能面のような表情で、車に乗り込んでいく。

「……告げ口したいなら、していいよ。解雇されても仕方ないのはわかってるから、好きにすれば」

投げやり気味に言い捨てると、ドアを閉めて、走り出す。田んぼの坂道を走り抜けていく軽ワゴン車を、無量は茫然《ぼうぜん》と見送った。

入れ替わりに駐車場に入ってきたのは「わ」ナンバーのレンタカーだ。無量の後ろに円を描くようにして停まると、運転席から顔を覗《のぞ》かせたのは、相良忍だ。

「……無量？　いまのは？」

無量は奥歯を噛《か》みしめると、右手を強く握りしめた。

第二章　多田理恵

「西原《さいばら》研究室の元学生……？　それじゃ、あのひとが」

運転席の忍《しのぶ》が、交差点の手前でブレーキを踏み、隣にいる無量《むりょう》の横顔を見た。

無量はヘッドライトに浮かぶ県道のセンターラインをじっと見つめている。

「多田理恵《ただりえ》。今は結婚して、丹波《たんば》理恵。じーさんがあの事件を起こした時、研究室にいた北関東大の学生だよ」

「まさか……あの捏造《ねつぞう》事件の？　遺物を埋めて、捏造した張本人か？」

無量は重苦しい表情をしている。小さく息をつき、

「いや。正確には、埋められた遺物を発見することに荷担させられた学生。じーさんの指示で埋めたのは、当時、助手だった院生」

「もしかしてそれは」

――私は宇治谷《うじたに》さんを忘れてはいない。

理恵の言葉がずしりと響き、無量は右手を護《まも》るように抱えた。

そんな無量の複雑な心境を、汲《く》み取るように忍は見つめ、信号へと視線を戻した。

「………。亡くなったんだっけ。埋めた院生は、その後」

「じーさんに指示されてやったことだ。まして、多田さんは……理恵おねえさんは、初めは埋められた遺物だってことも知らずに発掘してたらしい」

まだ学生で経験も浅かった。それが埋められた遺物かどうか、判別することは難しかっただろう。

同じ学生がめざましい発見を重ねたことで、ビギナーズラックを皆から褒められもしていた。だが、さすがに何度も重なって周囲から違和感をもたれたようだ。

捏造の実行犯だった院生・宇治谷亮《りょう》は、瑛一朗《えいいちろう》のお気に入りだった。優秀な研究者で将来を嘱望されていた。発掘の腕が確かだったがゆえに、かえって巧妙な細工もしてのけた。経験の少ない学生に見つけさせ、自分が記録し、取り上げる。そのデータに嘘が混ざっていても、チェックできる者はいなかった。

「理恵さんというひとは、知らずに荷担してたのか？　なら、巻き込まれた被害者みたいなもんじゃないか」

「はじめはね。でも、途中でさすがに変だと思った。捏造に荷担させられてることに薄々気づいてて、それでも告発はしなかったらしい。じーさんの学説を証明する新発見に盛り上がる周りの雰囲気に逆らえなかったのか、なんなのか……」

口が重くなるのは、思い出したくない記憶が甦《よみがえ》るからだ。

西原瑛一朗が起こした遺物捏造事件。

瑛一朗が唱える旧石器時代の大陸からの石器の『遊動』を証明するため、わざわざ海外から遺物を取り寄せ、その年代の土層を狙って助手に巧妙に埋めさせた。

研究室ぐるみの悪質な不正だった。瑛一朗によるパワーハラスメントがあったとも言われた。実際、考古学会の権威として名を連ねていた瑛一朗の影響力は大きく、瑛一朗の口添えの有無は、学生たちの将来を左右した。

「あのひとたちはやむにやまれず、荷担してたんだ。じーさんに逆らえなくて」

「……。理恵さんとは仲が良かったのかい？」

「子供の頃、何度か、うちに遊びにきてた。たぶん、忍とも何回か会ってると思う」

成績優秀で瑛一朗の覚えもめでたく、数名の学生とともに西原家の食事に招かれたりもしていた。子供好きで、幼い無量ともよく一緒に遊んでくれた。化石発掘会に来てくれたこともある。理恵おねえさん、と呼んで慕っていた。

「明るくて楽しくて、うちに来る学生さんの中で一番好きだった……」

「もしかして初恋？」

無量は苦笑いした。

「ガキの頃、『お嫁さんになって』って迫ったみたい」

「プロポーズか。そりゃすごい。なついてたんだね」

「大好きだった」

子供の頃のそれを「初恋」と呼んでいいかはわからないが、一回り以上、年の離れたそのひとは誰より輝いて見えた。相手が女性だという認識のもと、はっきりと「好き」だと思った初めてのひとだ。

あの事件のせいで、思い出は全て黒く塗りつぶされてしまったけれど。

無量は黙り込んでしまう。右手が疼痛《とうつう》を発している。

「……学生さんたちはやらされただけで、罪はない。頭ではわかってる。でも捏造に手を貸したのは本当だ。動かしようのない事実だ。理由はどうあれ、一番やっちゃいけないルール違反して痛い目に遭っといて、それでも発掘現場に入れる神経が知れない」

「無量……」

「だって俺はそのせいで手を焼かれたんだ。じーさんにこの手を！」

祖父は地位も名誉も失って、精神を患った。

その祖父に、化石発掘していたところを咎《とが》められ、無量は右手を焼かれた。捏造事件さえなければ、こんな目には遭わずに済んだという思いがある。

「悪いのは全面的にじーさんだけど……いくら逆らえないからって、あのひとたちさえ言いなりにならなけりゃ、こんなことにはなってない。なんでやめてくんなかったんだ。良心があったなら勇気出してNOって言えたはず。あんたらも結局、自分が可愛かったんだろ。ひとのせいにばっかできんのかよって……っ」

怒りが溢《あふ》れそうになる無量に、忍は、かける言葉を探しあぐねている。なぜなら、事件をリークしたのは忍の父親だ。不正を告発した父は正しい。だが無量の前ではその正しさすらも後ろめたく感じてしまう。

「……。わかってるよ、忍ちゃん。理恵おねえさんたちに罪はないって、頭ではちゃんとわかってる。でも」

「いいんだ。無量。無理もない」

「……でも」

「それでいいんだよ。おまえの気持ちはおまえだけのものだ。無理に抑え込んだりしないでいいんだ」

俺が受け止めるよ、とまでは、忍も口にしなかったが。

吐き出せたおかげでいくらか気持ちが鎮まったのか、無量は次第に落ち着きを取り戻した。

「どう思う？　理恵おねえ……いや、丹波さんの経歴詐称」

「本当は正直に言ったほうがいいんだろうけど、変に話がねじれて色眼鏡で見られてしまうのも本意ではないだろうし」

だよね、と無量はうなだれた。

理恵の言葉が耳に焼き付いている。

――私はあなたのおじいさんを、今も許していないから。

「やっぱ、いい」

「穂高《ほたか》さんには言わないのかい」

「告げ口するみたいで嫌だし。大ごとにすんのもあれだし、それに」

正直、瑛一朗の孫である自分が関わりあいにはなりたくないのだ。これ以上、蒸し返したくないし、できればそっとしておいてほしい。それが本音だ。

「本当にいいのか。それで」

無量はシートに頭を預けた。忍はうなずき、

「おまえがそれでいいなら、聞かなかったことにするよ。丹波さんがまた不正をしでかすというなら話は別だけど。……なにより、おまえがきついもんな」

うん、とうなずき、話はそれきりになった。

経歴詐称と言っても、虚偽記載というわけではなく、正しくは隠蔽《いんぺい》にあたるのだが、あの捏造事件を不用意に蒸し返して穂高たちに無用な不安を抱かせるのも気が引けた。理恵をかばうつもりはないけれど、これも現場のためだ。知らなかったふりをして黙っていよう。無量はそう決めた。

鉛を飲んだような重苦しさを抱えながら、闇に沈む蕎麦《そば》畑を眺めた。

*

翌日も、いつもどおりに発掘作業は始まった。

秋晴れの日が続き、作業の進みもよい。ひんやりとした高地の空気はさわやかで、現

場の環境としては申し分ない。紅葉した八ヶ岳《やつがたけ》もくっきりと望め、その色彩をもらいうけたかのように、民家の庭では朱《あか》く熟した柿が重たそうに枝をしならせている。

理恵とは、口をきいていない。

お互い知り合いだったことは隠して、自分の作業にいそしむ。目も合わせない。開き直っているのだろうか。淡々とした態度がかえって不遜《ふそん》に見えた。

そんな理恵を、無量は遠くから時々、手を止めて眺めている。

一度は汚れたその手で、なおも土に触れられる神経は、理解に苦しむ。

もやもやした気持ちは晴れない。発掘現場を殊更、神聖視するつもりはなかったが、潔癖であるべき調査地に穢《けが》れをまとうものが入り込んでいるような、違和感がある。それは理恵自身の変化がもたらす印象でもあった。

屈託のない「理恵おねえさん」の面影は、もうどこにもない。

昔は肌つやの良い「ぱつっ」とした丸顔が魅力だったが、今は頬も痩《や》せて全体に生活感が滲《にじ》み出ている。単に加齢のせいとも思えない。子供が中学生というから、大学中退後ほどなく結婚したようだが、年齢よりも老けた印象だ。巻き肩で、いつも自信なさげにうつむいているせいかもしれない。

ただ淋《さび》しかった。そんな彼女を見るのが。

いや、変わったのは理恵だけではない。あの事件はたくさんのひとの人生を変えてしまったのだ。この自分もそのひとりだ。

もういい。終わったことだ。

このまま他人のふりをしていよう。この発掘が終わるまで。

お互いの心の傷を見て見ぬふりをして、やり過ごそう。

無量はやるせなさを胸に閉じ込めて、手ガリをごりごり動かし始めた。


発掘自体は順調で、住居址《じゅうきょし》や小竪穴《たてあな》からは次々と土器や石器が出土した。無量も大量の遺物と格闘しているうちに、ひとのことには構っていられなくなった。担当していた第一号住居址からも、多数の土器が出てきた。横倒しになっていたり、割れていたり、完形を保っているものは少ない。

土器片の文様ひとつとっても、ユニークだ。

縄文土器といえば、粘土に縄を押しつけた文様で知られているが、形は時代によって多彩で、縄目の押文だけが特徴ではない。細胞壁のような枠や渦巻きなど、幾何学模様を手書きしたり、細長く伸ばした粘土を貼り付けたり、それはそれは多彩だ。

これが井戸尻《いどじり》文化と呼ばれる、この界隈《かいわい》の特徴なのか。

奇妙な矢印のようなものもある。生き物や何かの手のようなものもある。

ラッパに似た記号めいたものも。

「……ん？　なんだこりゃ」

無量の手ガリの刃が奇妙なものに当たった。土を削っていくと、金魚鉢ほどの大きさの、丸い素焼きのかたまりがでてきた。

「う……」

ドキッとした。その異様な造形に息を呑《の》んだ。

「なんだこれ。ヘルメット……？」

そう思ったのも無理はない。半円形の兜《かぶと》のようなものの中に、大きな丸い孔《あな》がふたつ並んでいる。まるで目だ。目には縁取りが施され、鼻梁《びりょう》部分は装飾で護られている。額には例の「双眼」らしき飾りがついている。

「土偶……？　にしてはやけに」

造形がアナクロSFっぽい。何かのアニメに出てきそうだ。

「やベー。宇宙人かよ」

さらに掘りこんでいくうちに土器のふちらしきものが顔を覗《のぞ》かせ始めた。これが本体か。かなり大きい。深鉢にしては形がずんぐりとしている。

入来《いりき》を呼ぼうと、体を起こそうとした時だった。頭の上から声が降ってきた。

「おっ。そりゃ人面香炉形《じんめんこうろがた》土器だ」

無量は顔をあげた。土層観察用のセクションベルト上に見知らぬ年配男性がしゃがんで、こちらを覗き込んでいる。

頭をきれいにそり上げた、力士を思わせる大柄な男性だ。作業員ではない。

無量は怪訝《けげん》な顔をした。

「もうちょっと掘ってみてよ。うん、もう二センチ」

「誰っすか、あなた」

「だから、誰っすか。あんた」

すると、背後のほうから「あーっ！」と悲鳴のような声があがった。入来助手だ。

「ちょっと、勝手に入ってきちゃ駄目だって言ってるじゃないですか。カントク！」

「カントク？」

現場監督のことかと思ったが、そうではない。この男のことか？

力士のような男は作業着も着ておらず、ネームプレートもない。ゴルフメーカーのロゴマークが入ったカジュアルなVネックセーターに綿パン、そのへんを犬の散歩でもしてきたような格好だ。

と思ったら、入口の柵《さく》に本当に犬が繋《つな》いである。

「よう、入来くん。発掘調査が始まったと聞いたから見に来たよ」

「見に来たって……畑仕事じゃないんですから。一応、ここ関係者以外立ち入り禁止なんですよ。どこから入ったんですか」

「まあ、固いこと言うなよ。君と僕の仲じゃないか」

無量には何がなにやらだ。すると、テントにいた穂高准教授もやってきた。気さくな様子で「カントク」と呼びかけると、力士男も「やあ穂高君」と満面の笑みで手をあげた。

「発掘が始まったと聞いたら、いてもたってもいられなくってね。やってきてしまったよ。どうだい、何か出たかい」

「ああ、もう嗅《か》ぎつけられてしまいましたか」

カントクと呼ばれた男はくしゃくしゃの笑顔で、うらやましそうに現場を覗き込んでいる。

「このひと誰っすか。穂高サン」

「ああ、紹介しよう。こちら、岡野《おかの》英昭《ひであき》さん。元アニメーション監督の」

「アニメーション監督……？」

「そこにいるのは岡野監督じゃありませんか！」

後ろから大きな声があがった。アルバイト作業員の根石《ねいし》だ。びっくり顔で棒立ちになっていたが、つんのめるように駆け寄ってきて、

「うわ、うわわわわ……。本物だ。俺、めちゃめちゃファンなんです」

「あの、誰っすか」

「おまえ岡野監督も知らないのか！　アニメ業界の神だぞ！　神！」

SFアニメのカリスマで、独特の世界観に彩られた作品は、海外にも熱狂的なファンが大勢いる。無量は作品名を知っているだけで見たことはないが、マニア受けする癖のある作風が若いクリエーターたちに多大な影響を及ぼし、たくさんの追従者を生んでいた。数年前から東京を離れてこの八ヶ岳の麓《ふもと》に移住し、今は一線を退いて、悠々自適の毎日なのだとか。

根石は熱狂的なファンだったようで、無量が聞いたこともない古い作品名をいくつも挙げて絶賛しはじめた。

「パンゲアの機甲兵がいっぱい飛んでる中をレシプロでかいくぐるシーン、珠玉でした！　航跡が入り乱れるところなんか板戸サーカスも顔負けって感じで……っ」

「いいから君はそっちで作業してなさい」

感動に打ち震えている根石をよそに、無量はぽかんとしている。入来が補足して、

「穂高先生と大学が一緒だったそうだ。若い頃に発掘調査のバイトもやってたくらい、考古学好きで、そのへんの学生よりも勉強しておられる。うちの大学でもたまに講演会を開いていたりするよ」

「ＳＦアニメから考古学……すか」

岡野はひょいと無量の手元を覗き込んで、

「君はいい手つきだねえ。さっきから見てたけど、抜群に手際がいい」

無量は巨匠に描線を評価される若いアニメーターになった気がしてきた。

「僕にも掘らせてよ。穂高くん」

「駄目ですよ。カントク。土いじりなんてしたら持病の腰痛がぶりかえしますよ」

「痛くなったらやめるから。ちょっとだけ掘らせてよ。頼むよ」

子供のように拝み倒している。泣く子も黙る「世界のオカノ」がダダをこねている。

「いや、労災の手続きとかいりますし、ちょっとだけってわけには……。土曜に体験会

があるそうですから、そちらに参加してはいかがですか」

「なら今日は見学だけでもさせてくれよ。いいだろ、穂高くん」

「見学だけですよ」

岡野は嬉々《きき》として無量の目の前のセクションベルト上に陣取り、作業を興味津々見つめている。さすがアニメーション監督だけあって、観察する時の集中力がすごい。

「あーもー。やりづらい。あっちいってくださいよ。向こうでも土器でてますから」

「いや、これが見たい。絶対、香炉形土器だから」

「なんすか。香炉形土器って」

「浅い鉢の上を天蓋《てんがい》みたいなので覆ってる、栗みたいな形をした土器だよ。中が空洞になっていて、そこに火を入れる。縄文時代のランプだな」

「ランプ……すか」

「ちゃんと煤《すす》の痕《あと》がある。多分、儀式に使ったんだろう。見たことないかね」

「ないっす」

「考古館で見てきなさいよ。曾利《そり》遺跡の有名なのがあるから。最盛期のは土偶の顔がついてるよ。土器全体が女神の体に見立てられる。火を生み出す女神を表したんだな。しかも……」

止まらない語りに圧倒されて、無量は目を白黒させている。

「おお、香炉形が出たね」

そこへ富士見町《ふじみまち》の学芸員・大松《おおまつ》もやってきて興奮して喜んだ。岡野の見立てた通りだった。

「しかも人面付きだ。完形に近そうな」

「曾利で出たのにも引けを取らないんじゃないかね」

「曾利のやつより少しこぶりですが、三十センチはありますね。秀作の香りがする。やはり、そこの盛り土が祭壇だったんだ。祭祀《さいし》用住居だろうね。西原くん、さすがだな。いきなり当てるねえ」

「はあ……」

「岡野さん。彼は『宝物発掘師《トレジャー・ディガー》』ってあだ名されてる腕利き発掘屋なんだそうですよ」

「おや。トレジャー・ハンターならぬトレジャー・ディガーか」

俄然《がぜん》食いついてきた。

「他にどこを掘った？　なにか出したかい？」

「いや、大したもんは別に」

「カントク。去年、出雲《いずも》の遺跡で青銅の髑髏《どくろ》を出したのも彼ですよ」

「へえ。あの青銅の髑髏かい。君だったのかい。どうやって出した？」

「グイグイとつっこんでくる。さすがはSFアニメ界の巨匠だ。世界に影響を与えるカリスマだけある。その横から熱狂的ファンの根石が、別の意味でグイグイと、

「岡野監督、サインください！　このジャンパーに是非！」

「あとであとで」

うるさそうに片手で根石を追い払うと、また無量の作業を覗き込んでくる。身じろぎもしない。凝視している。物凄《ものすご》い集中力だ。

無量は辟易《へきえき》しながら作業を続けた。その日は一日、張り付かれる羽目になったが、岡野の期待にこたえるように次々と土偶や土器が出てきた。

「大当たりだね」

岡野もほくほく顔だ。

結局、作業終了まで「見学」して帰っていったが、去り際に、

「週末、暇かい？」

だしぬけに訊《き》かれた。作業は休みだ。が、発掘現場の見学イベントがある。

「まだわかんないす」

「なら空いてる日、井戸尻考古館につれてってやろう。車は出すよ」

無量はどうやら気に入られてしまったらしい。

やばい、と思ったが、その場では断る口実も浮かばず、押し切られてしまった。

＊

「ええっ！　あの岡野監督に誘われた？」

宿舎の大浴場で、無量に打ち明けられた忍は、思わず湯船から身を乗り出した。

無量は泡立てたスポンジで体を洗いながら、今日の出来事を語って聞かせた。忍はあっけにとられて湯船につかっていたが、

「そういえば、文化庁時代に聞いたなあ。考古学好きで、作品に出てくるロボットの造形も縄文土器をモチーフにしてるとか。移住してたとはねえ」

岡野につきあえば週末の見学会は出なくてもいい、と穂高からも言われてしまい、逃げる口実がなくなってしまった。

「おっさんとふたりで土器みてもなあ……」

「なら根石ってひとを連れてけば？」

「アニメの話をしないやつなら連れてきていいって」

「ああ……。なら永倉《ながくら》さんは」

「永倉が？　もう、きてんの？」

「昨日から茅野《ちの》に入ってる。例のフェスの仕事で」

萌絵《もえ》はメイン会場になる茅野に泊まり込んで実行委員会の手伝いをしていた。仕事は主にシンポジウム参加者のアテンドだが、人手不足を理由にあちこちで働かされている。

「そりゃお気の毒に」

「せっかくだから運営のＷｅｂサイトに監督のインタビュー載せようかな」

「アニメのことでなけりゃ喜んで喋《しゃべ》るんじゃない？　縄文大好きらしいし」

無量はシャワーで泡を洗い流し、ついでに顔も洗った。

「講演会もしたっていうし、縄文研究は本格的らしいよ」

「すごいバイタリティだな。人としてのエネルギー量が違うんだな、きっと」

「その凄《すご》いエネルギーで一日中、張りつかれた身にもなってよ」

ぼやきながら湯船に入ってきた無量は、頭にタオルをのせて、肩までつかった。

師匠・鍛冶《かじ》大作《だいさく》を筆頭に、癖のある年配に好かれてしまうきらいがある。

「……ま、疲れるオヤジギャグ言われないだけマシか」

理恵との再会でピリピリしていた無量の神経も今日の騒ぎで多少緩んだ。そのことには感謝してもいいかもしれない。と思って、天井を見上げると、上からぽつんと額めがけて水滴が落ちてきた。

「冷て……っ」

それを見て忍が笑った。無量はしぶい表情になり、タオルで顔を覆った。

＊

忍が言ったとおり、萌絵は茅野に来ていた。

無量たちがいる富士見町からは目と鼻の先だ。中央本線を松本《まつもと》方面に数駅。八ヶ岳の西麓《せいろく》にあり、諏訪湖《すわこ》の東南にあたる。八ヶ岳、蓼科《たてしな》山、車山《くるまやま》、霧ヶ峰《きりがみね》といった信州《しんしゅう》を代表する美しい山々に囲まれた風光明媚《ふうこうめいび》な街だった。

しかし美しい眺めに浸っている暇はない。

萌絵は縄文フェスティバルの準備に奔走していた。

「はい、そのあたりでいいですよ！　はい、トガちゃんとスワちゃん、ポーズ！」

萌絵が来ているのは、諏訪大社上社本宮《かみしゃほんみや》前の参道だった。

みやげもの屋が並ぶ一角で、土偶の着ぐるみたちを被写体に写真撮影に挑んでいる。公式Ｗｅｂサイトに載せるための撮影だ。萌絵はカメラマンの横に立ち、着ぐるみたちにポーズの指示を出している。

「あー……、スワちゃんは縄文のビーナスなので、もうちょっと色っぽい感じにしようか。そうそう、ビーナスの誕生的な。トガちゃんはパワフルな感じで、そう、見得を切るみたいな。うん、いいよいいよー」

いっぱしの映画監督のような物言いだ。ここも縄文フェスティバルの会場のひとつだ。諏訪市博物館を拠点に、上社本宮エリアのテーマはずばり「諏訪信仰」だった。

「はい、お疲れ様でしたー。着ぐるみ脱いでいいですよー」

撮影が終わると、土偶着ぐるみの頭部分が外され「中の人」が顔を出した。

「あー……。暑いですねー。蒸し風呂《ぶろ》だ」

「よかったですよ。武井《たけい》さん、ポーズばっちりでした」

着ぐるみの中にいたのは、縄文フェスティバル実行委員の武井だった。四十をひとつふたつ超えたところで、商工会青年部長と観光協会の役員も務めている。

「いやあ、思ってた以上に大変ですね。着ぐるみは。歩くだけでも一苦労だ」

「ステージではダンスも待ってますからね。体力つけといてくださいね」

「えっ。俺が踊るの？　ダンサーのひとが入るんじゃ」

「すみません。ダンサーまで用意する予算はないそうです」

武井は「ダンス……」と天を仰いだ。

「俺、リズム感が壊滅的にないんですよ」

「大丈夫。幼児でも踊れる簡単な振り付けですから。……それにしても、あれが諏訪大社の上社本宮ですか。風格がありますね」

大きな鳥居の向こうに、こんもりとした山がある。社《やしろ》の屋根が見える。

諏訪大社は信州を代表する古い神社だ。上社と下社《しもしゃ》に分かれていて、上社は前宮《まえみや》と本宮、下社は春宮《はるみや》と秋宮《あきみや》。二社四宮から成る。諏訪湖をはさんで南北に鎮座する。

祭神は建御名方命《たけみなかたのみこと》。

諏訪大社といえば、六年に一度の御柱祭《おんばしらさい》だ。山から伐《き》りだした上社下社合わせて十六本の樅《もみ》の大木を、たくさんの氏子《うじこ》たちで曳行《えいこう》して、それぞれの宮の四方に建てる。

御柱を急斜面から落とす「木落《きお》とし」は、祭のクライマックスでもあり、必ずテレビ中継されるほどだ。

「わあ……。これが一之御柱、ですか」

昼休みに上社本宮へと参拝に訪れた萌絵は、境内に建てられた大きな白木の柱を見上げて、感動の声をあげた。

「でっかいなあ……」

鳥居をくぐった目の前に、一之御柱が立っている。後ろから武井が言った。

「上社本宮の一之御柱が一番デカイんです。二番、三番……となるにつれ、柱も細く可愛くなりますよ」

一之御柱の向こう、石段をあがった小高いところに「布橋《ぬのばし》」と呼ばれる長い屋根付き廊下が横たわり、その向こうにいくつか建物の屋根が見える。布橋の端にまわると、美しい布橋御門のそばに二之御柱が立っている。なるほど、比べるとほっそりとして小ぶりだ。

「どの地区がどの御柱を曳《ひ》くかは毎年クジで決まるんですが、本宮の一之御柱をあてた地区は特に大盛り上がりします。ちなみに僕の地区が前回曳いたのは、この二之御柱でした」

「これ曳いたんですか。武井さんが」

「はい。御柱祭は諏訪の男の晴れ舞台ですから。御柱の年は特別なので結婚式やお葬式もあげません。木落しでは御柱の最先端に乗るのが最高の誉れです。僕もいつかは乗りますよ」

「かっこいい……。まさに諏訪の男ですね」

はは、と武井は照れた。着ぐるみの中にいる時とは大違いというわけだ。

二之御柱が立つ布橋の門が、正式な表参道にあたる。

布橋に沿って、絵馬堂や宝殿、四脚門が並んでいる。

「この布橋は、昔は、大祝《おおほうり》だけが歩けたんです。布を敷いて歩いたので布橋」

「大祝《おおほうり》？　というのは神職のことですか」

「いえ。神に仕えるひとではありません。諏訪明神そのものです」

「神様そのもの？」

「祀《まつ》るのではなく祀られる存在。大祝《おおほうり》は、現人神《あらひとがみ》とされていました」

萌絵は「現人神！」と声をあげた。まるで戦前の天皇のようだ。

「厳密には、大祝《おおほうり》とは、神をおろす憑坐《よりまし》。神をおろす器なんです。だから生き神なんです」

諏訪大社には、独特の風習があるようだ。

布橋を渡りきって左手に見えてきた塀重門《へいじゅうもん》をくぐると、そこが拝殿のある上段境内だ。掃き清められた境内はどこか厳かな空気が漂っていて、参拝客も静かなものだ。

正面には鬱蒼《うっそう》とした原生林の斜面が待ち受けている。宮山だ。ここからはみえないが、その奥にそびえる守屋山《もりやさん》がかつて諏訪の祭祀《さいし》の中心だった山。いわゆる、神奈備山《かんなびやま》にあたる。

本殿はない。一之御柱と二之御柱の位置関係からすると、やはりこの山そのものが磐《いわ》座《くら》になるのか。本殿のない神社といわれて、萌絵は奈良の大神《おおみわ》神社を思い出した。

拝殿も、しかし正面にはない。門をくぐって左手にある。諏訪大社の神紋・梶《かじ》の葉を染め抜いた神幕が、風に揺れている。古色蒼然《こしょくそうぜん》とした幣拝殿の左右に片拝殿をそなえる独特の形式だ。建て構えも森厳としていて、拝所に立った萌絵は自然と姿勢を正した。

が、拝殿は山のほうを拝む向きには建っておらず、南東を向いている。

「あれ？　この拝殿はどうしてお山を拝む向きになってないんですか」

「ああ、これは一説には前宮を遥拝《ようはい》する形なんだと言われてます」

「前宮……」

「この方角にあります。本当は前宮を参拝してから本宮に参るのが、正しい形です」

「前宮のほうに先にご挨拶《あいさつ》しなくてはならないんですね。なにがあるんです？」

「前宮には、もともと諏訪にいた土着の神様が祀られていたと聞きます」

土着の？　と萌絵は訊《き》き返した。武井はうなずき、

「建御名方神《たけみなかたのかみ》が諏訪に入ってくる前に祀られていた、古い古い神様です。建御名方命は出雲での国譲りの力比べで負けて、この諏訪に逃れてきた、と伝わっています」

「ああ、出雲の神様なんですよね、たしか。つまり、建御名方命が逃げてくる前、諏訪には別の……土地の神様がいたんですね？」

「それを祀っていたのが、神長官《じんちょうかん》・守矢《もりや》氏だったそうです」

武井は着ぐるみの中でポーズをとっていた時とは別人のように、きり、と告げた。

「守矢氏、ですか」

「はい。古代から明治に至るまで、諏訪大社の大祝《おおほうり》・諏訪氏のもとで、神長官という役職についていた一族です。大祝《おおほうり》に神様をおろして祀るのが、神長官を始めとする五官《ごかんの》祝《ほうり》の役目。そのトップが守矢氏でした」

「つまり、もともと、地元の神様を祀っていた守矢さんたちが、諏訪大社の神事を仕切るようになったんですね」

諏訪は建御名方神という出雲の神様に征服されてしまった——という話かと思いきや、守矢一族はしっかりとトップの後ろで実権を握っていたというわけだ。

「はい。そして大祝《おおほうり》と神長《じんちょう》がかつて最も大事な神事を執り行っていた場所が、前宮です。前宮あっての本宮なんです」

なにやら、とても大事な場所のようだ。

萌絵は丁寧に二拝二拍手一礼して、フェスの成功を祈念した。

「ちなみに宮山を拝むのは、こちら。勅願殿です。前宮と山を拝むのが別々になってるんです」

「不思議なつくりなんですね」

萌絵も出張先であちこちの神社を見てきたが、ここは特別、謎の多そうな神社だ。

「前宮でも写真、押さえた方がいいですよね。行きましょう。ぜひ」

＊

前宮は本宮からは車で五分とかからない。

布橋御門からまっすぐのびる参道をひたすら進んだところに、ある。

「ここですか……」

なだらかな山際に鎮座する。県道から少し入ったところにあるのだが、高い木々が車の音を遮って急に静かになる。鳥居のある広場には、社務所と内御玉殿《うちみたまでん》、十間廊《じっけんろう》と呼ばれる建物だけがあり、社殿らしきものがない。

「社殿はもっと上になります」

「えっ。この先ですか。もっと山のほう？」

「はい。ここは神原《ごうばら》と呼ばれていて、その昔、大祝《おおほうり》が住んでいたと言われてます。有名な御頭祭《おんとうさい》の舞台になる大事な場所なんです。御頭祭というのは春に行われるのですが、七十五頭の鹿の頭が、あの十間廊の中に並べられたとか」

萌絵は驚いた。神社というのは血腥《なまぐさ》いものや獣肉を嫌うと思っていたので、意外だった。

「それが諏訪大社の諏訪大社たる所以《ゆえん》です。江戸時代には、諏訪大社の鹿食免《かじきめん》という札をもっていれば、鹿を食べるのも許されました」

萌絵はますます興味津々だ。

「狩猟民のかおりがします。それも古い土地神が関わっていますか」

「諏訪のひとたちは、実は少し前まで、諏訪大社のご祭神が建御名方命だということも、あまりよく知らなかったみたいなんです」

武井は石段をあがっていきながら、振り返らずに言った。

「地元の古いひとたちは、諏訪の神様は昔から『ミシャグジ様』だと……」

「ミシャグジ……？」

内御玉殿と十間廊の間にある石段の先には、まっすぐな登り坂が続いている。なかなか勾配《こうばい》がきつい。ここは御柱を曳く道でもあるが、この坂をあげるのは大変そうだ。

坂の先にようやく社殿が見えてきた。

「あれが前宮……」

玉垣で囲われた拝所は、本宮よりもいくらか簡素だ。社殿は伊勢《いせ》神宮《じんぐう》の古材でできているという。

「あ、御柱……」

四方にはやはり御柱が立っている。

本宮ほどの大きさではないが、立派にそそり立っている。足元には緑が茂り、手前には水眼《すいが》川という清流が横たわり、陽の光を受けてきらきらと輝いている。禊《みそ》ぎをするのにちょうどよさそうだ。

「あっ。先客がいますね……」

社殿の後ろをまわってきたのか。奇妙な一団が現れた。
七、八人はいるだろうか。
二十代から四十代くらいの男女だ。全員お揃いの白い作務衣《さむえ》のようなものを着ている。

「巡礼かなにかでしょうか……」

少し離れたところから見守りながら、萌絵が言った。男女の一団は拝所に並び、祝詞《のりと》のようなものを唱え始める。諏訪大社の崇敬者だろうか。それにしてはちょっと奇妙な雰囲気だ。

先達とおぼしき男性が手にしている杖《つえ》には、鉄製の筒の束がついている。それをグァラン、グァランと鳴らし始める。低く重く、のどかな静寂を揺さぶるように響く。萌絵が思い出したのは、どこかの博物館で聞いた復元銅鐸《どうたく》の音色だ。それよりももっと厳粛で、かつどこか野卑だ。やけに迫力があり、見えない力で威圧された気がした。

やがて儀式めいたものが始まった。

萌絵たちも近寄れない。

「氏子さん……じゃないですよね」

「ちがいますね」

武井も険しい顔をしている。

「あれは……ちがう」

よそからやってきた熱心な参拝者のようだが、異様な空気を醸している。

「仕方ないですね。終わるまで下で撮りましょうか」

巡礼者の一団は、二十分ほどかけて参拝したあとで、やっと下におりてきた。行儀良く二列に並んで坂をおりてくる。社務所の前にいた萌絵たちと、すれちがった。先頭を歩く若者と一瞬、目が合った。……気がした。

「わ……」

びっくりするほどきれいな目鼻立ちをしていたので、萌絵は思わず目で追ってしまう。ふっくらとした頬に涼しい目元、美青年と呼びたくなるような顔立ちだ。ショートボブの黒髪がシュールで、ファッション誌の外国人モデルみたいだと思った。

一団は列を乱さず駐車場のほうに去っていく。武井は険しい顔をしている。

「いまのひとたち、ご存知なんですか。武井さん」

「新興宗教の一団らしいです。氏子でもないのに、毎週のように通ってきてはあんな感じで祝詞を唱えていくんです」

「新興宗教……？」

確かに変わった雰囲気だった。皆、無表情で無駄口も叩《たた》かず、厳粛といえばそうなのだが、彼らの周りだけ見えない空気の膜が張っているようで異様な感じがした。

「……さ、それより撮影終わらせましょう」

と言って、武井は再び着ぐるみを着込む。

秋風が吹く昼下がりの社《やしろ》に、コスモスの花が揺れている。

＊

朝方に降った雨が八ヶ岳山麓《さんろく》に寒気を呼び込んだのか、その日は季節がひとつ進んだかのように急に寒くなった。

無量も薄手のダウンジャケットを着込んでの作業だ。

担当した祭祀《さいし》用住居址《じゅうきょし》からは、思いの外、たくさんの土器片が出てきてしまい、さしもの無量もなかなかスピードをあげられない。見かねて穂高が指示を出した。

「丹波さん、西原くんのとこに入ってくれる？」

よりによって、あの理恵とひとつの遺構の中で作業することになってしまった。

理恵は素直に応じ、自分の箕《み》（かきだした土を入れる道具）を小脇に抱えて、こちらの遺構にやってきた。

「ここの焼土層から十五センチ剝《は》がします。床上十センチは残しといてくれますか」

「わかりました」

無量は気まずい。相変わらず必要以上は話さないが。

すぐそばに理恵の気配を感じながらの作業だ。理恵は手さばきもいい。遺物が埋まっている状態に合わせて道具を器用に持ち替え、どんどん遺物の姿をあらわにしていく。

ふたりが組むと、どの遺構よりも作業効率がよかった。

結局、穂高には理恵についての疑義は伝えていない。

理恵も無量の「温情」には気づいているのか、どことなく遠慮がちに距離をおいている。だが、その手が気になる。

軍手をはめた華奢《きゃしゃ》な手。

かつて「埋められた遺物」を掘り出した右手だ。

自分の右手と見比べて、無量は怨《うら》めしくなる。理恵の右手。不正に加わった右手。

意識すまいとはするが、右手が痛む。あの手さえ「偽の遺物」を掘り出さなければ、この痛みもない。元凶のひとりだ。そいつのせいだ、そいつの！　右手の鬼がそう騒いでいるかのようだ。いや、騒いでいるのは無量の中にいる、あの日の自分だ。

頼むから黙れ。おとなしくしてろ、と自分に言い聞かすが、気温が急に冷え込んだせいもあり、骨まで沁《し》みるように痛む。

使い捨てカイロをもってくるべきだったな。と無量が溜息《ためいき》をついた時だった。

「なにこれ」

土層観察畦《セクションベルト》越しに隣で作業していた理恵が、ふいに呟《つぶや》いた。

無量がはっと振り向くと、理恵が発掘用スプーンを片手に固まっている。

「なんなの、これ……っ」

「どうしたんすか」

思わず声をかけた。手元を覗《のぞ》き込むと、やや大きめの土器片が土から露出している。

土器片自体は、なにも珍しくはない。

だが、理恵の様子がおかしい。横顔は強《こわ》ばって、目を大きく見開いている。

「なんなの、これ……なんで、ここにこんなものがあるの？」

「え？」

それは奇妙な一言だった。無量は理恵の顔と手元を交互にみてしまう。土器片は深鉢か何かの側面のようだが、隆線（表面より盛り上がった線）をほどこされた浮き彫りの文様が見て取れる。

理恵を動揺させているのは、その文様のようだった。

「なんなの……なんでここにあるの。こんなところにあるはずがないのに……っ」

「ちょ、理恵さん？　理恵おねえさん、どうしたんすか」

「なんで……！　うそよ、いやあああっ！」

悲鳴のような声をあげ、理恵は道具を投げ捨てると、飛び退くように後ろに下がって尻《しり》をついてしまう。口を手で覆い、恐怖に顔をひきつらせ、

「なんで！　なんでこんなところから出てくるの！　気持ち悪い……なんなの！」

現場にいた全員がギョッとして振り返る。

興奮して怯《おび》える理恵を、無量がなだめようとした。

「どうしたんすか、理恵おねえさん、落ち着いて！」

「兄さんのカエル……っ」

「兄さん？」

「〝呪いのカエル〟！　あれは兄さんが描いたカエル人間、……呪いのカエルが土から出てきた！」

無量は目を剝《む》いた。……呪いのカエル？

見回したが、生き物らしきものはいない。まだ冬眠の時期でもないし、そもそもこんな深いところにカエルがいるわけもない。だが、理恵は無量の体に闇雲にしがみついてわめき続ける。

「小さい頃、兄さんが描いた絵なの……っ。いなくなる前に描いた絵！　こんなところから出てくるはずがないの、ありえないのよ！　カエル人間を見てはいけない、見たら呪いがかかる。暗いところにつれていかれるの！　私もつれてかれる！」

「ちょっと理恵さん！」

「いやあああああ！」

異様な事態だった。無量は暴れる理恵を必死になだめ、遺構から引きずり出した。

何事かと穂高たちも駆け寄ってきたが、理恵はパニックを起こして興奮が治まらず、とうとう過呼吸まで起こして倒れこんでしまう。

「ちょ……、救急車呼んでください、救急車！」

ぐったりとしてしまった理恵は、しばらく経ってから駆けつけた救急車に乗せられて、病院へと搬送されていく。入来が家族への連絡に追われている。

無量は茫然《ぼうぜん》としたまま、走り去る救急車を見送るばかりだ。

理恵が掘り下げ途中だった遺構を振り返る。土から露出した土器片がある。理恵が掘っていたものだ。

「呪いの、カエル……？　これが？」

土器の表面には奇妙な文様が浮かび上がっている。

生き物だろうか。あどけない丸顔の人面の下には、楕円《だえん》状の体があり、そこからは蕨《わらび》のように渦を巻く二本の腕と、三つ指の手。

二本の脚は、L字と逆L字を背中合わせにしたようになっている。

なんだ、これは。

「カエル人間……」

無量はしゃがみこみ、軍手の指先で、人面の頬をおそるおそるなぞった。

第三章　カエル人間は目覚めた

発掘現場で倒れた理恵《りえ》は、幸い、ほどなく快復し、無事帰宅した。

理恵をパニックに陥れた土器片は、その後、無量《むりよう》が作業を引き継いだ。

土器は「有孔鍔付《ゆうこうつばつき》」と呼ばれるスタイルのもので、八ヶ岳南麓《やつがたけなんろく》でよくみられる。樽形《たる》や壺《つぼ》形があるが、口縁部のやや下を帽子のつば状のでっぱりがぐるりととり囲み、その上に小さな孔《あな》があいていて、酒造器ではないかとも言われるものだ。

無量が気になるのは、文様だ。

不気味だった。

腹の真ん中に人面がついている。あどけないまん丸の顔が童子を思わせる。

だが、その下に張り付いているのは、万歳をした左右対称の、二本の腕。しかも、その腕の途中からは、だらり帯のように下に巻く別の腕がある。

手の指は三本しかない。

呪いのカエル、という不穏な言葉がずっと頭に引っかかっていた。

——小さい頃、兄さんが描いた絵なの……っ。こんなところから出てくるはずがないの。

「お兄さんが描いた絵と同じ……。これが？」

曰《いわ》く付きの絵だったらしい。「呪い」の「カエル人間」だ。

子供の頃に兄が描いた絵と、全く同じ構図の文様をもつ壺が、五千年前の土の中から出てきた。ありえないことだ。

――見たら呪いがかかる。暗いところにつれていかれるの！

しかも「いなくなる前に描いた」とも言っていた。亡くなったのだろうか。

「丹波《たんば》さんの荷物はこのバッグだけですか」

作業終了後、入来《いりき》助手がテントにきて聞いた。自宅に荷物を届けるという。

「俺もついてっていいすか」

気になった無量は、同行させてもらうことにした。

丹波家は発掘現場から車で十分ほど離れた乙事《おっこと》地区にあった。古い神社の裏手にある丹波邸は、小洒落《こじゃれ》た洋風の二階建てだ。

「わざわざ、すみません……」

夫の幸太《こうた》は、理恵と共にすでに病院から帰宅していた。ずんぐりとした幸太は刈り上げた頭をかきながら、何度も無量たちに頭を下げた。

「理恵さんの具合は」

「いま、二階で寝てます。だいぶ落ち着いたようなので、しっかり休めば、週明けには仕事に出られそうです。ご迷惑をおかけしました」

「こちらのことは気にせず、ゆっくり体を休めてもらってください」

幸太は申し訳なさそうに頭を下げた。二階を気にしながら、

「実は理恵は若い頃、何度かパニック発作を引き起こしたことがあって」

「パニック発作……」

「あるシチュエーションに反応して、過呼吸の症状が出るものです」

「その発作が出始めたのって……」

祖父の捏造《ねつぞう》事件がきっかけだったのでは――、と言いかけた無量だが、言葉を飲んでしまう。幸太はそこまでは気づかず、

「……学生時代に色々あって土にさわれなくなってしまったんです。実家が畑持ちで手伝わなければならなかったので、少しずつ庭いじりなどをさせて慣れさせたんです。もうすっかり治ったものと思っていたんですが」

引き金になったのが、あの土器片の発見だったのは間違いないとしても、それ以前に、理恵にとっては遺跡発掘自体が大変なストレスだったのだろう。そうまでして、なぜ、という思いが、また無量の中に頭をもたげてきた。

「ひとつ訊《き》いてもいいっすか」

「なんでしょう」

「理恵さんには、お兄さんがいましたか？」

幸太はあからさまに不審そうな顔をした。

「はい、ええ……。まあ」

「そのお兄さん、理恵さんが小さい頃に亡くなったか何かしてると思うんすけど」

「はい。四つ年上のお兄さんがいたんですが、彼女が小さい頃、家の近くの森で行方不明になってしまって」

「行方不明……」

「いまだに見つかっていないのだとか」

無量は怪訝《けげん》な顔をした。いまだに？　もう三十年くらい経っているのに？

「あの、理恵がなにか言いましたでしょうか……？」

「あ、いえ。現場で具合が悪くなった時、なんだかお兄さんのことを口にしてたので」

無量はスマホを取りだし、例の土器の画像を見せた。

「こういう感じの絵に、なにか心あたりはありませんか」

覗《のぞ》き込んだ幸太は首を傾げた。「呪いのカエル」の話についても何も知らないようだ。

「それと関係あるかはわかりませんが、理恵はカエルが大嫌いなんです。極度に怖がるのです。写真や絵を見るだけでも……」

無量は神妙な顔つきになった。――カエルが怖い……。

それはやはり「呪いのカエル」のせいだろうか。

今日あった出来事は、メールを通して忍《しのぶ》に報告した。忍は東京に戻っていたが、ほどなくして返信の代わりに電話がかかってきた。

『この土器の文様が、行方不明になったお兄さんの絵とそっくりなのか？』

忍の問いに、無量は宿舎のベッドに座り込んで「うん」と答えた。土器片の画像は添付して送ってある。

顔は人間だが、体つきはカエルにみえる。腕は異様に長く、手首から先は三叉《みつまた》に分かれている。カエルといえば三本指だ。脚の曲がり方もカエルの後ろ脚に似ている。

絵とも図像ともつかない、これが、兄の絵とそっくりだったという。

確かに、三十年前かそこらに描いた絵が、五千年前の土器に描かれてあったとしたら、オカルトだ。気味が悪いことこのうえない。

「なんかそういう手品あったよね。てきとーにひいたトランプと同じカードが、果物の中から出てくるやつ」

『うん、まあ、あれはタネも仕掛けもあるわけだけど。現代人のイラストが、五千年前の土から出てきたら、そりゃ誰だってびっくりするよ』

「まさか……誰かが作って埋めた、とか？」

無量は不穏なことを連想してしまう。理恵が関わっているせいもある。

忍は冷静だった。

『埋めたような形跡でも、あった？』

いや、と無量は首を振った。あの祭祀住居址《さいしじゆうきよし》は無量が最初から担当していたが、土に攪乱《かくらん》や不可解な痕跡《こんせき》があったなら、無量が見逃すはずがない。

『だよね。経験の浅い学生の目はだませても、おまえの目はごまかせない。遺跡発掘師・西原《さいばら》無量の〝土を見る眼〟はだれよりも厳しいしね』

「でも、その俺でも見抜けないような細工をされてたとしたら……？」

いつになく懐疑的だ。理恵との再会はよほど無量を動揺させていたらしい。

忍は『自分の眼を信じろよ』とさとし、

『たとえ果物からトランプが出てきたように見せかけることはできても、五千年前の土にあれだけの土器片を仕込むのは痕跡が残りすぎて、無理がある。まして住居址には焼土層があったんだろ。その下から出てきた土器片を、攪乱もなしに埋めた？　そんなのは不可能だ。おまえが一番よくわかってるはずだろ』

「あの場所は今朝、急に理恵さんが担当することになったんだ。理恵さんに見つけさせるのが目的で、直前に誰かが何か細工してたとしたら」

『なんのために』

無量は答えに窮してしまう。

『それに……百歩譲って、誰かが絵を真似た土器をわざわざ作って埋めたとして、理恵さんを驚かせたこと以外に、なんの得がある』

忍の言うとおりだ。そこまで手の込んだ真似をしたところで、土器の年代測定をすれば、すぐばれる。なにより理恵自身が、土の異変に気づかないはずがない。

「じゃあ、やっぱ似てたのは偶然？」

『だと思うよ。確かにこの土器片は抽象的で、ちょっと気味が悪いけど』

画像の文様は一見、子供の落書きのようでもある。

『……子供の描く絵は大人の発想を跳び越えるしね。抽象的表現が、たまたま縄文人の文様と酷似したとしても、不思議じゃない』

「やっぱり、偶然……」

『それよりも〝呪いのカエル人間〟ていう、そっちの言葉のほうが気になる。理恵さん兄妹《きょうだい》にいったい何が起きたんだ？』

無量はカーテンの隙間から覗く上弦の月を見つめ、考え込んでしまう。

このまま放っておけない気がした。

「……明日《あした》、岡野《おかの》監督と井戸尻《いどじり》考古館に行くけど、忍も来る？」

＊

発掘が始まってから、最初の土曜日となった。

無量と忍が向かった先は、井戸尻考古館だ。

信濃境《しなのさかい》駅で待ち合わせ、徒歩十分ほど。考古館は井戸尻遺跡の敷地内にある。そこは水田に囲まれた史跡公園で、復元された竪穴式住居《たてあなしき》や古代蓮《はす》の湿生植物池もあり、のどかな田園風景の中を、遠い昔に想いを馳《は》せながら散策できる憩いの場となっていた。

「おお、きたか。宝物発掘師《トレジャー・ディガー》」

庭木の奥に、エンジ色の屋根と白壁でできたコンクリート建物が見えてきた。玄関先に格闘家を彷彿《ほうふつ》とさせるスキンヘッドの男性が待っている。岡野監督だった。土器片の文様について、手がかりを求めてやってきた二人を、そうとは知らない岡野が出迎えた。

忍が「はじめまして」と挨拶《あいさつ》をすると、岡野は機嫌良く応《こた》える。気むずかしい監督で知られていたが、アニメ外の場面では性格も変わるのか、驚くほど気さくだ。

「ここは僕の大好きな博物館でね。このとおり、こぢんまりとしているけど、置いてあるものは実にエキサイティングだよ」

昭和に建てられた博物館らしく、造りはとてもシンプルだ。入ってすぐのところには、原寸大の竪穴式住居があり、壁は全面ガラスケースになっていて、年代順に縄文土器が並んでいる。

岡野のガイドは大きな地図のもとで語るところから始まった。

「井戸尻文化圏と呼ばれるのは、この部分。富士と諏訪湖《すわこ》をひとの目に見立てて、眉毛《まゆげ》にあたるところ……富士眉月弧《びげつこ》という一帯から見つかる遺跡をさしてる。見ての通り、東京の西南部で出る遺物にまで井戸尻の影響が見られる。井戸尻は、ここ。八ヶ岳山麓《さんろく》と南アルプスに挟まれて一番狭くなってるところだ」

地図上には集落跡の印が集中している。

「ほんとだ……。このへん、集落がめっちゃ多いすね」

「五千年前の人口密集地だ。川の流れが太平洋と日本海にわかれる、いわば分水嶺《ぶんすいれい》にあたる場所で、千年以上続く集落も多いんだ。縄文人がこの狭い高地に集中して住んだのは、なんでだと思う。宝物発掘師《トレジャー・ディガー》くん」

「だから、その呼び方」

「……住みやすい地形もあるだろうけど」

かわりに答えたのは忍だった。

「縄文海進で、東海からあがってきたひとの流れと関東からあがってきたひとの流れがちょうどぶつかって、狭い地域に集中して人口密度も高まって、自然に物流センターみたいになっていった、とか？」

「模範解答だね。僕は単純にこの土地がパワーをもってたからだと思うよ」

岡野の言葉に、無量が固まった。

「まさかパワースポットとか言い出すんじゃ」

「スピリチュアルになるまでもない。人間は本能的に美しい山や川、自然の造形物に神をみるだろ。ここは、富士とアルプスと八ヶ岳に囲まれたスーパートライアングル。いわば神に囲まれた、空に近いスペシャルな高原地帯だ。心を動かす景色があるところに、人は自然と住みつこうとするもんじゃないかね」

なるほど、と無量はうなずいた。その気分はなんとなくわかる。

「過剰な情報も科学技術もない分、縄文人の感性は研ぎ澄まされていただろう。住みやすいところを選《え》り抜く目も土地勘も、段違いだったろうね」

岡野は鳥になって俯瞰《ふかん》するように地図を眺め、しみじみと言った。

展示室にはたくさんの石器も並んでいる。

それらは農耕具であることを証明するように、木製の柄をつけて再現され、海外の農具との類似性も説明してある。

「す、すごい説得力……」

「一昔前までは、縄文時代に農耕があったなんて言ったら一笑に付されたもんだ」

「そうなんすか？」

「諏訪出身の藤森栄一《ふじもりえいいち》先生を知ってるかい」

岡野はどこか誇らしげに言った。

「在野の考古学者だった。昭和二十二年に、縄文農耕というものを最初に提唱したひとだ。当時は縄文時代といえば狩猟と漁撈《ぎょろう》と採集だけ、というのが定説だったから、それを覆す大胆な説だった。けれど、中央の考古学者たちには黙殺された。そんなのあるわけないじゃないかって。地方のアマチュアの戯言《たわごと》と片付けられたんだろう。だが、このあたりからたくさん出てくるのは、石斧《せきふ》や石鍬《いしくわ》、石庖丁《いしぼうちょう》などの打製石器ばかりだ。狩猟用の鏃《やじり》なんて、ちょっとしか出ない。住居を掘ったとしても、こんなにたくさん要るとも思えん。これだけ物証が出てるのに狩猟しかしてないなんて、そっちのほうがおかしいじゃないかってね。藤森さんの考えを支持した若い研究者たちが声を上げて、この井戸尻を掘った。掘って掘って実証した。藤森さんの志が、諏訪の若い考古学好きたちに火をつけたんだ」

地方からの声を認めない中央の連中への反骨精神が、この地には強く染みこんでいる。それが若い研究者のスピリットとなって、受け継がれてきたのだろう。

昭和という時代柄もある。学生運動を支えた気運だ。戦争を経て権威と権力は信用ならざるものと叩《たた》き込まれた若者たちは、次々と嚙《か》みついていった。

今まで「こうだ」とされてきたものに疑問を持ち、自分たちで研究の仕方を編み出して、自分たちの物の見方で過去を探る。

実践考古学とでもいうべきアプローチも、ここから生まれたものだという。

「さて、このあたりが縄文時代中期……井戸尻が一番隆盛を極めていた頃の、土器だな」

遺跡の名を取り、古いほうから藤内《とうない》期、井戸尻期、曾利《そり》期。勝坂《かつさか》式と呼ばれている。最初はシンプルだった土器に、徐々に躍動感溢《あふ》れる立体装飾がついていく過程が一目でわかる。華々しい進化だ。まさに「文化が花開いた」時代だ。

「これか。双眼」

土器のふちに立体的にほどこされた「ふたつ並んだ大きな丸い空洞」のことをさす。環状把手《とって》や環状突起と呼ばれる形状の「双環」は井戸尻の土器の特徴で、土器の四方にとりつけられたものは、紐《ひも》かなにかを通すための穴にもみえる。

だが「双眼」は明らかに装飾だ。

「なるほど、眼ですね。一対の眼窩《がんか》だ」

その「ふたつの空洞」を覗《のぞ》き込んでみると、なぜか左側だけがふさがっている。単純に蓋《ふた》がしてあるというようなものではなく、立体的な造形になっていて裏側が見通せない。双眼を裏から見ると、少しずらした環形の空洞がひとつ、絶妙な位置に作られているのだ。

「ほんとだ……。どれも片方だけがあいてる」

正面に立ってみると、必ず「右眼」だけが向こう側を見通せて、「左眼」だけがふさがっている。無量は子供のようにガラスに張りつき、

「なんで？　なんで左だけ、ふさがってんの」

「これ、確実にそうすることに意味を持たせてますよね」

「ああ、意味があるんだろうね」

「明らかに意図して、そう作ってますよね。なんてこった」

忍は興奮気味に食いついた。唐突に縄文人がリアルな存在として目の前に現れた思いがした。「片方が閉ざされた双眼」という意味深な造形に、縄文人は現代人に匹敵する

知性を持っていたと直感的に知った。

「片方がふさがることに何か意味があるんだ。どういう意味だろう」

わからない。文字はないので伝わることもない。

「その意味を読み解く学問が、縄文図像学だ」

「じょうもん……ずぞうがく……」

耳慣れない言葉だ。岡野はうなずき、

「井戸尻の研究者たちは、縄文土器の形や文様から、その意味するところを探る研究を始めた。それが縄文図像学だ」

無量と忍は、目を瞠《みは》った。

「土器の文様の、意味を読み解く……んですか」

「そう。たとえば、『双眼』の意味するところは何か。日と月を表しているんじゃないかと推測されてる。たとえば、こちらの矢印のようなもの。これは蛇の鎌首だ。蛇は脱皮して生まれ変わる。月の運行になぞらえて新月を表すのでは、と考えられている」

ガラスケースに並ぶ土器の文様は、確かに、一定のパターンがあって、文様にもなんらかの意味をこめていそうだ。

「それらを読み解くことで、縄文人の世界観や宇宙観が見えてくる。これまでの縄文研究者は、土器の文様が何か、どうやってつけられたかは考えても、なぜそれを描いたのか、その文様の意味するところまで踏み込もうとはしなかった。とても挑戦的で意欲的な学問だ」

「おもしろい」

謎解き好きな忍は俄然《がぜん》、興味が湧いてきたのだろう。目を輝かせ、

「文様の意味か。確かに、ただなんとなくこの形にしたんじゃない。意味をこめてるし、意志をこめてる。縄目だけの土器とはちがう。その理由を読み解くわけか」

謎の水棲《すいせい》生物めいた文様、神秘的な渦巻きの巻き方、貝に見えるもの、蛇の頭に見えるもの……。

「子安貝は女性器に似る。人が人を産む神秘性を特別尊んだらしい縄文人が、よく用いるモチーフだ。左右に延びる蕨手《わらびで》も、左巻きは満ち行く月の運行、右巻きは欠け行く月の運行を表すんじゃないかとね。縄文人の観察力の賜物だろう」

研究者たちはそれを知るために、実際に月の出を日々観測して、類似性を導き出したという。

「縄文図像学は始まってからまだ三十年ほど。日本ではまだ異端とみなされがちな分野だが、文字のない時代への有効なアプローチだ。日本の考古学は、実証を求めるあまり、より科学的であれ、という呪縛《じゅばく》に囚《とら》われているムキもあるが――」

無量の表情が険しくなった。

それは祖父が起こした捏造《ねつぞう》事件への反省も含んでいる。

捏造は、日本の考古学に、神経質なまでに「科学的」「分析的」でなければならない

という強迫観念をも生み出した。

「……だが、考古学を学んでいけばいくほどわからなくなるものもある。精神性の部分だ。彼らがどういう物語をもっていたか。どういうふうに世界を見ていたか。それを解明するため、図像学には、神話学・民俗学・文化人類学もミックスした広い知識を要するが、海外ではすでに確立されたアプローチの仕方でもあるんだよ」

現在、縄文時代の研究は「大方、出尽くした」とも言われている。足踏みを余儀なくされている分野で、図像学は新たなステージへの突破口になる可能性を秘めている。

「そうか……。縄文人の目になって、世界を見るんだ」

忍はガラスケースに並ぶ、たくさんの土器を見渡した。

それらは飾りでなく日用品だ。何千年も前に火にかけられた時の黒い煤《すす》が、くっきり残っている。

どれも煮炊きに使われたものばかりだ。おこげがついているものもあるという。

実用の土器にも自分たちの心に響く「デザイン」をとり入れ始めた。それこそが縄文人の心の豊かさかもしれないのだ。そして、なぜ、その「デザイン」でなければならなかったのか。答えを見つけることが、縄文人の心性を知ることに繋《つな》がる。

「おもしろい……。おもしろいなあ」

忍はしきりに感心していた。

無量も、引き込まれたようにその不思議な文様たちを見ていたが――。

ふとその目が奥のガラスケースに向かった。

「あっ。人面香炉形土器」

先日、無量が掘り当てたものとよく似ている。

「こないだ君が出したやつも、ひとの頭がついてたな」

「そっすね。顔がまん丸で目がつり上がってて、口も丸くて……これもよく似てる」

「この幼児を思わせる丸顔はこのへんの特徴だ。これは真ん中の空洞が女性の胎内に見立てられて造られた。火を生む女神だな」

どこかサイケデリックな造形だ。前から見ると女性の姿だが、後ろから見ると不気味な髑髏《どくろ》に見える。岡野は熱心に語り、

「香炉形土器は比較的、完形で出てくるが、土偶や宗教的な何かに使われた器物は大体破壊されて埋められてる。土偶なら首だけもがれている」

「なんで壊すんすか」

「よく穀物の神の偶像が壊されるのは、収穫の時の穂刈りを表すともいうな。殺した女神の屍体《したい》から新たな作物が発生する。壊して土に埋めることで新たな芽吹きの力となすんだな。だから、壊れて出てきたものは無事、役目を果たし終えたものだとも言える」

「つまり完形で出てくるものは、役目を果たせなかったもの」

「土偶としては無念だが、後世の人間は喜んで国宝にしたりする」

出土する土器は完成度も様々だ。

土俗的でいかにも稚拙なものも多い中、時折、現代人の目から見ても素晴らしくスタイリッシュな、一目見て芸術性も高く、技巧に長《た》けているとわかるものもある。

「特にこの神像筒型《しんぞうつつがた》土器。ここまでくると、縄文とか現代とかはもうどうでもよくなる。明らかに天才の仕事だ」

岡野はほれぼれと言った。

筒型の土器を抱えるように、ひとの背中と腕がある。その背中はまるで何かの甲冑《かっちゅう》を身につけているかのようで、やけにリアルなのだ。盛り上がった肩から延びた両腕は、だが肘《ひじ》はなく、蕨のようにくるりと丸く渦を描いて、土器を抱えている。

頭はないかわりに、蛸《たこ》の足を思わせる装飾のついた「双眼」がついている。

無量は、ゾッとした。

神像の造形があまりに洗練されていて、縄文時代の野卑で泥臭いイメージが、一瞬で覆るのを感じたためだ。神像の背中に時空を跳び越えたものを感じた。これが縄文人たちの神か。近代のシュールレアリスムを思わせる、天才の閃《ひらめ》きめいた造形に、衝撃を受けた。

「これ造ったやつ、ヤバくないすか……」

無量が震撼《しんかん》していると、忍も真顔になって、

「ああ……。なんだろ。縄文土器というと、こう、泥臭くてゴテゴテしたイメージだったけど、これは真逆だな。昔、岡本太郎《おかもとたろう》さんが火焔《かえん》土器の奔放さを絶賛してたけど、こっちは凄《すさ》まじく洗練されてて、なんていうか、スタイリッシュだ」

「これホントに縄文時代のもんすか。現代人が作ったんじゃ」

「それだよ、宝物発掘師《トレジャー・ディガー》。なんでも現代人が一番優秀で最先端にいると思ったら大間違いだ」

岡野は釘《くぎ》を刺すように言った。

「むしろ、ぼくは現代人の生み出す美なんか、どんどん退行して劣化してるんじゃないかって思うね」

偏屈と反骨が売りの岡野らしい物言いだった。

確かに……、と賛同したのは忍だった。

「天平仏《てんぴょう》なんかを見ても、この美には、現代人はどうしたってかなわないと思う時がある。芸術のよしあしには精神性の高さが反映されるんだとしたら、遥《はる》か何千年も前の人間が劣っていたとは、とても言えない。縄文時代のひとは、科学技術や文字がなかったってだけで、もう人としては完成してた感じがする。それどころか……ずっと研ぎ澄まされていたんじゃないかな」

暮らしの安定が、豊かな精神文化をもたらした。精神的高揚を醸成する集団は自《おの》ずと切磋琢磨《せっさたくま》して創造レベルもあげていく。そういう条件が、この井戸尻土器を生んだ集団にも揃っていたのではないか。

「縄文土器は他からも出るけど、こんなふうに土器から物語性を感じるところはなかなかないしね。人間の顔とか精霊とか生き物とかが、いかにも意味ありげに用いられてるところも」

宗教観や宇宙観を表現し得るだけの、すこぶる豊穣《ほうじょう》な精神性が育まれていたことは、まちがいないようだった。

「ただ、その中でも、この神像筒型土器を作ったやつは、天才だ。何かが突き抜けてる。何者だったかはわからんし、個人の名も残らないが、仕事は残る。何千年と残る。藤森栄一先生も言っていた。〝死んだ人たちはかえって来ない。けれどもこうして、その仕事はいつまでも生きている〟と。何千年も跳び越えて、その仕事だけがね」

「小難しいことはわかんないけど」

と無量が降参したように呟《つぶや》いた。

「井戸尻の土器はやベーってのは、わかった」

「やばいだろ。宝物発掘師《トレジャー・ディガー》」

「あと、ここの人たち、めっちゃ何か言いたがってる。すごい言いたがってる」

「だからかもな」

忍も深くうなずいた。

「土器に全力で意味をこめてるから読み解きたくなるんだ。ここの土器はとても饒舌《じょうぜつ》だから、井戸尻の研究者から図像学が生まれてきたのも自然な流れかもな」

「ほんと、それ」

すっかり圧倒されて、ここに来た理由も忘れかけてしまっていたが、ふと、ある土器に目がとまった時、無量は現実に引き戻された。

「ちょ……っ。この土器の文様……」

なにか生き物が土器に張り付いているように見える。ラグビーボールめいた胴体から左右に長い腕らしきものが延びて、渦を巻き、その先端に三つ指の手がある。

無量の脳裏で、昨日の土器片が重なった。理恵をパニックに陥れた、あの文様に似ている。

「岡野さん、これなんすか。この手！」

「これかい。こりゃカエルだって言われてる」

無量は息を呑《の》んだ。

「……カエル」

「半分ひとで、半分カエル。半人半蛙《はんあ》の精霊と言われてるよ」

――あれは兄さんが描いたカエル人間。

似ている。理恵が掘り当てた土器片の文様もこんなふうに土器に張り付いていた。細長い子安貝形の胴体に、左右にのびた蕨手《わらびで》の腕、L字形の脚。

人面はついていないが、こうして見ると、確かにカエルだ。

「でも、なんで土器にカエル……？」

「井戸尻系には珍しくないよ。時が経つにつれ、腕だけとか、だいぶ抽象化・簡略化されていったりもするが、同様のモチーフのものはたくさん見つかっている」

忍が間に入って問いかけた。

「カエルにはどんな意味があるんですか」

「月や水に深く関わっていると聞くなあ。同時に再生と生殖のシンボルでもある。古代中国じゃ月にはカエルが住んでると言われてた」

「再生の、シンボル……」

「縄文人はきっと自分たちが何者かを考えたとき、自分たちに似た何かを引き合いに出しただろう。羊膜に包まれた胎児はカエルの卵と似ていただろうし、赤ん坊はカエルのように這《は》いずる。カエルは身近な生き物だったろうし、不思議な生き物でもあった」

無量と忍はお互い顔を見合わせてしまった。

理恵の言葉。

――カエル人間を見てはいけない、見たら呪いがかかる。

「そのカエルが、呪い……？」

土器の前から離れない無量を尻目《しりめ》に、岡野は土偶の説明を始めている。

無量の耳には届いていない。

土器の暗号を読み取ろうとするように、じっと凝視している。

＊

のどかな田園には、お昼のチャイムが鳴り響いていた。

たばこを吸うため、岡野は外へと出ていき、無量と忍はふたりきりになった。

「どうだった。なにか手がかりは摑《つか》めた？」

「あの土器の文様がホントにカエルだって言われてるのはわかった」

長いすに腰掛けて、無量は考え込んでいる。

「……お兄さんの絵が土の中から見つかったって言ってたけど、それ逆なんじゃね？お兄さんの絵のほうが、土器を見て描いたものだったんじゃ」

「俺もそんな気がするよ」

忍も土器のほうを見て、言った。

「ここの土器を見て描いたんじゃないかな」

「いや。似てたけど、ここのじゃない。体のバランスもちがうし、頭がちがった」

「じゃあ、どこで見たんだろう」

「……わかんね」

無量は革手袋のふちをしきりにいじっている。

「出土した土器片と同じ文様が入ってた土器を、お兄さんはどっかで見たのかもね。しかも、それをさして『呪いのカエル』だと言った。その根拠はなんだ？」

「探してみようか。同じ文様の土器を」

いまの忍は「にわかルポライター」だ。題材探しのためにあちこち歩く時間はある。

「理恵さんの実家もこの近くなんだろ？　少しこのへんを聞いてまわってみるよ」

「いいの？」

「遺跡から出てきた呪いのカエル……。その意味を知りたいじゃないか。しかもその呪いのせいでお兄さんの身に何か起きたんだとしたら、ますます放置できない。何が起きたか知りたい。あわよくば、記事にさせてもらうよ」

「なんか鶴谷《つるや》さんみたいなこと言ってるし」

「はは。口調までうつりそうだ。よし。頭使ったら腹減ったな。地元のひとにうまい蕎《そ》麦屋《ばや》を教えてもらったんだ。岡野さんも誘って昼飯にしよう」

考古館を出たふたりは、庭にいる岡野が誰かと話し込んでいるのを見つけた。

紺のジャケットをかっちり着こなした黒縁メガネの若者だ。

二十代後半くらいで、のどかな高原よりはお堅いアカデミックな場所にいるほうが似合いそうな出《い》で立ちだ。えらの張った面立ちに頑固そうな太い眉《まゆ》、小鼻が左右に盛り上がり、決して美形ではないが目を惹《ひ》く。

無量たちがやってくると、岡野が気づいた。

「ああ、いま紹介しようと思っていたところだ」

「そちらは？」

「生徒だ。縄文講座の」

「縄文……講座？」

「町の主催で時々、講演会をやってるんだが、毎回聞きに来てくれる常連さんだ。勉強熱心なひとでな。あっ……こっちは御座《ござ》遺跡で発掘をやってる西原くんだ。さっき話した」

黒縁メガネの若者は律儀に頭を深く下げた。

「いまやってる藤内期の住居址《じゅうきょし》の……。学生さんですか」

「派遣の作業員です」

「ああ、バイトさんか。なんか面白いものは出ましたか」

「まだまだこれからっすね」

「神像筒型クラスのものが出るといいですね。今度見学にいきますよ。……それより岡野さん、例の専属講師の件、お返事は」

「都築《つづき》？」

と訊《たず》ねたのは、無量の後ろにいた忍だった。

その視線は黒縁メガネの若者に向けられている。

「君、都築寛人《ひろと》じゃないか。二組にいた」

呼びかけられた若者は忍を怪訝《けげん》そうに見つめ返したが、やがて「あっ」と驚き、

「……君は、相良《さがら》？　一組にいた相良忍か？」

「そうだ。相良だ。こんなところで会うなんて」

無量はふたりを交互に見て、説明を求めるように忍の腕を引っ張った。

「あ、ああ。中学高校時代の同級生だ。都築寛人くん。クラスは別だったけど、体育の授業なんかが一緒でよく顔を」

「中高って……おまえがいた学校は確か」

私立鳳雛《ほうすう》学院。井奈波《いなば》グループが経営母体である全国でも指折りの中高一貫の進学校だ。全国から優秀な生徒が集まることで知られており、卒業生のほとんどは超難関大学に進んでいる。目の前にいる若者は、そこで忍の同級生だったという。

「すごい偶然だ。卒業式以来だよな」

「あ……ああ。相良くんは、確か京大に行って文化庁に」

「はは。一身上の都合でやめて、いまは発掘派遣事務所で働いている。ここにいる西原無量はうちが派遣してる発掘員なんだ。君は、確か東大の理Ⅲだったっけ。その後、どちらに？」

問われて、都築は一瞬たじろいだが、すぐに落ち着きをとり戻し、

「外資の製薬会社に勤めたんだが、体を壊してしまってね……。少し自分の生活を見つめ直そうと、それを機に退社した」

顔には微笑みを湛《たた》えている。

「いまは茅野《ちの》で自然保護のＮＰＯをしながら縄文時代のことを学んでいる」

「考古学を？」

「いや。縄文時代の暮らしから、自然との共生について学んでるんだ。現代人の生活に

生かすための」

といい、都築は胸元から名刺を取りだし、忍と交換した。名刺には「縄文学校　ライフ・イノベーター」なる肩書きがある。

「月に何度か、セミナーや縄文暮らしの体験イベントを開いてる。土器や石器を作ったり、当時の食材を集めてきて手作りの炉で料理したりしてるよ」

「へえ。面白そうだな」

「よかったら案内メールを送ろう。遊びにきてくれ」

「ありがとう。ぜひ」

都築は人の好《よ》い笑顔でうなずいて、岡野へと向き直った。

「では例の件、くれぐれもよろしくお願いします」

丁寧に一礼して駐車場に戻っていく。都築の軽自動車が出ていくのを見送ってから、無量が肩をすくめて言った。

「フェスとか学校とか、いま、そういうの流行《はや》ってんすか」

「岡野さん、都築から何を頼まれているんです？」

忍が真顔に戻って問いかけた。岡野は少し困ったように腕を組み、

「講師を頼まれてるんだが」

「なにかまずいことでも？」

「初めは月に一回のイベント学校って話だったんだが、本格的な学校にしたいと言い出

して専属講師の契約をと」

「縄文学校をほんとの学校に？」

「ゆくゆくは全寮制の私立学校として正式に認可をとるつもりでいるらしい。校長になってくれと頼まれたんだが、さすがにそれは断った。なら講師でいい、と言われたんだが、どうもねえ……」

「それ、岡野監督を売りにしたいだけじゃないすか」

知名度をあてにしているとしか思えず、無量たちにはずいぶん胡乱《うろん》な話のように聞こえたが……。

「まあ、それもあるだろうが、都築君は割と大真面目に、縄文精神を教育理念にしたいらしいんだ。それ自体は悪くはないんだが、僕はそういう教育めいたものを声高に唱える柄じゃないからね」

岡野の研究はあくまで知的好奇心を満たすためのもので、それで人を育てようなどと大それたことは考えておらず、乗り気にはなれないという。

「ただの学校ならまだいいんだが、彼の目指すほんとうのところがちょっとね……」

「ほんとうのところ？」

「あ、いや……。なんでもない。それより昼飯にしよう」

といい、岡野は歩き出していく。無量は思わず忍の顔を覗《のぞ》き込んだ。

忍は真顔になって何か考え込んでいる。

蕎麦屋で小一時間、縄文土器について熱い語りを繰り広げ、岡野は帰っていった。

残された無量と忍は、例の「呪いのカエル」の文様を探すため、近隣の博物館をめぐることにした。

*

「鳳雛学院の同級生がまさかこんなところにいるとはね……」

ハンドルを握る忍が、しみじみと言った。

「さっきの、都築とかいうひと？」

「鳳雛園で少しだけ一緒だった」

忍が養子縁組をしていた龍禅寺雅信《りゅうぜんじまさのぶ》。井奈波グループの創業者一族で、ドンのような存在だった。その龍禅寺が全国から優秀な子供を集めて育てた「私営の養護施設」に忍はいた。

「都築は片親がいたけど、雅信のたっての希望で鳳雛園入りした。向こうは中等部から寮に入ってしまったから、そこまで深く知る仲じゃないが、鳳凰会《ほうおう》のメンバーでもあった」

「鳳凰会……って、たしか、エリート選抜の？」

「ああ、選ばれた生徒だけが入れる特別な勉強会だ。俺もそこにいた」

忍が通っていた私立鳳雛学院には、成績優秀者だけが入れる勉強会がある。鳳凰会といい、エリート育成のための特別カリキュラムが組まれていた。メンバーは学校のヒエラルキーの最上段にあって一般生徒に対しても強力な発言権を持っていたという。ゆくゆくは社会の中枢に食い込み、井奈波グループの創業家・龍禅寺の意志を遂行するために忠誠を捧《ささ》げる。彼らは「龍《りゅう》の子供たち」と呼ばれた。

忍自身もメンバーのひとりだった。

「都築も一度は選抜されたんだが、途中で退会させられた」

「途中退会……？　なんで」

「資質に問題ありってね。賢すぎて鳳凰会の思想に染まらなかったのが、一番の原因だった。あそこに入ると一種の洗脳を受けたような状態にさせられる。けれど、最後まで都築は染まらなかった」

無量は神妙な表情で問いかけた。

「忍は……？」

「染まったふりをしてた。あの頃はそうしなきゃ生きていけなかったから……」

それは忍の処世術だった。家族を殺した犯人への復讐《ふくしゅう》を心に秘めながら、「龍の子供たち」のひとりとして弱肉強食の環境で生き抜くため、心を凍らせて分厚い仮面をかぶりながら過ごしていた。

——暗くて冷たい雰囲気の、とっつきにくい生徒だったそうだ。

いつか鶴谷から聞いた「高校時代の忍」。友人もなく、いつもひとりだったが、教師のおぼえだけはめでたい「裏表のあるへつらい屋」というのが周囲の評価だったと。

無量の知らない忍だ。

「………。どうした？　無量」

「あ、うん……いや」

無量は顔を撫《な》でてごまかした。

「でも、鳳凰会っていうのはめっちゃ頭いいやつしか入れなかったんだろ？　東大まで行って製薬会社入って……なんでまた縄文学校？」

「さあ……。わからないけど、都築は賢いうえに少し気むずかしいところがあったから、まっすぐなエリートコースは歩けなかったのかもしれないな」

それが忍の印象だった。

「でも気になる。縄文学校を作る〝ほんとうのところ〟ってなんだろう」

岡野も言葉を濁したくらいだ。無量も首をかしげ、

「新しい金儲《かねもう》けとか？」

「そういうタイプには見えなかったけど」

「ほんとに縄文時代人になろうとしてるとか」

「竪穴式《たてあなしき》住居に住んで石器作って土器も作って？」

「おまえの学校、変なの多そうだし」

「失礼だな。まともな生徒も、なかにはいたよ」

「なかには……って」

あきれながら無量は忍の横顔をみた。いつもの忍であることにちょっとほっとして、ペットボトルの麦茶を飲んだ。

「とりあえず、カエル土器がありそうなところをしらみつぶしにしてみるか」

＊

理恵の兄が見たと思われる「呪いのカエル」の文様を探して、ふたりはお隣の北杜《ほくと》市にある考古資料館、原《はら》村の八ヶ岳美術館、茅野市の尖石《とがりいし》縄文考古館を訪れてみたが、理恵が掘り当てたのと同じ「人面をもつカエル土器」は見つからなかった。

せっかく茅野まで来たので萌《も》絵《え》を夕食に誘い、駅前の居酒屋で待つことにした。

「おせーな。永倉《ながくら》のやつ」

約束の時間を三十分過ぎても現れない。

「忙しいのかな。もう一度、連絡入れてみる」

それから十分ほどして、ようやく店に萌絵が現れた。萌絵はふたりを見ると、ほっとした顔をして、

「もー。やっと会えたね。西原くん」

「やっとってほどじゃないでしょ。まだ一週間だし」

「目と鼻の先にいるのに、発掘現場、全然行けないんだもん。もう忙しすぎて死ぬ」

「お疲れ様。そっちは順調？」

それが、と上着を脱ぎながら、萌絵は低い声で答えた。

「事務局で、いま、面倒な事件が起きちゃってるんです……」

「事件？　どういう？」

「脅迫電話」

は？　と無量と忍は目を瞠《みは》った。萌絵は周りを気にしながら、声を潜めて、

「事務局に匿名の脅迫電話があったんです。フェスを中止しろって。さもないと、あとで後悔することになるって」

「それはひどいな。声の主は？」

「男性の声だったそうなんですけど、番号は非通知で。いたずら電話だとは思うんですけど、念のため、警察には知らせておこうって話になって」

「電話は一度だけ？」

「事務局にかかってきたのは一度だけですけど、イベントが行われる関連施設にもかかってきていて。そしたら匿名掲示板にも似たような書き込みが。……ちょっと不隠だし、しつこいので警備態勢を厚くしようって話になって」

萌絵は頭を抱えて、深く溜息《ためいき》をついた。

「けど、後悔することになるってだけで、具体的に何を起こすとかがないから、対応が難しいんです」

「なるほど。爆弾を仕掛けるとかでもないのか」

「いたずらだと思うけど、無視もできなくて」

萌絵は店員にビールを頼んで、お通しのトマト寒天をつまんだ。

「憂さ晴らしとかでいたずら電話とか、ほんっと迷惑なんですけど！」

「具体的にどこで誰に危害を加えるとか、そういう言葉はなかったんだね」

「やっぱりいたずらですよね……」

「そうだといいけど、人が集まるところだしね。万が一のことがあっては大変だし。関連施設にも電話がかかってきたって言ってたけど、それも全部、同じことを言ってた？」

忍に問われ、萌絵は「ええ」とうなずいたが、

「あ……っ。一ヵ所だけ、ちょっと違うことを」

「それはどこ」

「諏訪大社の上社。前宮の社務所にかかってきた電話です。そこだけ、前宮でのイベントを中止しろってピンポイントで」

「前宮ではなにを？」

「子供たち向けのイベントで、社務所の前で土偶風のゆるキャラがきて一緒に写真を

撮ったりスタンプラリーの景品を配ったり」

他愛《たわい》のない交流イベントだ。目くじらを立てるほどではないように思えたが。

「それが、前宮にかかってきた電話だけ内容が変なんです」

「変とは？」

「〝神原《ごうばら》は神聖な場所だ。神聖な場所を汚すな〟って、男の声で」

ごうばら？　と忍が訊《き》き返した。

「なんのことだろう」

「ああ、境内の社務所から十間廊のあたりを昔、神原と呼んでたそうです。かつて諏訪大社の大祝《おおほうり》が住んでいたとか」

「……まあ、神社ん中だから神聖っちゃ神聖だろうけど」

と無量が緑茶ハイを飲みながら、言った。だが、忍は聞き流さず、

「他の施設ではイベントをやめろとしか言わなかった。前宮だけなぜか『神聖であること』を理由に中止を求めたってことだろ。本宮のほうには？」

「それが、なにもなかったそうです。一応、拝殿のあるところじゃなく、下にある社務所のあたりで、ゆるキャラ交流はさせてもらう予定なんですけど」

「前宮はだめで本宮はいいのか？　引っかかるな」

忍はウーロン茶のグラスに手をのばした。

「……しかも男の声か。熱心な氏子とか？」

「そのことで、ちょっとこの間から気になってることがあるんです」

萌絵が姿勢を直して、忍に言った。

「撮影で前宮に行ったんですけど、奇妙な集団を見かけて」

「奇妙な集団とは？」

「本殿の前で白装束の集団がなにか祈禱《きとう》みたいなことをしてたんです。神主らしきひとはいなくて、ふつうの祈禱ともちがう感じでした。どうもそれが、新興宗教のひとたちらしくて」

「新興宗教……って諏訪大社を信奉してる？」

「はい。氏子や神主さんたちとは全然関係ない団体みたいです。毎週来ては延々と祝詞《のりと》を唱えてお参りしてるって。独特の雰囲気で、ちょっと近づけない感じがしたので……もしかして、と思って」

ぴん、ときたのは、忍も無量も同時だった。

「まさか、脅迫電話をかけてきたのも……」

突然、萌絵のスマホがメールの着信を知らせた。

送信者は事務局の武井《たけい》だった。萌絵が「えっ」と声をあげた。

「どうした」

「武井さんが……脅迫電話の主に心あたりがあるって。警察に相談してみるって」

地元の人間にしかわからない、なにか込み入った事情でもあったのか。萌絵は知らなかったが、運営でトラブルでもあったのか。

「大丈夫かな。……まあ、これで一件落着するんなら一安心なんですけど」

「どうも不穏なことが続くな」

無量たちの現場といい、脅迫電話といい。萌絵にも昨日の話を聞かせると、「そっちのほうが大変じゃない！」と身を乗り出してきた。

「てか、どういうこと？　おじいさんの事件に関わったひとが現場にいるって。なんで一言も報告を」

「……つか、あんた超忙しそうだったし、今回は忍がマネージャーだし」

「ぐぬぬ……。まあ、そうですけど」

「呪いのカエルか……」

忍には不気味な符合のように思えてならない。グラスの中で氷が崩れるのを見つめ、眉《まゆ》をひそめた。

「これ以上、なにも起こらなければいいけど……」

第四章　神隠しの森

だが、悪い予感は的中した。

翌日のことだった。

縄文フェスの事務局から「緊急連絡」を受けて、萌絵《もえ》は朝から茅野《ちの》の救急病院に駆けつけなければならなくなった。

「武井《たけい》さん……！」

外科病棟の病室に、事務局の武井が横たわっていた。そのそばには妻・知美《ともみ》が付き添っている。酸素マスクをつけて微動だにせず横たわる武井を見た萌絵は、青くなった。殴打された痕《あと》が生々しい。

数時間前に一度意識は戻ったが、またすぐ昏睡《こんすい》状態に陥ってしまったという。

「昨日の夕方くらいでしたか。ひとに会うと言って出ていって、夜、運動公園の駐車場で倒れているところを、通り掛かったひとが見つけてくれました」

妻の知美が憔悴《しょうすい》した声で話し始めた。何者かに殴打されて全身に打撲の傷を負った。頭部ＣＴ検査の結果では大きな出血はないようだが、意識が戻るまで余断を許さない。

戻っても、動けるようになるまでしばらくはかかりそうだ。

「夕方というと、もしかして、私がメールをもらった頃じゃ」

武井はフェス妨害の脅迫電話に心あたりがあると言って「警察に相談する」と萌絵にメールを送ってきた。家を出たのはその直後だ。

「武井さんは警察に行ったのでは……」

「武井は家を出る前に知人に電話をかけているようでした。『ヤブウチの連絡先はわからないか』と……」

「ヤブウチ、とは誰でしょうか」

「わかりません。しばらくやりとりした後で、出かけていきました」

武井のスマホは見つかっていない。だから、電話をかけた知人が誰かもわからない。

「ヤブウチの連絡先」を知ろうとしていた。「心あたりのある相手」とはその人物か。

武井が会いに行った相手とは「ヤブウチ」なのか。

直接問いただすのはさすがに軽率だ。何か手がかりを得ようとして、思いがけず、暴力を振るわれた？

「夫からフェスの脅迫の件は聞いてました。なので事務局の方に連絡をと思い」

それで萌絵が呼ばれたというわけだ。知美がすがるような目をしている。萌絵は痛ましい思いで、ベッドの武井を見た。

「なにか手がかりのようなものは」

「関係あるかわからないのですが、これが」

　と妻が取りだしたのは、小さな朱《あか》い巾着《きんちやく》袋だ。

「看護師さんから衣類を受け取った時、上着のポケットにこれが入ってるのに気がついて……。警察のひとも帰ってしまった後だったので言えなかったんですが」

「これは……御守？」

「夫のものではありません。なぜこんなものを持っていたのか」

　御守によく似た朱い袋には、真ん中に刺繍《ししゆう》がほどこされている。

　槍《やり》とも剣ともつかない不思議なマークだ。剣にしては先端が広がっていてラッパのようだし、鍔《つば》付きの刀にも見えるが、なにを表しているのかがわからない。

　どこかの神社の神紋だろうか？

「ちょっと中身拝見します」

　袋の中には折りたたまれた紙が入っている。護符のようだが……。

「これは！」

　紙を開いた萌絵は息を呑《の》んだ。

「なんで……。なんでこれが」

「心あたりが？」

「確認しますので、写真撮らせてもらってもいいですか」

　萌絵はほどなくして病室を後にした。一階のロビーまでおりていき、すぐに忍《しのぶ》に画像を送った。そこに描かれていた図とよく似たものを、萌絵は昨日、居酒屋で忍たちから見せられた。スマホの画像で。

それから五分も経たないうちに、忍から、電話がかかってきた。

『これはどこで？』

前置きもなく訊《たず》ねてくる。萌絵は経緯を説明した。

忍は飲み込みが早かった。

『〝呪いのカエル〟……。理恵《りえ》さんが掘り当てた土器片の〝半人半蛙《はんあ》〟の図？』

「ええ。そうなんです。そっくりでしょう？」

『遺跡から出た人面ガエルの図像だ。この御守袋の中に入ってたんだね？』

「はい。でも奥さんによれば武井さんのものじゃないと」

とすると、考えられるのは、武井が会っていた相手？

ヤブウチという人物の、所持品なのか？

「かもしれません」

萌絵も声を硬くした。

電話の向こうの忍が、黙考している気配がした。やがて、

『まさかとは思うが、この絵は「理恵さんのお兄さんが描いた〝カエル人間〟の絵」そのものだっていうんじゃ……』

「そんな……っ。ますますわけがわかりませんよ！」

確かに三十年以上前に描かれた子供の絵だ。その絵が「襲われた武井が持っていた御守」の中にあるのは、不可解このうえない。

『気になるのは、御守袋の刺繍。この剣みたいなマーク、どこかで見たような』

萌絵には心あたりがないようだ。忍は記憶を辿《たど》ったが、

『……思い出せないな。画像検索で何か引っかかるかもしれない。よし、御守袋のほうは僕が調べよう』

「私はヤブウチというひとのこと調べます」

『頼む。フェス妨害してる当人かどうかは、まだわからないが、少なくとも暴力に訴えるような危険な人間が関わってるってことだから、くれぐれも気をつけて。わかったことがあったら、必ず僕に知らせてくれ。いいね』

念をおされて、萌絵は気を引き締めた。警察に投げっぱなしにはできないところは、もはやカメケンの流儀とばかりに、ふたりは揃って動き出した。

＊

その頃、忍はちょうど「人面ガエル」の土器を探して、諏訪《すわ》市博物館に来ていたところだった。資料閲覧室もあり、何かを調べるにはちょうどいい。

博物館のパソコンで画像検索をかけて、御守の刺繍と同じマークがないか、徹底的に

調べてみた。

「あった！　もしかして、これのことじゃ」

よく似たシンボルマークを掲げるブログを見つけた。

「〝真道石神教《しんとうしゃくじん》〟……？」

宗教団体だ。耳慣れない名だった。

茅野市に本部を置く新興宗教らしい。

「創立は一九八二年。約三十年前か……。代表は森屋《もりや》道心《どうしん》。祭神は……御射倶神《みしゃぐしん》？」

どこかで聞いたような……。忍は記憶を巡《まっ》らせた。紹介文にはこうある。

〝古代より諏訪の地に伝わる御射倶神をお祀りし、その大いなる力のもとで自然とともに生き、人間のあるべき姿を取り戻し、次なる世界の扉を開くことを目指す〟

「これだけか。……。他になにか」

ブログには活動報告があげられている。

そこに写っているのは白装束の人々だ。なにかの修行者のようにも舞い手のようにも見える。集団で儀式めいたことをしている画像を見て、忍はハッとした。

「白装束の集団……。もしかして、永倉《ながくら》さんが前宮で見た奇妙な集団というのは、このひとたちのことか」

ブログを辿ってみると、萌絵たちが遭遇した日ではないが、確かに前宮に参拝したとの記述が何度かある。間違いなさそうだ。

スクロールしていくと、ある記事が目に飛び込んできた。

日付は一年ほど前だ。

〝このたび、石神教代表を務める神長《じんちょう》・森屋道心逝去に伴う『御地帰りの儀』を執り行いました〟

「代表が……死んだ？」

その一文のあとに画像が続いている。文脈からすると『御地帰り』というのは、石神教における葬儀を指すようだ。彼らの葬儀は屋外で執り行われるようで、白装束たちが大きな祭壇を取り囲んでいる。杉の枝葉や藁《わら》を組んだお焚《た》きあげの炎が、高くあがっている。祭壇の中央には奇妙な石皿が載っている。細長い石棒を立てた石皿の前に、果物や野菜が供えられ、藁でできた馬のようなものも見受けられた。

独特ではあるが、どこか懐かしくもある光景だ。忍は母の田舎で小正月に行われた左義長《さぎちょう》を思い出した。

「ヤブウチ……という名前は、ないか」

サイトには、代表と副代表の名しかない。副代表は森屋一心《いっしん》。息子だろうか。

あくまでPRサイトのようで、構成員の名などはない。信者の中に「ヤブウチ」がいるかどうかは摑《つか》めなかった。

「名簿を手に入れるには、どうしたらいいんだ……？」

なにか方法がないかと隅々まで見た忍は、ふとスクロールする手を止めた。

年中行事のひとつらしき画像があった。

藁を組んだ「御室《みむろ》」と呼ばれる竪穴式《たてあなしき》住居のようなものの前で、ひときわ立派な白装束を着た男が立っている。黒髪のおかっぱ頭で、手には魔法使いが持ちそうな、背丈よりも高い杖《つえ》を握っている。杖には、鉄の筒のようなものがいくつもぶらさがっていた。

気になったのは、そのかたわらにいる男だ。

黒縁メガネの眼光鋭い……。

「この男……」

＊

高原の里は今日も晴れ渡り、八ヶ岳《やつがたけ》もくっきりと秀麗な姿を見せている。

週明けの発掘現場には、無事、理恵も姿をみせた。

「ご心配おかけしてすみませんでした。もう大丈夫です」

日よけ帽と軍手を身につけ、皆に頭を下げる。作業員たちからいたわりの言葉をかけられながら、理恵は持ち場の住居址《じゅうきょし》にやってきた。動揺している様子はない。いつものクールな理恵だ。

「この間はごめんんね。無量《むりょう》君。家にも来てくれたって」

「掘るのきついようなら、測量と代わってもらった方がいいんじゃないすか」

「大丈夫。あの時はちょっとびっくりしただけだから」

といいながら、取り上げ待ちをしている「人面ガエル」の土器を見つめている。

やはり兄が描いた絵とそっくりなのだろう。黙り込んでいた理恵は、親の仇《かたき》を見るような目でカエルの文様を睨《にら》んでいたが、やがて作業位置に移動して土に向かう。手が一瞬ためらいをみせたが、断ち切るように土を削り始めた。

「……もしかして、お兄さんが描いた〝呪いのカエル〟って、土器の文様だったんじゃないすか」

「えっ」

理恵が振り返ると、無量はしゃがんだ姿勢でこちらを見ていた。

「お兄さんが描いたカエルが、偶然、土器のとそっくりだったんじゃなくて、土器にあったのをお兄さんが見て描いたんだと思うんすよ。井戸尻《いどじり》考古館によく似てる文様がありました」

「………。調べたの？」

「一応、まあ。気になったんで」

理恵は、手ガリを握る手を静かに下げ、神妙な顔になった。

「……透《とおる》兄さんが行方不明になった、数日前のことだった。〝呪い村でカエル人間を見つけた〟って」

「呪い村……？」

「実家の近くにあった森のこと。そこに昔、村があったの。でも作物が取れなくなって、村人が全員、その村を放棄してしまったと。稗之底《ひえのそこ》村と言うんだけど、子供たちが勝手におもしろおかしく怪談仕立てにして〝呪い村〟だなんて呼んでた」

今でもミステリースポットと紹介されている。

誰もいなくなった村、というフレーズが子供心にはオカルトのように聞こえるのか、「呪い村」とあだ名をつけて、村人が呪われて死んだだの、幽霊が出るだの、噂話に尾鰭《おひれ》をつけて「楽しんで」いた。古い廃村も、近所の子供たちにとっては冒険の場だったのだ。

実際には町の史跡にも指定されている。村が放棄されたのは、江戸時代の話だ。標高千二百メートル、寒冷地で作物がうまく育たず、木も伐採しつくしたので、他の土地に引っ越したいと村人が幕府に申し出た記録がある。

「とてもきれいな清水が湧く沢があって、夏はよくみんなで遊びに行った。ある日、兄さんが稗之底で『カエル人間』を見つけたって言い出して、あの絵を描いてみせたの」

――カエル人間の呪いで、あの村は誰もいなくなったんだよ。

――理恵もカエル人間に気をつけるんだよ。見つかったら、暗いところにつれていかれるからね。

「雷が鳴ってる夜だった……」

真っ暗な部屋を時々、稲光が照らしていた。布団をかぶりながら、理恵の兄――多田《ただ》透はおどろおどろしい口調で妹をおどかした。幼い理恵は怖くなって、トイレにもひとりでいけなくなった。

「翌日、透兄さんはひとりで稗之底に行くと言って出かけていった。でも夜になっても帰ってこなかった。両親が捜索願をだして、大人たちが大勢、何日もかけて稗之底を探したけど、とうとう兄は見つからなかった」

捜索活動も中止となり、行方不明のまま月日が過ぎた。

あの日以来、多田家からは笑顔が消えた。

帰ってこない透を待ち続け、母親は心身を病んだ。

「私は、兄さんはカエル人間に見つかって、どこかにつれていかれたんだと思った」

「理恵さん……」

「カエル人間は本当にいるんだ。あの絵は、呪いのカエル、なんだと」

幼い理恵がそう思い込んだのも、無理はない。

それから三十年経っても、兄は帰ってこない。せめて亡骸《なきがら》だけでも、と家族は願っていたが、それすらまだ見つかっていない。

神隠しにあったんじゃないか、と言う者もいた。あの村には昔、そういう伝説があったと語る老人もいた。神隠しの正体は、神でなくカエル人間。兄が遭遇したカエル人間のしわざではなかったか。

「それから三十年以上経ったけど、なんの手がかりもない……」

「……井戸尻考古館の土器にカエルの文様があったのは、知ってましたか」

「地元だからね。郷土学習で何度か行ったことはある。似てるとは思ったけど、人面ではなかったから、同じだとは思わなかった」

確かに、先日出た土器片とそっくり同じものはなかった。腕や指の表現が似ているものはあったが。

「だけど井戸尻の土器が『半人半蛙《はんあ》』を表していると聞いて、怖くなったのは覚えてる。やっぱり大昔から八ヶ岳にはカエル人間がいたんだって。兄さんが言ったことは本当だったって」

幼い子供の恐怖心に根拠を与えて、理恵は「カエル人間」に怯《おび》えるようになり、カエルそのものまで恐れるようになったのだ。

「でも、この土器のはそっくり……。丸い顔も丸い口もつり上がった目も、渦をまく腕も……兄さんの描いた絵そのもの」

その一言で無量は確信を得た。

「理恵さんのお兄さんは、たぶん、稗之底ってところで土器を見つけたんだ。〝カエル人間を見つけた〟っていうのは、たぶん、『カエル人間の土器』を見つけたって意味だったんすよ」

理恵は驚いて、手元にある半分埋もれた土器を見下ろした。

「土器……」

「その土器にも、きっと半人半蛙の文様が入っていた。お兄さんはそれを見つけて、取り上げにいったんじゃないんすか」

理恵は手にした道具を見つめ、記憶を辿《たど》って目線をさまよわせる。

「そういえば、あの日、兄さんはスコップをもって出ていった。そういうことなの？」

「土器を持ち帰ろうとして、増水した沢に流されたか何かしたのかも」

前夜は雷が鳴って、ひどい雨だった。

理恵は脱力してしまい、力なく両手を地面についた。

「兄さんが見つけたのは、土器だったの……？　土器を掘ってて死んでしまったの？」

「確証はないすけど」

うつむいた理恵は、肩を震わせて笑い始めてしまう。

「なんなの、私たち兄妹《きょうだい》は。兄は土器を掘って死んで、私は石器を掘って大学をやめて……。発掘ってなんなの？　呪われてるのは、私たちなの……？」

「理恵さん、そんなんじゃ」

「わたし……いったい……なにをしてるの……」

茫然《ぼうぜん》と呟《つぶや》いて、理恵はそれでも手を動かし始める。横顔が泣いているようにも見える。

無量も胸苦しい想いで、土を削り始める。

そこからはもう、会話はなかった。

日が高くなる頃には、上着がいらなくなるまで気温もあがってきた。

休憩時間となり、持ち場の住居址からあがってきた無量を、相良《さがら》忍が待っていた。テントの下で穂高《ほたか》と話し込んでいたようだ。

「来てたの？　忍ちゃん」

「ちょっと気になることがあって……。理恵さんはその後、どう？」

「あのとおり。体のほうはもういいみたい。……だけど」

理恵は皆と離れたところで、ひとり、ぽつんと座り込んでいる。

「なにかあった？」

無量は先ほど聞いた話を忍に語って聞かせた。理恵の兄・多田透が行方不明になった経緯《いきさつ》を知り、忍は痛ましそうに「そうか」とうなずいた。

「……なるほど。土器を見つけて掘りにいった可能性か。そこで不慮の事故があったとしたら気の毒だな」

無量も心配そうだ。

経歴を隠して発掘現場に入った理恵を、あれほど警戒していた無量だったが、次第に彼女の心の底に横たわる亡霊の気配に気がついた。兄の失踪《しっそう》、遺物の捏造《ねつぞう》……。

祖父の捏造にそうとは知らず荷担していた。故意に埋められたものとは知らず「掘り当てて」しまった。未熟すぎたことを利用されたともいえるが、そのせいで研究者としての第一歩も潰《つぶ》されてしまったのだ。

発掘は、確かに理恵にとって〝呪い〟でしかないのかもしれない。

そんな彼女がなぜまた発掘現場に戻ってきたのか。無量にはやはり不思議だった。ついこの間まで土に触れることもできなかったのだ。事件が心の傷になっているのに、なんの葛藤《かっとう》もなくこの業界に戻ってこられるはずがない。ただのパートだと言ったが、仕事先なら、他にいくらだってあるはずだ。なのに。

「——理恵さんも、戦ってるのかな……」

「……。そうだな」

その心中を読み解こうとするように、忍もじっと見つめている。

「それより気になることってなに？」

無量に言われ、忍は我に返ってスマホを差し出した。

「これをみてくれ」

武井が持っていた御守の画像だ。中に入っていた護符が映し出されている。

無量は息を呑《の》んだ。

「！　……これ、あの土器のカエ……っ！」

言いかけて、無量は自分の口を覆った。忍もちらりと理恵のほうを一瞥《いちべつ》してから、神妙そうにうなずいた。

「ああ、そうだ。そっくりだろう」

「人面ガエル……理恵さんのお兄さんが描いたのと同じやつ？　なんなん、これ。どうしたの？」

「武井さんが持ってた御守に入っていたんだ。真道石神教の御守らしい」

「武井さんて、永倉が言ってた事務局の。何かあった？　しんとう……しゃくじんきょう？」

　忍は経緯をつまびらかに語った。その宗教団体についてわかったことも。

「奥さんによれば、武井さんのものじゃないらしい。犯人の所持品なら信者である可能性も高い。そこからこれが出てきたのは、偶然なのか、それとも何かあるのか。少なくとも、ここで出たカエルの土器とそっくりなのは、まちがいない」

「人面の半人半蛙……。これが護符？　真道なんとか教の」

「護符かどうかもさだかでないが。それと、これは俺の気のせいかも知れないんだが」

　と言い、御守袋にあった刺繍《ししゅう》のシンボルマークを見せた。

「これもどこかで見たような気がする。何かわかるか、無量」

　観察力に秀でた無量には、すぐに思い出せた。

「これ、井戸尻の土器にあった文様じゃん」

「土器にあった？　どれに？」

「神像筒型土器にもあったし、双眼五重深鉢《そうがんごじゅうふかばち》にもあった。ラッパみたいなマーク」

　忍はハッとなり、すぐに検索して画像を拡大した。

「ほんとうだ。この文様だ」

「ここから出た土器にもあったよ。縄文ラッパって、俺は呼んでるけど？」

忍はますます迷路に迷い込んだ面持ちになって、首を傾げてしまう。

「縄文ラッパに半人半蛙……。石神教には縄文マニアでもいるのか？」

「かもね。でも、人面ガエルがどこから来たのか、ちょっと気になる……」

無量は理恵へと視線を投げた。理恵は相変わらず、畑の土手に座り込んで、考え込むようにうなだれている。

「ちょっと貸して」

忍からスマホをさっと取り上げると、理恵へと近づいていった。声をかけて、スマホを見せると、理恵はギョッとして無量を振り仰いだ。

「この画像、どうしたの！」

「とある人が持ってた御守の中に、入ってたらしいっす」

「これ、兄さんが描いたカエル人間の絵……っ。どうして？　どうしてこれが！」

「やっぱり。お兄さんがいなくなる前に描いたやつは、どこに？　まだとってあったりするんすか」

いいえ、と理恵は動揺しながら首を横に振った。

「しばらく子供机の奥にしまってあったけど、買い換える時、母が整理してしまって」

「捨てた？」

「ええ。でも目には焼き付いている」

ただ兄が描いた絵そのものでもないようだ。そっくりではあるが……。

「これはなんなの？　御守の中っていうことは、どこかの神社の護符？」

答えるかどうか、迷っていると、後ろから忍が声をかけてきた。

「真道石神教という新興宗教を知っていますか。茅野に本部があるそうなんですけど」

「いえ、聞いたことも。あなたは誰？」

「相良忍です。無量の幼なじみの」

「相良……！　まさか」

理恵は覚えていた。捏造事件をリークした相良悦史《えつし》の息子。

「忍くん……。どうしてあなたまで」

「覚えててくれましたか」

「ええ。とても頭のいい子だったもの。無量くんと仲良しで」

「いまは発掘調査専門の人材派遣事務所に勤めてます。ちょっと茅野のほうでトラブルがあって、その画像のことを調べてるんですけど」

捏造告発の張本人である男の息子まで現れたことに、理恵は動揺していたが、忍は捏造事件には何も触れず、理恵の過去にも触れなかった。

「真道石神教については僕もいま調べ始めたところなんですけど、なんでも、古代から諏訪に祀《まつ》られてる神様を崇拝しているとかで……祭神は」

「待って。石神……というのは、もしかして、ミシャグジ様のこと？」

忍と無量は驚いて理恵の顔を覗《のぞ》き込んだ。

「なんか知ってるんすか？　ミシャグジ？」

「諏訪地方に古くから祀られていた神様の名前よ。それこそ諏訪大社の建御名方神《たけみなかたのかみ》が出雲《いずも》からやってくる前からの」

思わず顔を見合わせた。古代から伝わる神……？

「ちなみに石神教の祭神は、御射倶神というんです。こういう字なんですが」

「ああ、そういう書き方もするね。他にもこんなふうに」

と理恵がメモ帳にさらさらと書いていく。

御左口神《みさぐじ》、御社宮司《みしゃぐうじ》、御作神《みさくじん》、三宮司《さんぐうじ》、社宮司《しゃぐじ》、遮軍神《しゃぐじん》……。次々と出てくる。

「これ全部、同じ神様なんすか？」

「そう。ミシャグジを指してると思われる各地のお社《やしろ》の名前。石神《しゃくじん》も、そう。石の神というのは当て字。他にも、おしゃもじさま、と呼ぶところもあるかな。語源は同じ。諏訪はもちろん、群馬あたりにも多いし、広く関東一円、西は和歌山のほうにまで」

遠方にいくほど呼び方や当て字の仕方も少しずつ変わっていくが、おおもとは同じ神を指しているようだ。

「なんでそんなに詳しいんすか」

「おばあちゃんちがミシャグジ様を祀っている家だったから」

多田家の父方の実家は、茅野の旧家だったという。

家の西側には「御左口神」を祀る小さな祠《ほこら》があって、年末年始に親族が集まると、年越しの夜、必ずお詣《まい》りしていたという。

「祠はタタエの木の根元にあった。ちゃんと周りを四本の御柱《おんばしら》で囲ってあるの。諏訪大社の御柱のミニチュアみたいで、子供心に大好きだった。ミシャグジ様、ミシャグジ様とみんなで呼んで大切にしてたよ」

「なんの神様なんすか」

「なんのといわれると一口には……。おばあちゃんはこの土地にいる精霊だと」

「精霊……」

「土地神というのが近いかな。形をもたないけれど、水や土、天候を司《つかさど》り、生死を司る。学術的にいえば、原始的な土着神……てところかな」

理恵の目つきがふいに研究者の鋭さを帯びた。

「私が考古学を目指したきっかけでもある」

「ミシャグジが？」

「幼い頃、祠の中を見たことがあるの。中には、小さな石皿と石棒があった」

そう聞いて、無量はぴんときた。

「それって、あれっすか。えー……と、その……」

若い男子が年上女性の前で口にするには少々はばかられる語句だ。口ごもっていると、理恵はためらいもなく、

「石棒は、男根崇拝。男根がもつ生殖力を祀る土俗信仰のようなもの。一昔前はどこの村やどこの家でも祀っていたって」

臆面《おくめん》もなく言葉にできるところは、いかにも研究者だ。業界から離れた今でも、そういう気質が残っている。

「私が石器に興味をもったのは、ミシャグジ様のおかげでもあるから」

「その、石皿と石棒の？」

「石棒にミシャグジ様を降ろすの。尤《もっと》も、ミシャグジ様が降りるのは、石だけじゃない。ミシャグジはあらゆるところに存在して漂ってるエネルギー体みたいなものだというひともいる。それを特別な木や岩に降ろして、祀る。そういう原始的な信仰の仕方なの。でも、その新興宗教はなんでまた御射倶神《ミシャグジ》を？」

どういう祀り方をしているかは、さだかではない。

Ｗｅｂサイトの説明は抽象的で、具体的な記述はなかった。

「身内だけの家庭的な宗教なのか。それとも何かカルト的なものなのか。調べてみないことにはわからないが、少なくとも、その文様を護符に使用してるのが気になります」

忍はスマホの画像を拡大した。行方不明の兄が描いたカエル人間と、同じモチーフであるのは、本当にただの偶然なのだろうか。

「もともとは土器に描かれた文様だとしても、なぜそれを使ったのか……」

「縄文土器と、全くつながりがないとは言えないかも」

と理恵が真顔になって言った。

「どういう意味です」

「ミシャグジ信仰は、縄文時代に起源があるんじゃないかって言われてるものだから」

あ、と無量も察した。

「石皿と石棒のことっすか。縄文遺跡からもよく出てくる……」

有頭石棒というものだ。男根を模しているという。

井戸尻の界隈《かいわい》でも出土している。

縄文の祭式では、男根を模した「石棒」、妊娠した女性を模した「土偶」が多く用いられていた。生殖というものに縄文人がいかに神秘を見いだしていたのかの顕《あらわ》れでもある。

「縄文時代の信仰のかたちが、延々と土地に染みこむように伝えられて、ミシャグジ信仰に繋《つな》がったとも……」

「なるほど。縄文土器の文様とミシャグジは、あながち無関係でもないってことか」

テントのほうから、現場監督が作業再開を告げた。作業員たちは各々の持ち場に戻っていく。無量もひとまず立ち上がった。

「例の人面ガエル。やっぱ『身元』を調べたほうがいいかもね」

「ああ、動いてみるよ。無量、おまえは作業に集中してくれ」

と忍は言い、理恵に向き直って、

「石神教のこと、少し調べてみます。色々教えてくれて、ありがとうございました」

　言い残して、現場を去っていった。作業を再開した無量に、理恵が遺構の掘り下げを続けながら「何があったのか」と訊《たず》ねてきたので、縄文フェスの妨害事件のことを話すと、理恵の表情は曇った。

「その犯人が石神教とかいう宗教団体のひとだと……？」

「まだわかんないす。そもそもフェスを中止させる理由が謎だし」

「前宮のこと、神聖な場所だって言ってるんだよね……」

「らしいすね。……なにか気になることでも？」

　理恵は答えあぐねたのか、曖昧《あいまい》な言葉で濁してしまう。

「今日中に、ここの掘り下げ終わろうね」

　あとは黙々と掘り続ける。無量も手を動かし始めたが、言葉の濁し方が気になった。

　前宮に反応したようだが、何かあるところなのだろうか……？

　まだ取り上げが終わっていない「カエル人間」の土器を無量は見やった。

　この文様にはいったい何があるというのか。

　無量の疑問は晴れないままだったが、事件もまた、これだけでは終わらなかったのだ。

＊

萌絵が今回、無量の現場に来るのはこれが初めてだった。

高原の遺跡とは聞いていたが、八ヶ岳の麓《ふもと》という美しいロケーションには、心が晴れやかになるような開放感がある。

休耕中の畑で行われている、すっかり見慣れた発掘作業風景に、萌絵は不思議と安堵《あんど》感《かん》すら覚えるようになっていた。

「西原《さいばら》くーん！」

穂高たちに挨拶《あいさつ》したあと、作業中の無量に手を振ると、無量も気づいて軍手をはめた右手を高くあげた。

「お疲れ様。だいぶ進んでるみたいだね」

「おう。さっき忍が来たけど、会わなかった？」

片付けをしながら情報交換する。萌絵は武井が襲撃された日に会っていた「ヤブウチ」なる者について聞き込みをしていたのだが……。

「スマホがなくなっていたから電話番号は残ってなかったんだけど、武井さんがはじめに電話をかけてた相手はわかった。前の職場の同僚だったみたい」

武井は観光協会に勤め始める前は、諏訪の精密機器を扱う工場に勤めていた。そこの同僚に電話して「ヤブウチ」なる者の連絡先を聞いたという。

「同僚さんに連絡とってもらって確かめたら、電話をもらったのは間違いないって」

当時、経営悪化を理由にリストラが進み、武井は当時の部下を何名か切らなければならない立場だったという。

「そのうちのひとりが『ヤブウチ』……？」

「……だったみたい」

同僚は「ヤブウチ」の連絡先を知らなかったので、武井は別部署の人間に電話をかけなおしたようだ。

「連絡先はわからないけども名前はフルネームでわかったよ。藪内良太《やぶうちりょうた》さん」

リストラされてしまった藪内良太は、当時まだ入社三年目。就職難でなかなか次が見つからなかった時、武井が世話をしたという経緯もある。

「その後も何年か、つきあいがあったみたいだって、同僚さんが」

「石神教との関係は？」

そこまでは摑《つか》めなかった。

そもそも武井が持っていた御守が、藪内のものだという確証は、ない。

「いまどこで何をしてるか、ちょっと調べてもらってるところ。わかるまで少し時間がかかるかも」

「そっか……。そういえば、諏訪大社の前宮で例の宗教団体を見たんだって？」

「うん。たぶん石神教のひとたちだと思うけど」

「その前宮って……」

と言いかけた時だった。ふいに「無量くん」と背後から声をかけられた。

振り返ると、そこに立っていたのは、丹波《たんば》理恵ではないか。「理恵さん？」と無量が応じたので萌絵もすぐに察した。このひとか。旧姓・多田理恵。無量が話していた、捏《ねつ》造《ぞう》事件に関与した例の元女子学生だ。理恵は今しがたまでブルーシートかけをしていたはずだった。それがなにかあったのか、青白い顔をして立ち尽くしている。

「どうしたんすか、理恵さん」

「電話が」

と差し出したのはスマホだ。

「兄さんから、電話が……」

「え」

理恵は手を震わせながら、スマホを差し出した。

「いま、兄さんから電話がかかってきた……」

「兄さんって……透さんのことすか。え？　死んだお兄さんのこと？」

こくり、とうなずいた理恵から、無量はスマホをかっさらった。耳に当てたが、すでに通話は切れている。かけ直そうとしたが、非通知になっていて、かけ直せない。

「え？　理恵さんのお兄さんって名乗ったんですか。そのひとは、なんて？」

「女神を……だすな……って」

理恵はすがりつくような目で無量に言った。

「女神を出土させるなって」

「女神……？　あ、ちょ……っ理恵さん！」

理恵は膝《ひざ》から力尽きたように前のめりに倒れ込んでしまう。萌絵も駆け寄ってきて理恵を支えた。

「大丈夫ですか」

「ええ……大丈夫。大丈夫です」

「しばらくこのましゃがんでいたほうがいいです。無理にたちあがらないで」

そのままの姿勢でいさせて、慎重に問いかけた。

「その電話の主は、どんな声でしたか」

「……大人の、男性の声でした。『僕は多田透。君の兄さんだよ』って」

「他には、何か特徴は」

「わからない。でも声だけなら、お父さんに似ていた気もする」

――久しぶりだね。理恵。

電話の向こうから聞こえてきた男の声は、柔らかく、穏やかだった。

――僕だよ。兄の透だよ。多田透。君の兄さんだよ。

理恵は耳を疑った。とっさにいたずら電話だと思った理恵は、怒鳴り返した。

――兄はとうの昔に死にました！　いたずらなら切ります！

――カエル人間を見つけたんだね。

電話を切りかけた理恵の手が止まった。透を名乗る男の声は、まるで向こうからこちらが見えているかのように語りかけてきたのだ。

——君がいま掘っている遺跡。そこにも人面ガエルがいたんだね。

理恵はぞっとした。

——誰？　なにを知ってるの。

——いいかい。よく聞いてくれ。理恵。そこから女神を出してはいけない。女神を出土させてはならない。もし見つけても、掘り出さないでくれ。約束だよ。

——待って！　本当に兄さんなの？　生きていたの？　切らないで、話を！

引き留めたが、通話はそこで途切れた。

「カエル人間のことも知ってた。ここから出土したことも。兄さんの描いたカエル人間の絵にそっくりだってこと知ってるのは、私と無量くんたちと入来《いりき》さんだけでしょ？　なのに……！」

「電話をかけてきた人間は知っていた」

どういうことだ、と無量は自問した。

兄の絵のこと自体、知っているのは理恵だけだった。知る者がいるとすれば、兄の透本人だけだ。

「兄さんは死んでいなかったというの。どこかで生きていた……？　今も生きているの？」

理恵は興奮してまくしたててくる。

確かに遺体は見つかってない。行方不明になったのは、事故ではなく、事件だったとしたら？　実は家出か何かで、本人は存命だったとしたら？

「兄さんが生きてる……生きてる……！」

理恵の動揺が希望へと変わっていくのが、無量の目にもはっきりわかった。

「でも生きてたんなら、なんで家族のところに戻ってこなかったんすか」

「戻れない理由があったのかもしれない。帰って来れない理由が」

理恵の興奮に釘《くぎ》をさすように無量は言った。

「まだ本当に本人と決まったわけじゃない。こんな電話一本じゃ何もわかんないすよ！」

理恵ははっと我に返った。無量もぬか喜びはさせたくなかった。

「もう一度、ちゃんと確かめてからですよ。なにより電話をかけてきた理由が気になる。

『女神』ってなんなんだ……」

「土偶……」

隣で萌絵が呟《つぶや》いた。

「土偶のことじゃない？　ほら、土偶は女の人を模してるって。尖石《とがりいし》の考古館にも有名な国宝土偶があるでしょ」

その名も「縄文のビーナス」。優品の土偶にはそんな洒落《しゃれ》たネーミングがなされている。

「尖石にはもうひとつ。来年、国宝指定が検討されてるっていう土偶があるでしょ。名前は確か〝仮面の女神〟」

「〝女神〟……っ」

無量は自分が担当していた住居跡を思わず振り返った。

「土偶が出てくるっていうのか？　それを出土させるなと？　なんのために」

理由が全く想像できない。

無量たちは顔を見合わせた。

謎ばかりが深まる。

だが、この時無量たちはまだ知らなかった。理恵の兄を名乗る不可解な電話は、彼らを思いもかけない形で災いへと引きずり込もうとしていることを。

＊

忍が車から降りてくるのを、その男はカフェテラスで待っていた。

八ヶ岳の麓《ふもと》にある牧場が経営するそのカフェは、ログハウスになっていて、いかにも高原の牧場らしさが溢《あふ》れている。

待ち合わせ場所に指定したのは、相手のほうだった。

「悪いね。少し遠いところまで来てもらって」

「いや。車だし問題ないよ。都築《つづき》」

先にテーブルについて珈琲《コーヒー》を飲んでいたのは、忍の元同級生・都築寛人《ひろと》だった。鳳雛園《ほうすう》の出身である都築は、忍同様、龍禅寺《りゅうぜんじ》の躾《しつけ》が厳しかったため、若者にしてはやけに所作も古風なところがある。

姿勢と所作の美しさが一種独特の気品をもたらして、どこか浮き世離れしてみえる。だが上品なだけの生徒ではなかった。目の奥にどこかギラギラとしたものを宿し、何ものにも染まらない自意識の強さを発散していた。

当時のオーラは、しかし、十年を経ていくらか柔らかくなったようだ。少なくとも、忍に対してこんなに社交的な物腰を見せたことはない。お互い大人になったということだろうか。

「ここは牛乳がうまいんだ。苦手かな」

「苦手じゃないが、珈琲がいい」

「そう」

素っ気なくいうと、都築は店員に忍の分の珈琲を頼んだ。

「久しぶりだね。相良くん。まさかこんなところで会うとは思わなかったよ」

「ああ、こちらもだ」

「鳳雛園の出身者に会うのは久しぶりだ」

龍禅寺家が運営する養護施設だ。忍は家族を失った後に引き取られた。都築も同様だったと聞いている。父親を幼い頃事故で亡くし、母は病弱で働けず、困窮していたところを、龍禅寺の養護施設に引き取られた。その母もまた数年前に病死したという。

「鳳雛園に来た時の相良くんは、ずっと自分の殻に閉じこもって、ろくに口をきかなかったっけ。学院に入った後も同じクラスにならなかったし、接点がなかったけど、君の存在はずっと意識してたよ」

都築の言葉は意外だった。当時の忍は、同級生の誰とも打ち解けず、友達も作らなかったが、孤立することを苦とも思わなかった。

「そこがよかったんだ。誰とも馴染《なじ》まない君のその孤高な感じに、変な話だが、遠くからシンパシィすら覚えていたよ」

「そう……」

「君は休み時間になると図書館で本ばかり読んでいた。明らかにクラスで孤立してるっていうのに、どこ吹く風とばかりに何とも感じてなさそうだった君を、みんなは敬遠していたが、俺は羨望《せんぼう》してたよ」

都築は優雅に珈琲を飲みながら、そんなことを言った。

「孤立を恥じもせず、恐れもしない人間は、真の強者だからね」

「俺はそんなかっこいいもんじゃないよ。都築」

都築は身を乗り出し、忍の色素の薄い瞳《ひとみ》を覗《のぞ》き込んできた。

「相良くん、変わったね。別人かと思った」

「そうかな。顔が？」

「いや。発掘現場で見かけた君が、だ」

忍はあからさまに不審な目をした。

「現場に来たのか？」

「岡野《おかの》さんから発掘調査の話を聞いたんでね。車で通り掛かって遠目からだったけど、……あれは考古館で一緒にいたお友達かな。あんなふうに笑顔なんかみせて親しそうに誰かと話してる君を見たのは、初めてだ。少し、妬《や》けたな」

忍が引っかかったのは、都築の観察眼に対してではなかった。

「……あの発掘現場で、なにが出土してるとかは、誰かから聞いたか？」

「香炉形土器が出たことは岡野さんから聞いたけど……？　なにか『縄文のビーナス』級の土偶でも出たかな？」

忍は黙って、運ばれてきた珈琲にブラックのまま口をつけた。目線だけは外さない。理恵のもとに昨日、奇妙な電話がかかってきたことは、無量から聞いていた。

――女神を出土させてはならない。

思いのほか、珈琲が熱くて、結局一口目を飲むことはできなかった。忍は肩をすくめ、ミルクに手を伸ばした。

「縄文学校を作ろうとしてるんだってね。岡野監督から聞いたよ」

「ああ。これでも鳳雛学院からは良くも悪くも影響を受けたみたいでね」

都築はチーズケーキをフォークできれいに割って、口にはこぶ。

「あそこの教育方針は切磋琢磨《せっさたくま》なんていいもんじゃない。生徒たちに競争をあおるだけあおって、テストの点数だけが人間の価値みたいな、ひどい学校だった。自殺者が毎年出ようが、これという対策をとることもなく……。まあ、ブラック学校ってやつだな」

忍は一瞬、苦い目つきをした。都築は鋭く読み取って、

「……俺たちの学年にもひとりいたね。自殺した生徒が。あれは君のクラス？」

「ああ」

「相談にのってくれる友達もいなかったんだろうなあ。相談された方も、他人の悩みなんかで足を引っ張られるのが嫌だったんだろう。薄情なやつばかりだったから」

忍の表情がスッと冷たくなった。無表情になり、薄い刃のような眼差《まなざ》しになったのをみて、都築は何か察したのだろう。

「……。なつかしい目つきをするじゃないか」

「鳳雛学院が、君の反面教師になったってことか？」

「それもある。でもそれ以上に」

都築は真摯《しんし》な表情になり、

「今の世の中なにかがおかしい。みんなが過剰に忙しくて、過剰に情報にまみれていて、急流に流されてるみたいだ。溺《おぼ》れた人間は病んで脱落していく。技術の発展は人間を労働から解放させるためにあったはずなのに、時間が空けば空いた分だけ、どんどん次の

労働を詰め込んでるじゃないか。ますます忙しくなって、休日もスマホから目が離せない。この流れから脱落したくない、負け組になりたくない一心で、危機意識の奴隷になって、毎日みんな気を動転させている」

都築の熱弁を忍は黙って聞いている。都築は時折、溜息《ためいき》を交えながら、手を額の前で組み、一点を見つめて、

「……毎日会社で残業して、朝やっと始発の電車で帰ってきて。反対側のホームに溢れるひとたちを見て、俺は会社をやめようと思った。なにもかもが過剰な世の中が、心底、奇妙に思えたし、そこから距離を置きたいと思った」

「それでこっちに？」

「小さなワンボックスカーに生活用品を詰め込んで、日本全国をまわった。そうしているときに茅野で縄文遺跡と出会った。素朴で猥雑《わいざつ》でクリエイティブな遺物に心を奪われた。縄文人のシンプルな生き方に心を惹《ひ》かれた。どうにか彼らのように生きることはできないかって考えた」

都築はそれがきっかけで、茅野に移り住み、観光施設で働きながら、縄文人の世界観や生活観を学んできたという。

「鳳雛学院はろくな学校じゃなかったが、歪《ゆが》んだ教育がいかに人間の未来を駄目にするか、それだけはよくわかった。だったらその逆をいく。誰も追い詰められず、誰も追い詰めない、そういう生き方を教える場所が必要だ」

「それが縄文学校を興そうとしてる動機か」

忍はミルクをかきまぜて、スプーンをソーサーにおいた。

「都築、君の言うことは、わかるよ。確かに、毎日毎日どこかの鉄道で人身事故が起きるような世の中は、おかしい。働き方も情報もなにもかもが過剰で、人は自分が作ったものに振り回されている。こんな激流の中で溺れないでいる方が不思議だ」

「やっぱり君は変わった。他人をおしのけてでも生き残ろうとする側だと思ってた」

「あの頃はそうしなきゃならない理由があっただけさ」

「理由とは？」

「それは言いたくないし、言う必要もない。縄文学校はたしかにユニークだと思うが、具体的になにを教えるんだ？　土器の作り方？　火のおこし方？　石器の磨き方？」

「精神だ」

忍は「精神？」と訊《き》き返してしまう。

「そうだ。縄文人の精神を学んで、それを生活に生かす。こんな過剰で非人間的な世の中を作り直せるよう、社会に働きかける人材を育てる。共感できるひとはたくさんいるはずだ。いま、俺は仲間たちと一緒に縄文生活を実践してる」

「まさか、本当に竪穴式《たてあなしき》住居に住んでるなんていうんじゃ」

「はは。そこまでは。電化製品を使わないところからかな。まだ週末だけだが」

「だけ、ということは、やはり実践を？」

「文明の利器を一切使わず……というのは、まあ、今はキャンプみたいなもんだけど、道具の作り方も少しずつ身につけて、いずれは縄文人に近いシンプルな生活を実践してみせる。数字や評価や時間や金に脅かされない社会を作る第一歩だ。人間が人間らしく生きられるように」

冗談なのか、本気なのか。忍には読み取りきれない。

都築はカバンから一冊の本を取りだした。

「自費出版だが、縄文精神についての本を書いたよ。君にも読んで欲しい。それで、もし少しでも響くところがあったら、ぜひ俺たちの勉強会にも参加してくれ」

すっかり勧誘される形になりながら、忍は仕方なしに本を受け取った。

「それで……？　俺を呼び出したのは君のほうだろう。相良。用向きはなんだい？」

「ああ、そのことだ。ちょっと君に聞きたいことがあってね」

というと、忍はスマホを取りだして、あるＷｅｂページをスクロールした。

「君に確認したいことがあるんだ。これを見てくれ」

差し出したスマホの画面には、真道石神教のブログが表示されている。

年中行事らしきものを行っている信者たちの画像がある。白装束たちが祭壇の前で祈《き》禱《とう》を行っていた。

その横でひとり、大きな鉄筒らしきものをたわわにぶらさげた杖《つえ》を握っている男性信者がいる。忍はその後ろに立つ男を指さして、

に。

「ここに写っている信者。これは君じゃないか？」

都築は黙った。忍はその表情から一瞬も目を離さない。どんな変化も見逃さないように。

ややあって都築は微笑んだ。

「これが俺だったら、なんなのかな？　なにかあるのか？」

「茅野で行われる縄文フェスの事務局に、開催妨害の脅迫電話をかけてきたやつがいる。なにか心あたりがないか、聞きたいんだが」

単刀直入ではあった。が、忍はあえて投げた。

都築は小さくほくそえんで、胸ポケットの中から朱い巾着《きんちゃく》を取りだした。

「これは！　……都築、君は」

「そうだよ。俺は石神教の信者だ」

差し出したものは、御守だ。武井の所持品の中にあったのと同じ。

「だけど、縄文フェスを脅してるなんて寝耳に水だ。新興宗教なんていうと、つい、カルト教団みたいなのを想像するんだろうけど、うちはそんな凶悪なことはしない。あくまでも土地の神様への崇敬を、正しい形で引き継ごうとしてるだけだ」

都築は穏やかにそう告げた。

忍は石神教の神紋が入った御守を見つめている。

「……この御守は信者ならみんなもってるもの？」

「会員証みたいなもんだ」

「武井という人物は信者なのか？」

「ちがうな。うちにそんな人間はいない」

「ということは」

やはり信者の誰かから手に入れたものか。

忍は慎重に問いかけ、

「ではヤブウチという信者は？」

都築の答えはシンプルだった。

「そんなやつはいない」

微笑んで珈琲《コーヒー》を飲む。テラス席にはかっこうの声が響いている。

牧草地を風がわたる。

放牧された羊たちを眺めて、まるで穏やかな牧師のように微笑んでいる都築を、忍はじっと見つめている。

微笑みの向こうにある本心を、覗《のぞ》き込もうとするように。

第五章　呪いの女神

「ここですね。真道石神教《しんとうしやくじん》の本部……」

萌絵《もえ》と忍《しのぶ》がやってきたのは、茅野《ちの》市郊外にある宗教施設だった。

守屋《もりや》山を仰ぐ山裾《やますそ》にあり、田畑に囲まれたひなびた一角だ。集落に点在する一軒家はほとんどが農家なのか、庭にトラクターや軽トラが駐めてある。

石神教の敷地は生け垣に囲まれていて、建物は一見したところ、こぎれいな古民家だ。新興宗教施設という雰囲気ではない。広い境内には小川が流れていて、大きな水車がガタンゴトンと音をたて、ゆっくり廻《まわ》りながら心地よい水音を響かせている。鬱蒼《うっそう》とした山林を背景に茅葺《かやぶ》き屋根がいくつか肩を並べ、コスモスの花が揺れ、たわわに実った柿が重そうに枝をしならせている。どこかノスタルジックな風景だ。

「新興宗教っていうから、いかめしいお社《やしろ》でも建ってるかと思ったけど……」

「……ああ。でも都築《つづき》の言った通りだ」

信徒から集まる多額のお布施でやたらと派手なお社を作る——。そんなイメージを抱いていたふたりは、あっさり想像を覆された。

——あくまでも土地の神様への崇敬を、正しい形で引き継ごうとしてるだけだ。むしろ懐古趣味という類《たぐ》いのものではないか？　と忍も一瞬疑ったほどだ。

だが、豪農屋敷を思わせる門は固く閉ざされていて、信者以外が立ち入ることをかたくなに拒んでいる。扁額《へんがく》には「真道石神教」という五文字が刻まれていた。

「どうします。相良《さがら》さん。突入しますか」

「うーん……。警察でもないのに、いきなりってわけにも」

「突撃取材って名目では」

「ワイドショーじゃないんだから」

門の前で悩んでいると、ちょうどそこへ軽トラックが通り掛かり、ゆっくりと止まった。運転席から顔を覗かせたのは、麦わら帽子をかぶった老人だ。

「そこは観光施設じゃねえ」

地元の住民のようだ。忍は迷わず乗っかった。

「え？　古民家公園じゃないんですか。ここ」

「ちがうちがう、そこは石神教という宗教団体だ」

「へえ。どういう神様を祀《まつ》ってるんです？」

「ミシャグジ様ずら」

集落の古老らしきその男性は、話好きなのか、車のエンジンを切ってわざわざ「観光客」の疑問に答えてくれる。

聞けば、郷土史の編纂《へんさん》にも関わったことがあるという。諏訪《すわ》地方で昔から信仰されていた土着神であること、昔はどの家や村でも祀っていたことなどは、おおむね、丹波理恵《たんばりえ》が語った内容と同じだった。

「そこのひとたちは昔ながらの方法でミシャグジ様を祀っとるそうだ」

「昔ながら、とは」

「ミシャグジ様を、子供の体に降ろすんだ」

忍と萌絵は顔を見合わせた。

「子供の体？　石棒と石皿ではなく？」

「へえ、くわしいね。石棒じゃない。七、八歳の子供にだ。ミシャグジ様を降ろした子供は生き神になって大祝《おおほうり》と呼ばれる。そのまんまが神様だもんで社や祠《ほこら》はいらんだら」

忍と萌絵は、生け垣の向こうにある石神教の敷地をみた。確かに仰々しい社殿らしきものは何も見当たらない。古い神を祀るというが、理恵の祖母宅の祀り方とも違うようだ。

大祝《おおほうり》というと、諏訪大社を思い浮かべる。やはり、神を降ろして「生き神」となったという。

「……それだけじゃねえ。本当はおっかねえ祭だ」

「怖い？　それはどういう……」

「祭の最後に、ミシャグジ様を降ろした子供を、……殺してしまうんだとか」

不穏きわまりない言葉を聞いて、忍と萌絵はぎょっとした。

「殺す？　神を降ろした子を、ですか」

「正確にはその代理な。言い伝えでは、その祭には、大祝《おおほうり》とは別に、七、八歳ぐらいの子供がもうひとり出てくる。オコウ様と呼ばれる童子ずら」

「オコウ様……？」

「オコウ様は大祝《おおほうり》から神さんの証《あかし》である玉鬘《たまかずら》をかけられ、馬に乗る。背中に神聖な杖《つえ》を背負って。馬上のオコウ様は、たくさんの松明《たいまつ》が掲げられる中、大祝《おおほうり》が辿《たど》ったのと逆の道を三回めぐって、最後には」

　ごくり、と萌絵はつばを飲んだ。

「……殺される、んですか」

「そう伝えられとるな」

萌絵はすがるように忍を見た。つまり神に見立てた子供を、祭の最後に殺すのだ。

　確かに、恐ろしい祭だ。

「なぜ殺すんです。神様を」

「……さあ、わからんなあ。なにせ古い古い大昔の祭の話だもんで。だがオコウ様が死ぬことで、春がくる」

　少年の肉体を殺すことで、その身に宿った精霊が解き放たれ大地に力を与える。そういう思想のもとに行われる祭だったようだ。

「その祭はどこで」

「諏訪大社上社の前宮には行ったかい」

「はい。つい先日」

「本殿があるところから、少し坂を下ったところに、十間廊《じっけんろう》という建物があったずら。そこの前が広場のようになって」

「神原《ごうばら》」

と忍が察して言った。

「神原と呼ばれてるところですね。その祭というのは、前宮で行われていたんですか」

「そのとおり。御室《みむろ》の神事だね」

数ヶ月に及ぶ神事だ。十一月から三月初めにかけて執り行われる。大祝《おおほうり》となるいたいけな少年は、神長守矢《じんちょうもりや》氏とともに、御室と呼ばれる竪穴式《たてあなしき》住居のごときものに籠《こ》もり、精進潔斎《しょうじんけっさい》し、その容器となった体に、神長の手によってミシャグジが降ろされる。生きながらにして現人神《あらひとがみ》となった少年は、光も届かぬ闇の中で、ひたすら神長とふたり、霊力を蓄える神事を執り行う。

神事の間、大きな蛇を模して作られた「そそう神」なる巨大な綱（御神体）が御室の中に引き入れられる。蛇がもつ神秘の力を大祝《おおほうり》は宿し、芽吹く春に向けて力を蓄える。

その大祝《おおほうり》が御室から出てくるのは、三月の酉《とり》の日。祭はクライマックスを迎える。「御室御出」――「大御立座神事《おおみたてまし》」と呼ばれる。春の訪れを告げる大饗宴《きょうえん》だ。

御頭祭《おんとうさい》ともいい、神原にある十間廊にて、鹿の頭七十五頭分が、神である大祝《おおほうり》の前に供えられる。各村のミシャグジ神官であるところの「神使《こうどの》」たちが潔斎して集結し、酒や魚の饗応《きょうおう》が繰り広げられる。鹿の頭から流れ出る生き血は、一年の豊穣《ほうじょう》をなすための呪力《じゅりょく》でもある。

祭の最後に現れるのが「オコウ様」なる童子だ。童子は大祝《おおほうり》からミシャグジの証を受け渡され、馬上にあがり、大祝《おおほうり》が即位式で練り歩いた「三ソウの道」を逆にたどり、最後は人々に打擲《ちょうちゃく》されて「消える」。

命を奪うことを意味しているともいう。

「死んだオコウ様の亡骸《なきがら》は埋められて、そこから大地にミシャグジの力が満ちて作物を芽吹き、育てるずら」

「生《い》け贄《にえ》とも少し違いますね」

人間を捧《ささ》げるのではない。童子の肉体は、あくまで容《い》れ物に過ぎない。ミシャグジの容器でしかなく、器を「壊して」埋めるのは、神の力を大地に返すためだ。

「そのオコウ様なる童子は、やはり大祝《おおほうり》の血筋なんでしょうか」

「〝神使〟という大祝家《おおほうりけ》——神氏《みわ》の傍流一族の子供だ」

神氏とは、大祝家《おおほうりけ》。諏訪明神（建御名方命《たけみなかたのみこと》）の子孫であり、その起源は、出雲《いずも》にあると言われる者たちだ。奈良にある三輪《みわ》明神（大神《おおみわ》神社）を祀る一族の一部とも言われ、古い文献に「出雲を追われた建御名方が科野《しなの》国（信濃《しなの》国）に入り、土着の洩矢《もれや》神と争って勝った」とあるのは、大和《やまと》朝廷が信濃を支配下に置いていく過程を表したものだとも言われる。諏訪における国譲りだ。

「神話でいうところの、建御名方命が神《みわ》一族。洩矢神が守矢一族……か」

だが、実際のところ、大祝《おおほうり》・神氏は、諏訪の土地神ミシャグジを受け容れる器として現人神に祭り上げられ、祭祀権《さいし》という名の「諏訪における祭政の実権」は神長守矢氏が握り続けた。だが、それは特別なことではない。支配地の地元神を排除せず、祀り続けることにより、その地の権力を懐柔するというのは、古代から有効な手段だったのだ。

「神氏につらなる部族は〝神使《こうどの》〟といい、各村でミシャグジを祀った。オコウ様もその血に連なるというのが建前だったが、実のところは、身寄りの無い子供をどこかから連れてきたんだとか」

「身寄りの無い子供……ですか」

「しかもオコウ様になって死んだ童子は〝神使〟の家に生まれ変わる。そう言われとったらしい。まあ、身代わりだ。身代わりになった貧しい家の子は、来世で、神に連なる一族になれるんだわ」

「………。そんな壮絶な神事が、前宮で昔、行われていたんですか」

大祝《おおほうり》はやがて、童子ではなく大人がつくものとなり、御室神事そのものも中世以降、廃れていったという。

ふたりの脳裏に甦《よみがえ》ったのは、前宮の社務所にかかってきた「脅迫電話」だ。

——神原《ごうばら》は、神聖な場所。大祝《おおほうり》が住み、最も大事な神事が行われる場所である、という意味ならば、まさにその通りだ。

忍と萌絵はどちらからともなく門に掲げられた「真道石神教」の扁額《へんがく》を振り返った。

「この宗教団体は、ミシャグジ様の昔ながらの祀《まつ》り方をしていると仰《おっしゃ》ってましたが、それはつまり、大昔の御室神事を再現するという意味では」

「教祖だった森屋道心《もりやどうしん》くんは、守矢家本家でも途絶えた秘事を伝えとるなどと言ってたなあ」

老人も生け垣の向こうでゆったりとまわる水車を見やった。

「あいにく外からは何が行われているか、わからんでな。あの山の中だか上だかで、儀式をしてるみてえだな」

「やはり子供にミシャグジを降ろしたりしているのかな……。まさか、手にかけたりは……」

ははは、と老人は意外にも明るい声で笑った。

「現代でやったら犯罪だなあ。さすがにそこまでは」

「ですよね」

「……だが、そういえば、このへんで昔、妙な事件が起きたことがあってなあ」

なんですか？　と萌絵が問うと、老人は声を潜めて、

「子供が一、二年ほどの間に立て続けに行方不明になるという事件がね。誘拐じゃないかと」

「まさか」

「もう三十年くらい前の話だけんども……。その時にちょっとした悪い噂が立ってね」

「というと」

「石神教が神事のために、さらったんじゃないかと……」

萌絵と忍の表情が固まった。

「どういうことでしょう」

「森屋くんは当時、ミシャグジ信仰を研究していて、石神教を立ち上げたんだが、昔の神事を再現するという名目で、御室や昔ながらの御杖《みつえ》を復元していると聞いた。あまりに熱心すぎるもんだから、オコウ様のあれまで復活させようとしてるんじゃねえかと」

当時の子供連続失踪《しっそう》と結びつけて悪い噂をたてる人々もいたという。

万一、オコウ殺しまで復活させたのだとしたら、下手をすると連続殺人事件になってしまうとも。

「警察の捜査は入ったりしたんですか」

「事情くらいは聞かれたと思うんだが」

結局、失踪事件は個々の失踪に関連性が認められず、迷宮入りしてしまった。

萌絵と忍は、全く同じ連想をしたのだろう。

忍は口元に手をあてて何事か考えていたが、真顔になって問いかけた。

「……教祖は最近亡くなったと聞いたのですが」

突然、事情を知る口ぶりになったので、老人は驚いた顔をした。

「え……？　ああ、知っていたのかい」

「ご友人か何かですか」

「中学の後輩だったんだ。同じ集落の出身で子供の頃から知っとる。去年の秋に心不全だったとか。昔はいいやつだったんだけんども、石神教の看板を掲げたあたりから、なんかに取り憑《つ》かれたみたいに人が変わってしまったなあ。おっかねえ顔して、人間、担ぎあげられると皆ああなるのかな。旧《ふる》い仲だから、葬式ぐれえは顔を出そうかとも思ってたんだが、いつのまにか信者だけで密葬を済ませたと」

「それはまた……」

「いんや、変な連中ばかりではねえと思うんだよ。若いのは礼儀正しいし、地元の行事の手伝いにきてくれたりするだで。ただ跡継ぎがね」

「跡継ぎ？　もう一年も経つのにまだ決まってないんですか。その話、もうちょっと詳しく」

ぐいぐい迫ってくるものだから、老人もさすがに怪訝《けげん》に思ったのだろう。

「君はなんなんだ。観光客じゃねえのかい」

「申し遅れましたが、僕は縄文フェスのＷｅｂサイトで文章を書いてる者で」

忍は名刺を取りだした。ルポライターという肩書きはないが、怪しい者ではないことは伝え、

「実はミシャグジ信仰について調べていまして……。その流れで石神教の方にお話を伺おうと思っていたところなんです。後継者問題というのは？」

「候補者がふたりいて、内部は真っ二つに分裂しとるようだ。教祖の息子と、若手筆頭株だった信者とが、次の教祖の座をどちらも譲らず、いまだにもめているんだとか。教祖の息子は森屋一心《いっしん》。もうひとりは、はて、なんて言ったかな……」

「都築」

忍が即座に言った。

「都築寛人《ひろと》という男じゃありませんか」

萌絵が驚いて忍を見た。老人は「ああ」と軽くハンドルを叩《たた》いて、

「そんな名前だったよ。まじめそうで、よく清掃活動にも参加してたっけ」

やはり、と呟《つぶや》き、忍はあからさまに眉間《みけん》を険しくした。

後継争いをしている信者のひとり――なるほど。都築ならば、リーダーシップもありそうだし、どこかカリスマ的な魅力もあって若手から慕われる姿も目に浮かぶ。人望もありそうだ。

「教祖の息子、森屋一心のほうは、見るからに偉そうで、近所のもんにもろくに挨拶《あいさつ》しねえ男だが、都築という若いやつは賢そうで感じも良い。若い者には珍しく地域活動に

も参加して、縄文スクールなんていう講演会を公民館なんかで開いてたなあ」

「布教活動ではなく？」

「いんや。あとで高い壺《つぼ》を売りつけることもなかったで、普通にまっとうな講演会だったなあ。若え信者たちをつれて和気藹々《わきあいあい》としていたら」

忍は脳内に思い浮かべた都築とイメージを照合させながら、次に投げかける言葉を考えた。

「……森屋一心というのは実の息子ですか？」

「副代表についていたで継がせるつもりだったんだろうが、すんなり決まらねえところを見ると、なにか性格に問題でもあるのか。まあ、近所のもんとろくに挨拶もせんような奴だで」

閉鎖的な実子と外界に開けた都築。それだけでも対照的で、そりの合わなさは想像に難くない。一年経つのに決着がつかないくらいだ。余程こじれているのだろう。

「……しかも、これ見よがしに、しょっちゅう、前宮まで出かけていくようになって、周りにも気味悪がられているみたいだでなあ」

萌絵は先日前宮で見た白装束の中にひとり、やたらと顔立ちの美しい青年がいたことを思い出した。鉄筒をたくさんぶらさげた杖《つえ》を握っていた。……もしかして、あれが？

「森屋という名は、もしかして、神長官の守矢氏から名前を？」

「その昔は、諏訪氏の末裔《まつえい》だったとか」

りだしたとか」


「諏訪氏……というのは、諏訪大社の？　大祝《おおほうり》の？」

「家が滅んだあと、生き残った先祖が神長官・守矢家の娘をもらって、いまの名を名乗りだしたとか」

「諏訪氏と守矢氏の。それはまた」

「その証《あかし》の家宝があるんだ、と自慢してたなぁ……」

「それってどんな」

「昔、聞いた話だからなあ。確か、蛇……」

「へび？」

「蛇でできた刀、とか言ってたか……」

忍と萌絵は顔を見合わせてしまう。とりとめもなく話していた老人は、ふと時計を見て、はっと我に返った。これから村の会合があるという。

「まあ、あんまり深く関わらない方がいいよ。この手の団体は、なに考えてるかわからんだで」

「引き留めてすみません。ありがとうございました」

老人を乗せた軽トラは走り去っていった。見送った忍に、萌絵が言った。

「諏訪氏というのは、諏訪大社の大祝《おおほうり》家のことですよね」

「ああ。そうだ。その昔は神《みわ》氏と呼ばれてた家系だ」

諏訪大社の祭神・建御名方を祖先に持つ「神の末裔」だ。直系はあたかも天皇のように代々「大祝《おおほうり》」に「即位」し、この地方の絶大な権威だった。明治時代に神職の世襲制が廃止されるまで続いたという。

「諏訪大社の大祝《おおほうり》が現人神《あらひとがみ》だというのは、諏訪明神の依《よ》り代《しろ》だから、と聞きましたけど、ミシャグジのことだったんでしょうか」

「うーん。天皇も天皇霊を依り憑《つ》かせて天皇になると聞くけど……。建御名方の血を引く神聖な肉体に、ミシャグジというエネルギーを得るってことかな。諏訪明神であり、ミシャグジでもあるという」

かたや、神長守矢氏はそれら郷村の全てのミシャグジ信仰を束ねた。守矢氏は神氏《みわ》の諏訪侵入によって従属を余儀なくされた古くからの土着氏族だが、神氏を「神」と祭り上げ、自らはミシャグジの祭祀《さいし》権を一手に握ることによって権力とミシャグジ信仰の両方を保った。

神氏が武士と神職のふたつの性質を持つようになったのは、平安時代。

諏訪氏という呼びかたも、そのあたりからか。

やがて時を経て、童子が務めるべき大祝《おおほうり》を大人が務めるようになり、御室神事の姿も大きく崩れ始めると、大祝《おおほうり》は惣領《そうりよう》家の家長を示す名となった。

桓武《かんむ》天皇の頃、坂上田村麻呂《さかのうえのたむらまろ》が蝦夷《えぞ》征伐に赴く際には諏訪明神の力を借りたという伝説もあり、武家の世では軍神として名を馳《は》せた。大祝《おおほうり》が現人神として絶大な崇敬を集める一方、武家としての存在感を示し、諏訪の領主＝諏訪氏として力をもったという。

「家が滅んだと言ってたから、戦国武将の諏訪家かもしれない。武田《たけだ》信玄《しんげん》に滅ぼされた……」

「諏訪頼重《よりしげ》ですか！　それなら知ってます。武田勝頼《かつより》の母方の——諏訪御寮人《ごりょうにん》のお父さんでしたよね」

戦国武将としての諏訪氏は、なかなかに血なまぐさい。この信濃で生き残りを懸けて熾烈《しれつ》に戦った。頼重は幼い頃、大祝《おおほうり》を務めていたが、その座を弟に譲り、自らは領主として諏訪の地を治めた。武田四天王のひとりとも謳《うた》われた武将だ。

だが、弟ともども武田の手で滅ぼされた。大祝《おおほうり》職は叔父《おじ》が継いで、後世へと繋《つな》がったという。

「諏訪頼重の子孫ってことですか……。うわあ」

「その家宝が、蛇でできた刀……、また妙なものを家宝にしてるな」

「なんか、ぐにゃぐにゃしてそう」

「うん。……だが、そんなことより気になるのは」

忍の目つきが鋭くなる。萌絵は見逃さなかった。

「子供の連続失踪《しっそう》事件の話ですか？」

「調べてみる価値はある」

念頭にあるのは、丹波理恵のもとにかかってきた電話だ。

三十年前に行方不明になった兄「多田透《ただとおる》」を名乗っていた。

「手伝ってくれ。永倉《ながくら》さん。ことによっては子供連続殺人事件を暴くことになるかもしれないが……。もしかすると、本当に透さんは生きているのかも知れない」

＊

一際、冷え込む朝だった。

宿舎の窓を開けると正面に見える南アルプスは、ほんの少し顔を覗《のぞ》かせている北岳《きただけ》だけでなく甲斐駒《かいこま》ヶ岳《たけ》と鳳凰《ほうおう》三山もきれいに冠雪している。遠くに見える富士山も白無垢《しろむく》姿で、青空を切り抜いたかのようにくっきりと望める。

まさかの「多田透からの電話」によって、無量《むりょう》たちの発掘調査は思わぬ緊張感をはらむようになった。

朝、いつも通りの時間に現場へとやってきた無量は、浮かない顔をしている。

——女神を出土させてはならない。

昨夜から食欲がなかった。今朝も、いつもなら日課のジョギングを終えたあと、山盛り二杯はご飯をかきこんでくるのに、走る気にもなれず、クロワッサンをひとつ、かじるので精一杯だった。気が重かった。

自称「多田透」の要求に、どう対応したらいいのか。

特定の遺物を出土させるな、などという要求の裏が読めない。

偽の遺物を埋める「捏造《ねつぞう》」を要求されたなら、断固として拒否する。

しかし「出土させるな」とはどういう意図なのだろう。

見つけられては困る遺物……。萌絵の言う通り「土偶」だったとしても、それを出してはいけない理由が摑《つか》めない。あくまで調査発掘だ。金銭的な値打ちをどうこういうものでもない。持論に固執した研究者？　それが出てしまっては自説を否定されてしまうから？　無量は一晩考えを巡らせたが、わからなかった。

土を掘っていればどうしたって見つけてしまうものだ。見つけたくないなら掘らなければいいだけの話だ。発掘調査そのものを止めてしまえばいい。

しかし、掘った上でその場所にあったはずのものを無かったことにするのは、やはり「捏造」だ。さもなくば「隠蔽《いんぺい》」だ。どのみち、応じるつもりはない。不正は不正だ。

出土させたら何が起こるのか、読めないところが厄介だ。

わかれば、まだ対処のしようもある。「出すな」というのは警告だ。出したらどうなる？

そもそもなんのために「出してはいけない」のか。自称「多田透」にとって、この場所での土偶の出土には、どんなデメリットがあるというのか。

「作業開始してくださーい」

現場監督の声が響いて、作業員たちが持ち場に散っていく。無量の気が重いのは、自分の担当する住居址《じゅうきょし》にはまだまだ埋蔵物の「気配」があるからだ。

そうでなくとも、その住居址は炉の東南側に「祭壇」と見える盛り土部分が見受けられる。祭祀施設らしきこの場所からは、土器が多く見つかっていて、昨日、理恵が受け持った場所からは、縦に埋められた石棒も見つかった。

一般に土偶が出てくる場所は、住居址よりも墓のほうが多い。だが、この集落遺跡と同じ年代と推定される藤内《とうない》遺跡からは過去に住居内からの土偶出土例があった。

「多田透」はそこを見越して「出すな」と言っているのかもしれない。だとしたら、八ヶ岳《やつがたけ》西南麓《ろく》の縄文遺跡によほど詳しい人物だ。

なにより、目の前の土が語りかけてくる。何かが眠っている気配は、右手が感じていた。

ここには、いるよ、と。

それが土器だか土偶だかはわからない。だが、まだいるよ、と。

掘り当てた時のことを考えるのが、億劫《おっくう》だった。

軍手をはめた手で黒褐色の土を撫《な》で、しばし、ためらう。目を上げると、ベルト（土層観察畦《あぜ》）越しに、理恵もまた、しゃがんだまま考え込んでいる。

電話の相手は「理恵の兄」を名乗った。理恵はその人物の言うことを、無視はできないだろう。

彼女は「捏造」に荷担した過去を持つ人間だ。

「理恵さん、どうするんすか」

「……」

「女神、出ちゃったら、どうするんすか」

理恵は真顔で、じっと土を見つめている。かつて「出してはいけない捏造遺物」を出してしまった理恵だ。それが今度は「出さねばならない正しい遺物」を出さないことを死んだはずの兄から迫られようとは。が、一度、背筋を正すと、毅然《きぜん》とした顔つきになり、

「どうもこうもない。いつもどおりに掘って記録して取り上げるだけだよ」

「理恵さん」

「心配しないで。あんな電話、真に受けたりしないから。ほら、作業続けよう」

言うと、理恵は黙々と手を動かし始める。一夜明けて、昨日の動揺は、無い。理恵は理恵なりに、冷静に状況判断をしているのだろう。三十年も行方不明だった人間が、そもそもこんな形で現れることなど、あるはずもない。

無量も手ガリを動かし始めた。

「……あれから、例のやつから電話はあったんすか」

「ないよ。やっぱりいたずらだったんじゃないかな」

「本当にいたずらなら、いいんすけど」

——君がいま掘っているその遺跡。そこにもカエル人間がいたんだね。

電話の主は、ここから半人半蛙《はんあ》の土器が出たことも把握していた。例の土器について

はまだ公式な発表はされていない。知っているのは関係者のみだ。

まさか関係者つながり？　関係者から伝え聞くことができる者？

しかも、カエル人間が出たから次は女神が出る、とまるで予測しているかのような口ぶり。なぜその「予測」が成り立つのか。

手ガリの刃先が土を削る。細長い矢羽形の側面を手前に引くごとに、掘削は確実に深くなっていく。いくつかの土器片に当たった。そのたびに土偶ではないことにほっとした。調査は続けねばならない。手は止められない。このまま、土器だけで終わってくれることを祈りながらも、右手がじりじりと熱くなる。

ここを掘るのは危険だ、と本能が警告音を発している。

なぜなら、右手は狩りの衝動でうずいている。鬼は臭いを嗅《か》ぎつける。

掘り進めたい衝動と、ブレーキをかけたい思いとがぶつかりあった時。

ゴリ、と無量の握る手ガリの刃先が固い何かを捉《とら》えた。

嫌な感触だった。

まずい、と思うと同時に、心臓がキュッと縮む感じがした。

土器片であってくれ、と祈ったが、無量の「嫌な感触」は外れたためしがない。

「どうしたの？　無量くん。何か出た？」

手元を凝視して固まってしまっている無量を見て、理恵は異変に気づいたのだろう。

無量はこわばったまま、放心している。

「……理恵さん。やっちゃったかもしれません」

すぐに理恵が駆け寄ってきて、無量の手元に覗《のぞ》く褐色の土器片を確認した。動けない無量の代わりに土へと手ガリをあてた。周りの土をかきだした。

「土偶……なの？」

間違いなかった。ひとの顔だ。人面を模した素焼き人形めいたものが土から顔を覗かせている。仰向《あおむ》けになってこちらを見上げているではないか。出たての遺物の表面はまだフレッシュで、土の水分を吸って瑞々《みずみず》しい感じすらした。

「……女神……。まさか、これのこと？」

まん丸の玉のような頭には、おにぎり型の光背らしきものをつけている。光背を飾る火焔《かえん》とも水煙ともつかぬ装飾が見事だ。丸い頭部は空洞になっていて、くりぬいた切れ長の吊《つ》り目と、いのしし鼻とおちょぼ口があどけない。後頭部は堆《うずたか》く髪を編み束ね、とぐろを巻く蛇のようだ。

土から顔を覗かせるのは頭部だけだったが、目鼻のバランスが絶妙でとても美しい。

──女神を出してはいけないよ。

「まさか、これが……」

無量と理恵は、たちまち共犯者になった気がした。

振り払うように、

「土偶でなくて人面付土器のほうかもしれません。とりあえず全体出しましょう」

と言い、無量は作業を進めた。だが、いくらもしないうちに首から下がないことが判明した。頭部だけだ。この人面は首しかないのだ。

「女神の首……？」

我に返り、すぐに周りを見回した。真っ先に「多田透」の目線を警戒した。

幸い、周りにいるのは作業チームの顔ぶれだけだ。部外者はいない。

「私たちが〝見つけた〟ことを〝兄さん〟に知られないようにしないと」

理恵もしきりに周囲を警戒している。

取り扱いに迷っていると、無量の尻《しり》ポケットでスマホが振動した。思わず腰が浮くほど驚いた無量は、おそるおそるスマホを手に取った。画面には〝非通知〟とある。

意を決して通話ボタンを押した。

「もしもし……？」

『あれほど出すなと言ったのに』

無量の表情がさっと変わった。

男の声だ。「多田透」だと悟った瞬間、思わず周りを見た。どこから見ていた？　それになぜ、こちらにかかってきた？　無量は一度、息を細く搾り出して動揺を鎮めると、理恵に目配せしてから通話を続けた。

「……誰すか。あんた」

『女神の首を出土させてしまったんだね』

「なんでこれ出したら駄目なんすか。遺物出して調査すんのが俺らの仕事なんすけど」

『それは呪いの女神だよ』

無量は息を止めた。

『土から目覚めさせたら呪いがかかる』

動悸《どうき》がしはじめる。無量はそっと指をのばし、スピーカーホンに切り替えた。

「なんでそんなこと知ってるんすか」

『呪い村で私も同じものを見つけたからだ』

そばで聞いていた理恵が声をあげかけたのを制して、無量は冷静に問いかける。

「稗之底《ひえのそこ》とかいう江戸時代の廃村っすか？　理恵さんのお兄さんが行方不明になったっていう」

『そうだよ。その女神には縄文時代の呪いがこめられている。だから出土させてはいけない。そのまま土に埋め戻して、出なかったことにしてくれ』

「そういうわけにはいかないんすよ。記録とって取り上げて、その後も実測とか色々しないと」

『だめだよ。そんなことしたら、本当に死ぬよ』

「死ぬ？　誰が？」

『君が』

無量は沈黙した。理恵も息を止めて無量を見た。無量は声を落とし、

「……それ、脅迫？」

『君はもう呪われた。覚悟するんだね』

「俺、まだ死にたくないんだけど」

『だったら、今すぐ土に戻せ。まだ間に合うかも知れない』

「俺がこいつを戻しても、ここ全部掘ることになってるから、結局、他の作業員さんが掘り出すと思うけど？」

『では中止にするんだね』

　簡単に言うね、と無量は際どい笑みを口元に刻んだ。

「こっちは遊びで掘ってるんじゃないよ。呪いの土偶が出るから調査中止しました、なんて、どこの世界で通用すると思ってんの」

『首を切られた女神は出土させた人間を死なせる。死んでからでは遅いんじゃないのか？』

　無量は言葉に詰まった。咄嗟《とっさ》に返す言葉が出てこなかった。思わず自分の手を見下ろしてしまったくらいだ。

「はは。なにそれ。エジプトの発掘オカルト？」

　強がっても語尾が震えた。「多田透」はなおも冷徹な口調で、

『呪われて死にたくなかったら、そのまま何も見なかったことにして埋め戻せ。今この瞬間も女神はおまえに死の毒を注いでる。早く戻せ。そうしないと、本当に死ぬよ』

無量は思わず出土地点で顔を覗かせる土偶を振り返った。丸い顔面をくりぬいた柿の形の吊り目がこちらを見ている気がした。目の孔《あな》が深い闇の入口のようだ。まるでこの電話そのものが黄泉《よみ》の国と繋《つな》がっているとでもいうように。

「……。呪い村でこれを見つけたって言ったよね。なら、あんた死んでんの？」

通話相手は沈黙している。その沈黙が背後にある底なしの闇を感じさせる。

土偶という、文字のない世界の遺物が宿す「unknown」の重さと重なって、無量はその暗い沈黙に引きずり込まれそうになった。

土偶の極めて土俗的な造形は、たやすく「呪いの人形」を彷彿《ほうふつ》とさせる。

そんな無量の恐怖を断ち切るように、

「これがどうして呪いの土偶だとわかるの？　兄さん」

理恵が毅然《きぜん》と声を発した。

「その根拠を教えて。納得できたなら要求にも応じる。死んだ人間が電話なんかかけられるはずないじゃない。兄さんが稗之底村で見つけた呪いのカエルは土器だったんでしょ？　土器と一緒にこれと同じ土偶が見つかったの？　なんで文字も残っていない縄文時代に呪いがあったとわかるの？」

答えは返ってこない。理恵は「兄さん」と強く呼びかけた。

「あなたが本当の透兄さんだと言うなら、教えて。どうして家に帰ってこなかったの？　その三十年間、どこで何をしていたの？　ちゃんと話してくれるなら、呪いの話を信じてもいい。でも言えないのなら」

無量は思わず理恵を見た。毅然とした理恵の眼には涙が滲《にじ》んでいる。

「私はもう二度と不正に手を貸すわけにいかないいんだよ。呪いなんて馬鹿なこと言わないで、ちゃんと理由を話してくれるなら、別の形で協力もできる。だから私の前に姿を見せて！　本当に〝透お兄ちゃん〟だというなら」

ふたりのただならぬ様子が周りにも伝わり、皆が作業の手を止めてこちらを見つめている。まずいな、と無量は思ったが、理恵の真剣な言葉だけが、電話の向こうの相手を動かすとわかるだけに口を挟めない。今ここでやりとりを止めるわけにはいかない。

「お願い、兄さん」

『……………。それはできないよ』

電話の向こうの声が、やけに神妙になった。

『僕はすでにオコウ様になってしまった人間だから』

「オコウ……さま……？」

『その女神は土に戻してくれ。さもなくば、粉々にして初めから存在しなかったことにしてくれ。呪いが現実になる前に。いいね』

通話はそこで切れた。

理恵は放心している。無量は、咄嗟に我に返り、周囲に目を配った。掘り当てた途端にかかってきた電話。つまり、それを監視していた者がいたはずだ。

それは誰だ。

無量が動きかけた時、理恵が地面に突っ伏した。

「……大丈夫すか。理恵さん」

「大丈夫………。私は、大丈夫」

土に爪をたてて必死に震えをこらえている。つとめて冷静であろうとしているが、捏《ねっ》造《ぞう》荷担の過去を持つ理恵にはあまりに酷な要求だった。無量は膝《ひざ》をつき、理恵の背中をさすった。さすりながら「多田透」の言葉を反芻《はんすう》していた。

──君はもう呪われた。

右手がじりじりと何かに炙《あぶ》られる心地がする。

──僕はすでにオコウ様になってしまった人間だから。

眠りから覚めたばかりの美しい土偶に、遥《はる》か太古の人間の情念を感じた。

この土偶は呪いの土偶？　ひとを呪うために作り出されたというのか？

先ほどまで瑞々《みずみず》しかった土偶の表面は、いつのまにか色褪《いろあ》せて、どこか物寂しい色合いに変化してしまっている。

長い夢の終わりを見たかのように。

＊

忍と萌絵はさっそく、三十年ほど前に諏訪《すわ》で起きた「子供連続失踪《しっそう》事件」について調べ始めた。

ネットには概要すらほとんど見当たらなかったので、地元図書館で古い新聞記事をあたったのだが、そもそも一連の事件として扱われてはいなかったので、調べるだけでも難航した。なんとかかき集めた断片的な情報から、一、二年ほどの間に、諏訪地方で、四人の小学生が失踪していたことが判明した。

状況はばらばらだ。登山中にはぐれたもの、湖沼への転落が疑われるもの、家出が疑われるもの……。いずれも何らかの理由で行方不明になり、事件性が疑われるものについては事件事故両面で捜査が進んだ。が、解決には至っていない。

古い新聞記事なので、四人の名前も身元もしっかり掲載されている。

仲野治《なかのおさむ》、小関健一《こせきけんいち》、大川洋平《おおかわようへい》。

そして、多田透。

その後の捜査に進展があったかどうかを地元まで足を運んで確認したが、(遺体も含めて)発見された例はひとつもなかった。

消息不明になった現場は、蓼科山《たてしなやま》、諏訪市内、岡谷《おかや》市郊外。多田透のみ「富士見《ふじみ》町」と少し離れてはいるものの、いずれも年は近く、小学校の高学年だった。

「なるほど……。オコウ様になる少年とも年齢は近い。それであんな噂が出てきたのかな」

忍は記事のコピーを眺めながら、言った。

諏訪湖のみえるカフェだ。隣には落ち合ったばかりの萌絵もいて、手元の資料を覗《のぞ》き込んでいる。

「ちょうど石神教が発足して間もない頃ですね。警察は動いたんでしょうか」

「噂になるくらいだ。捜査線上に全くあがらなかったということもないだろうが、証拠が出なかったんだろうな」

「そうだ。相良《さがら》さん。こちらの本なんですけど」

と萌絵が手にしていたのは、諏訪明神（諏訪大社）の祭祀《さいし》に関する書籍だ。

「これによると、オコウ様と呼ばれる童子は、六人いたみたいです。しかもオコウ様は祭の時に殺されたりはせず、諏訪の各地にそれぞれ巡行の旅に出たとあります」

御頭祭《おんとうさい》では、各村からミシャグジの「御神体」と呼ばれる札が持ち寄られ、前宮に納められる。そして新しい「御神体」を授けられて、村々に持ち帰る。

巡行の旅は「神使《おこう》の県《あがた》巡り」といい、美麗に飾りたてられた馬上の童子たちが、内《うち》県《あがた》・外県という地域へとそれぞれ巡行する。彼らは大祝《おおほうり》から与えられた玉鬘《たまかずら》と藤白《しろ》波を身につけ、その魂をうけてミシャグジそのものとなるのだ。神長からは、神の依《よ》り代である「榊《さかき》の御杖《みつえ》」と「サナギの鈴」なる鉄鐸《たく》をもたされる。それぞれの村にある「湛《たたえ》の木」に、新しいミシャグジの力をそそぐのだ。

だが、そこに「殺されるオコウ様」という構図は、ない。

近世にはすでに形を変えていたということか。そもそも口伝《くでん》が誤りなのか。

「いずれにせよ、三十年前に行方不明になったのは、四人……。運良く生きていたとしても、もう四十代だな」

「それって誘拐ですよ。もし石神教で生きていたとしても、さらわれたのが乳児や幼児の時ならいざ知らず、小学生にもなった子だったら、そんな普通じゃない目に遭って、逃げもせずいられるものでしょうか」

「状況によるね。長期間監禁されたひとは、逃げられる状況でも逃げられないような精神状態になるともいうから」

「殺されたのでないなら、ある意味、希望がもてますよ。他の子供たちも石神教の中で生きているかも！」

その中に「多田透」もいるとしたら——。

理恵と無量のもとにかかってきた電話の主は、本人である可能性も否定できない。

「……だとしても、なぜ、『土偶を出すな』なんて言ったりするんだ？　あの遺跡の遺物が、ミシャグジと何か関係があると？」

どう考えても結びつかない。

そうでなくても縄文時代の遺物だ。

いくらミシャグジ信仰が古いとはいえ、そんな先史時代の遺物がモノを言えるとは思えない。すると、萌絵が「いえ」と言い、

「そうでもないかもしれません。ミシャグジ信仰で使われる石棒って、縄文時代の遺物をそのまま二次利用してるらしいんです」

「遺物の二次利用?」

はい、と言い、萌絵は資料の本を広げて見せた。

「耕地や、神社の境内みたいなところから出てきたものが結構あるみたいで。それがミシャグジの御神体に使われてたみたいなんです」

「つまり、石棒を使うくらいだから、土偶を使うこともあるかもしれないと?」

こくり、と萌絵はうなずいた。

なるほど、と忍は口元に手をあてた。

「その土偶自体に石神教の中で何か意味合いを持たせてるということは、ありうるかもな」

「でも、それがあの現場の遺跡である意味は……」

「いや、人面ガエルの土器と一緒に出てくることに、何かあるのかもしれない。透さんは行方不明になる前、稗之底村址《あと》でその土器を見つけてたんだとしたら、尚更《なおさら》、何かあるのかも」

だが、それもこれも憶測の域を出ない。そもそも、その土偶が発見されることによって「多田透」にどんな不利益が出るというのか。

「どう思いますか。やっぱり透さんは生きて石神教にいるんでしょうか」

「なんともいえない。ただ無関係とも思えない。武井《たけい》さんを襲った人物の警告と、無量たちへの警告。どちらも石神教が関わってるんだとしたら……」

忍は記事をクリアファイルに放り込んで、膝を叩《たた》いた。

「……森屋道心のプロファイルが気になる。もう一度、詳しく洗ってみる。そして永倉さん、君にはこれからひとつ、ミッションを引き受けてもらいたい」

萌絵はシュッと背筋をのばした。

「ミッション、ですか。それってどんな」

忍はテーブルに身を乗り出して、冷徹な目つきになった。

「僕にはできないが、君にならできることだ。頼まれてくれるかい？」

＊

「土偶の首は出なかったことにしてほしいだと？　何を言い出すんだ、西原《さいばら》くん」

無量の申し出を聞いて、穂高《ほたか》准教授は困惑した。

作業を一旦《いったん》止めた無量は考えた末、「多田透」からの警告について全て打ち明けることにした。

事情を聞いた穂高は頭を抱えた。

「呪いの、とはまたずいぶんとアナクロな……。つまり、出土させた君に呪いがかかって死ぬと？」

「はい」

「そりゃ確かにまずい。しかしだな」

「……ま、ホントに呪いで死ぬんだとしても、わざわざそれを赤の他人に教えてくれるなんて、すこぶる親切だな、とも言えますけどね」

無量は眉《まゆ》を下げて肩をすくめた。

「つか、別に死にたくなくて言ってるわけじゃないんで。大体、呪いとか言い出すパターンは、向こうも説明すんのが面倒くさいことが絡んでる時なんすよ。そういうの何回か見てきたんで」

「何回かって……、君、今までどんなヤバイとこで発掘してきたの」

「『多田透』を名乗る男は、出土させるくらいなら粉々にしてしまえ、とも言ってました。たぶん、土偶が出たことを誰かに知られては困る理由があるんじゃないかと」

「誰かとは？」

「さあ。だから穂高サンに訊《き》きたいんすよ。おんなじ業界のひとで、ここから土偶が出たら困るような人っていますか？」

穂高は首を傾げてしまった。

「縄文農耕論が論争になった一昔前なら、そういう過激なこともあったかもしれないが」

「あったんすか」

「藤森《ふじもり》先生の時代だなあ。縄文農耕を証明する遺物が出るか出ないか、やきもきしてた頃はあったと思うよ。でも出土阻止するなら否定派だろ？　否定派だった人も今はだいぶ柔軟になってきたし、呪いを持ち出してまで否定したい研究者は、今は思い浮かばないねえ。ここから出る土偶ひとつが、その証明になるとも思えないし」

たとえライバル的な研究者がいたとしても、その人物がわざわざ理恵の兄を名乗る理由もわからない。

「あと、あの人面は土偶じゃないかもしれん」

「それはつまり？」

「人面装飾付土器の一部では？」

顔面把手《とって》形土器、土偶付土器、女神像土器……とも呼ばれ、いずれも、土器のへりに土偶の頭部がくっついているスタイルのものをさす。茶道で、茶器のふちに小人がくっついている「一閑人《いっかんじん》」と呼ばれるものを彷彿《ほうふつ》とさせる。

「人面装飾付土器は、時々、人面の部分だけが意図的にもぎとられたと思われる形で出ることがあるんだよ」

「女神の顔の部分だけ、ですか」

「ああ。人面装飾付土器が女神像土器と言われるのは、性交や出産をしているとみなされる形だからなんだが」

土器の胴体部分から嬰児《えいじ》らしきものが顔を覗《のぞ》かせている津金御所前《つがねごしょまえ》遺跡の土器が有名だ。もしくは男性器を示すと思われる矢印に似た文様が、女神の体を貫く形で、土器の胴体に描かれるものもある。

「女神像土器の、女神の首だけがとれて別の場所に埋められてる、という例がいくつかあってね。女神殺害には儀礼的な何かがあるんじゃないかと」

「女神殺害……って、穏やかじゃないすね」

「そういえば、塩山《えんざん》にある北原《きたはら》遺跡からは、香炉形土器と有孔鍔《つば》付土器と人面装飾付土器が折り重なるみたいに出てきた。今回、ここの住居址《じゅうきょし》も同じものが一緒に出てきてる」

「ですね」

「しかも北原遺跡でも女神像土器の首だけが別の場所から出てきた。もしかしたら、それらは三つでひとつの意味をなしているのでは、と見ている研究者もいる」

「三種の神器……的な？」

「わからんが、セットで出てくる可能性はあったかもしれん。だが、ここからは女神像土器の胴体は出てきてないからなあ」

だとしても、なぜそれを「出すな」というのか、根拠がわからない。

とはいえ、穂高もただのいたずらとは思えなかったようで、

「事情はわかった。具体的にどうすればいい」

「埋め戻すというのは現実的じゃないんで、今日中に取り上げてもいいすか。その後は厳重に保管してください。なかったことにされるのが一番困る」

「取り上げていいのか」

「はい」

無量はきっぱりと答えた。

「ただ出土したことも取り上げたことも、しばらくは誰にも言わないでほしいんす」

「それはかまわんが、黙っていられるのは調査が終わるまでだぞ。現地説明会もあるし、あれだけの優品はまちがいなく今回の調査の目玉になるから、後から発表ってわけにもいかない」

なんで後から？　という話になってしまうからだ。

「いや、あの人面は素晴らしいよ。この地方の特徴をよく捉《とら》えつつも、匠《たくみ》の工芸品レベルだよ。芸術性では『縄文のビーナス』にも劣らないものがある」

「そう……すよね」

「首だけの土偶が重要文化財に指定される例もある。その可能性もあるぞ」

穂高が興奮するのもわかる。

顔立ちがきれいなシンメトリーになっていて、頭頂の環や渦巻きも丁寧な真円をなしている。曲線の重なりも精緻《せいち》で、顔面にある幾何学模様の沈線は何か意味を持っていそうな、格別にアーティスティックな印象を受ける。

他の大量生産的な土偶にみられる稚拙さや雑さがない。一回限りの祭祀《さいし》で壊される土偶にしては、あまりに完成度が高いので、もしかしたら仏像のように長い間ひとつところに祀《まつ》るために作られた土偶かもしれない。

「出してはいけない女神の首……か。まあ、これだけの優品だから骨董《こっとう》品にしたら金銭的価値もかなり出そうだが」

「気になるのは『多田透』はこいつが出ることを知ってたことです」

無量がこだわるのは、その一点だった。

「あの土偶の首、もしかしたら、同じものがすでにどこかで出てるのかも」

「……か、類例品」

「類例品……？」

「土偶や土器には、どこかのやつを模倣した、とわかるやつが別の遺跡から出てくることがあるんだ」

藤内遺跡から出た神像筒型土器も、明らかにそれを模倣して作ったと思われる土器が別の遺跡から出ている。鎧《よろい》めいた肩と背中、蕨手《わらびで》状の両腕と、双環で略された頭部、どれもそっくりなのだが、明らかに完成度が落ちる。

神像筒型土器を見た縄文人が、それをコピーしようと挑んだ結果か。

そもそも、そういうスタイルが一般的だったのか。

かなり離れた遺跡から出ている例もあるので、地域を超えて土偶職人に伝播《でんぱ》したか。

模倣品だけ遠方に運ばれたのか。縄文時代には地域間の往《い》き来もかなりあったようだから、遠方から来た人間がたまたまそれを見て、感動に突き動かされて自らの手でそっくりなものを作ったとも想像できる。「どこそこにはこういう土器があったよ」と地元の者に伝えたかったのだろう。

いずれにせよ、現代の人間が「素晴らしい」と感じる仕事は、縄文人も「素晴らしい」と感じていた。類例品や模倣品が存在するのは、その証《あかし》でもある。

「模倣品でなければ、姉妹品だな。同じ作者の手によるものかもしれん」

縄文人は誰ひとり、名も残さなかったが、その仕事ぶりだけは何千年と残って、個人の才気と技能を雄弁に語っている。

唯一無二の個性が、五千年後にも強烈に伝わる。そういうことはあるのだ。

「その姉妹品も、ここと同様、人面ガエルの土器と一緒に出てきた……。ふたつがセットになってるとか、そういうことっすか」

なんとも言えんが、と穂高准教授も頭を傾けた。

「……僕も八ヶ岳周辺の土偶や土器は大体見たが、これらと同じものは見たためしがない。『多田透』というやつがこれの姉妹品を見たのだとすると、一体どこで？」

穂高准教授の目には入らないところ。

つまり、研究者の目に触れない場所にあった、ということか。

やっぱり、稗之底村か。

「……とにかく、今日中に取り上げましょう。それで穂高さんにはひとつ頼まれごとをしてもらいたいんですが」


作業は休憩時間に入っていた。

受け持ちの住居址へと戻ると、理恵は憔悴《しょうすい》している。顔色が優れない。思い詰めた表情が気になり、無量はテントに用意してあった個包装の焼き菓子をもっていって、理恵に差し出した。

「まあ、甘いものでも喰《く》ってリラックスしてくださいよ」

隣に座った無量も、包みをあけて、焼き菓子にかぶりついた。理恵も食べ始めた。

「……懐かしいね。昔、よくフィナンシェ焼いて、無量くんに持ってってたっけ」

「覚えてるっすよ。俺めっちゃ好物で、理恵さんにいつもせがんでた」

少しだけ理恵が微笑んだ。丸顔の理恵が微笑むと、頬のふっくらした感じが戻ってきて、かつての天真爛漫《てんしんらんまん》だった頃が重なった。

「君は大丈夫？　無量くん」

「平気っす。呪いなんてハナから信じてないすから」

「ごめんなさいね……。なんだか変なことに巻き込んでしまったみたいで」

「理恵さんが巻き込んだわけじゃないじゃないすか。謝るのはこっちっす」

「え？」

「俺、理恵さんを誤解してました」

焼き菓子の香ばしさを嚙《か》みしめて、無量は呟《つぶや》いた。

「捏造《ねつぞう》事件もひとのせいにしてる。反省もしてないって。勝手に誤解して怒ってた。……そんなわけ、ないんすよね」

ずっとクールだった理恵が、無防備に目を見開いた。不意に素顔を晒《さら》した理恵に、無量は本当の彼女をようやく見つけた想いがした。

「俺も理恵さんも色々あったから。こじらせないほうが変っすよね。お互い」

「無量くん」

「なんで、今頃になって、また発掘しようと思ったんすか」

理恵は食べかけの焼き菓子を口元で止め、少し考え込む顔をした。

「……うちの末っ子がね。中学生になったの。このへんの学校だから、縄文土器を作る授業があって。すごく興味を持ったみたいでね。熱心に図書館に通ったりして、発掘にも興味をもって……。昔の自分みてるみたいで」

土から出てくる「過去」の不思議、祖母の家で見た石棒と石皿の神様。故郷の古いしきたりや信仰。大昔と今が繫《つな》がっている証に心を躍らせていた。

「でも発掘に興味をもったら、いずれあの捏造事件も知る。母親である私がそれに荷担してたなんて言えるわけもなくて。息子の関心を必死でそらそうとしたりしてる自分がいやになって。そんな時だった。突然、宇治谷《うじたに》さんのご家族から荷物が届いたの」

捏造事件の当事者だ。

瑛一朗《えいいちろう》の指示で石器を埋めて、発覚後、亡くなった。

「宇治谷さんの遺品から、私に貸そうとしてた本が見つかったんですって。ずっと探してた藤森栄一《えいいち》先生の本だった。『かもしかみち』っていう」

諏訪人であり、縄文研究の黎明期《れいめいき》を生きたあの在野の考古学者に、宇治谷もまた感銘を受けたという。権力者が文字に残した過去からではなく、故郷の土から、歴史を見つめようとした人だった。

「中に宇治谷さんのメッセージが挟まってた」

〝あの美しい高原からは、きっとまだまだ素晴らしい発見があるだろう。八ヶ岳の縄文研究は一生をかける値打ちがあるから、君も卒業後は故郷に根を下ろして、祖先の歴史を掘り続けてくれ〟

遺族も、事件に巻き込んだ理恵にそれを送っていいものか、迷ったようだが、彼のメッセージだけは伝えたいと言って、形見分けしてくれたという。

「もしかして……。好き、だったんすか？　つきあってたんすか？」

理恵は少しだけ微笑んだ。否とも応とも言わなかった。

「宇治谷さんは考古学に身を捧《ささ》げたひとだった。西原先生を尊敬して、尊敬するあまりに、まちがいをおかしてしまったけど……。でも彼の志を誰かが繋がなきゃ。彼が積み重ねてきたものは本当に全部なかったことにされてしまう。私はもう研究者に戻ることはできないけど、せめて、自分のもてる技能で故郷の歴史研究に貢献したいと思った。それが、宇治谷さんへの弔いでもあり、せめてもの償いだと」

「……それで、この発掘に？」

「そう。そうしたら現場に無量くんがいるものだから……。本当にびっくりした。気絶しそうなほどびっくりした」

同時に運命的なものを感じた。

天国にいる宇治谷が引き合わせてくれたのだと思った。

「いつまでも過去に鎖をつけられていては前にも進めない。無量くんの前で今度こそ不正のない発掘をしてみせることが、私の禊《みそ》ぎになるんだと思ったの。本当だよ」

理恵は焼き菓子を膝《ひざ》においた。

「それでも後ろめたさはずっとあったよ。だからって経歴詐称したのは卑怯《ひきょう》だったね。これじゃ西原先生と一緒。いつまでもこんなんだから、私は……」

理恵は逃げたのでも忘れたのでもなかった。どうしたら自分たちの間違いを正して、乗り越えられるのか、心の中ではずっと格闘していたのだ。

無量は黙って受け止めて、また焼き菓子にかぶりついた。

「理恵さんは大丈夫っすよ。お兄さんの要求だって突っぱねたじゃないすか」

「でもあれはニセモノかも……」

「……それに『多田透』は理恵さんには『土に戻してくれ』って言ってた。やっぱり呪いとかでなく、出たら困る事情があるんすよ」

理恵は背筋を正して真顔で無量へと向き直った。

「無量くん、私に力を貸して欲しい。本当にあれが兄さんなのか。確かめたいの」

「ええ、もちろん」

「本当の兄さんなら、左腕に大きな傷痕《きずあと》があるはず。子供の頃、自転車で転んで、たくさん縫った傷痕が」

それが動かぬ証拠になる。

本物の「多田透」か。ニセモノか。「多田透」は本当に生きているのか。

無量は記憶に刻んで「わかったっす」と答えた。発掘現場の向こうにそびえる南アルプスの冠雪を睨《にら》んで、残った焼き菓子を口の中に押し込んだ。

「そいつの首ねっこ、ひっ摑《つか》んででも確かめてやる。本人だったら必ず理恵さんの前に突きだしてやるっすよ。たとえ呪いにやられても絶対」

なに言ってるの、とうろたえる理恵の仕草に、昔の「理恵おねえさん」がはっきりと重なり、無量は懐かしくなって少しだけ和んだ。

「今日は残業になるかも。作業用照明いると思うんで、入来《いりき》さんに発電機用意しといてもらってください」

菓子の包みを丸めると、カーゴパンツのポケットにねじこんで、無量は立ち上がった。再び住居址《じゅうきょし》に向かっていく無量の背中を、理恵はいつまでも見つめている。

その右手の革手袋が、無量自身の格闘の証だということを、理恵はまだ知らない。

暗くなってからも作業は続いた。無量と理恵、そして入来助手の三人だ。

他の作業員たちが去った後も残って、照明のもと、土偶の首を取り上げる作業を続けた。

＊

出土した「土偶の首」を穂高たちに預けて、無量が宿舎に戻ったのは夜九時をまわる頃だった。にわか雨が降り出して、夜中には本降りになりそうだ。

ロビーで待ち受けていたのは、忍だった。

「土偶の首がおまえを呪い殺すだって？」

話を聞くなり、忍は目を据わらせ、全身に不穏な空気をまとった。

「――一体、誰がそんなことを」

「あ。ほらまた、物騒な目つきになってるよ。忍ちゃん」

殺気を湛《たた》えた忍をなだめて、無量は自分の見解を述べた。忍も経緯を理解して、互いの情報を照らし合わせるために、三十年前の「小学生連続失踪《しっそう》事件」について今日判明したところまでを話した。

「そうか。『多田透』は〝自分はオコウ様になった人間だ〟って言ったんだね」

「ねえ、オコウ様って何？」

殺される童子のことを忍が語って聞かせると、さすがの無量も石神教と「多田透」の繋がりを無視できなくなった。

「それってやっぱ、石神教に連れ去られて、神事に使われてたってこと？」

「……オコウ様になった、というのも、神事の最後に殺されるオコウ様のことだとしたら、その電話は死者からのコールってことになる」

「ちょ、やめてくんない？」

「本人ではなく、死んだ『多田透』を騙《かた》ってるだけの人間も、そういう言い方をする」

ちらつく蛍光灯の下、ところどころ合皮が破れたソファーに腰掛け、忍は発掘現場で起きていることと石神教のつながりを整理するため、ノートに図解してみせた。無量は、夜食がわりのコンビニおにぎりにかみつきながら、じっと見つめている。

「なるほどね……。それを繋ぐのが、忍の同級生の都築ってやつなわけか。そいつとはその後も連絡とってんの？」

「さっき電話で直接訊《たず》ねてみたよ。石神教に『多田透』という信者はいるかと。答えはNOだった。行方不明になった小学生が石神教に誘拐されたって噂も『デマだ』と」

「たまたまだってこと？」

「デマと断言するなら、ひとりひとりの経歴を証明しないと。って言って、都築に信者名簿を見せてくれと申し出た。プライバシーを理由に拒否されたけど」

「女神の首が出た話は、ふった？」

無量の一言に、忍も鋭い目つきになった。

「……。おまえも疑ってる？」

「その都築ってやつが『多田透』を騙って電話かけてきたんじゃないの？」

無量はスマホを差し出して、アプリを操作した。

「おまえが教えてくれた通話録音のやり方、役に立ったと思うけど？」

通話録音を再生する。「多田透」を名乗る男の声が、スピーカーから聞こえてきた。

忍はじっと耳を傾けた。

「どう？」

「口調は似てる。都築かもしれないが、断言できない」

「その都築ってひと。後継者争いしてるんだよね？」

事件の後ろにいちいち石神教の影がちらつく。

縄文フェスティバルの開催妨害を都築は否定していたが、被害者である武井の手には石神教の御守があった。

縄文生活に立ち返りたいという都築自身に、縄文フェスを妨害する動機は見当たらない。むしろ縄文ライフを世に広めるチャンスだろう。

動機があるとすれば――。

忍は停止ボタンを押して、ソファーにもたれた。

「……俺に考えがある。石神教に潜りこむ」

「まじ？　そんなことして大丈夫？」

「俺は都築に面が割れてるから不適格だが、永倉さんならできる」

「永倉に？　でも、やばくない？　だって相手はひとひとり怪我させ……っ」

と無量が言いかけた時だった。テーブルに置いたスマホが着信を知らせた。見ると、画面には入来助手の名前がある。無量はすぐに電話に出た。

「西原っす。どうしたんすか」

電話の向こうからいきなり入来がまくしたててくる。耳を傾けていた無量の表情が、みるみる険しくなっていく。

「大丈夫っすか。怪我はないすか」

そばで聞いている忍も非常事態を察した。

「……わかりました。警察には盗難届出してください。はい。詳しいことはまた明日《あした》」

なにがあった？　と忍が身を乗り出してくる。通話を切った無量の表情は、硬くこわばっていた。

「まさか土偶の首が奪われたのか？」

「研究室に持ち帰ろうとして車ごとやられたって。ずっと後ろにくっついてくる変なバイクがいたらしいから警戒してたら、大学の構内で別の集団に待ち伏せされてたって」

刃物で脅されて車の鍵《かぎ》を渡したら、そのまま持って行かれたという。車はほどなくして近くのファミレス駐車場で見つかったが、出土品の箱は消えていた。

だが、無量はさほど動揺はしていない。至極冷静に状況を把握しているようだった。

「もしかして、予想してた？」

「うん。まあ」

「いったい誰が。『多田透』？」

無量は腕組みをしたまま答えない。

やがて意を決したように顔をあげると、忍に向かって首を突き出した。

「やっぱ、永倉にミッション・インポッシブルやってもらうしかなさそうだわ。連絡とれる？」

第六章　縄文の二ケ

「おりゃおりゃおりゃおりゃおりゃー！　ふん！　ふん！　ふん！」

公民館の作業室には、萌絵《もえ》の気合いと石の衝撃音が響いている。

白い割烹着《かっぽうぎ》を着込んだ萌絵が握っているのは、拳大《こぶし》の磨《す》り石だ。

作業台の上には石皿がおかれている。丸盆くらいの大きさの平たい石だ。真ん中だけが浅くすり鉢状にへこんでいる。その真ん中にどんぐりを置いて、磨り石でひたすら叩《たた》いている。

萌絵の激しいどんぐり砕きの様に、家族連れが恐れをなして遠巻きに見ていた。

「な、永倉《ながくら》さん……。そんなに力いっぱい叩かなくても砕けますから」

そう話しかけてきたのは「縄文講座」の講師・都築寛人《つづきひろと》だった。

「こんな感じで上から軽くコンコンコンって叩くだけで」

「あ、ほんとだ」

「そんなに強く叩きつけたら石のほうが割れちゃいますよ」

ほどよく砕けたどんぐりの上から、磨り石ですりつぶすと黄みがかった粉になる。その粉を皿に集めて、水や卵を加えて練る。

萌絵はいま「縄文クッキー」に挑戦中だった。

「はあ、気が遠くなる。縄文時代って、一食食べるだけでもすごい手間暇かかってたんですねえ……。家族全員分のどんぐり粉挽《ひ》くだけで一日終わっちゃいそう」

「労力はかかるが、その分、シンプルでしょう」

都築寛人は潰《つぶ》した粉を浅鉢の土器に移しながら、言った。

「毎日毎日、自分でどんぐりをつぶして粉にしてこねて、焼く。食べることにほぼ一日中かかりきりだったのです。一食に時間も手間もかかるかわりに、膨大なメールに返信もせずにすむ。おびただしい情報に埋もれることもなく、身の回りのことだけと向き合う、シンプルな暮らしです」

ほんとだ、と萌絵も納得した。

食料は自給自足。頼りになるのは自分の手だけだ。

これを毎日繰り返すかと思うと、あまりのシンプルさに気が遠くなる。それだけで人生終わってしまいそうだ。だが、日々大量の情報を処理するのが仕事である萌絵からすれば、どこにいても追い立てられているあの感じが、全くないのは新鮮だった。

「でも、どんぐりがちょっとしかないと、不安ですよね」

「そこなんです。逆にどんぐりがたくさん貯蔵できるくらいあると、安心して心に余裕ができてきますよね。それが縄文中期の様相です。明日明後日《あさって》の心配をしないでいいから、他のことに心を向けられるんですよ」

「土器の装飾とか、ですか」

「化粧や衣類やアクセサリーにも凝ったでしょうね」

「暮らしに余裕ができたら芸術が爆発しちゃったんですね」

「余裕ができて美意識が高くなったから縄文土器も凝りに凝った。そこに自分たちの表現したいものを入れ込むようになった」

萌絵は想像してみた。経理で数字と格闘することなく、スケジュールに追いたてられることもなく、ノルマのプレッシャーもない暮らしは、身も心も軽くてほっとする。

「私たち、知らない間に色んなものに追い立てられてたんですね」

「こういう暮らし方は、ほんとは今だってできるんですよ」

都築は粉を練る手を休めず、

「こういう暮らしをしようとさえ思えば、ね。もっとそういうひとが増えてもいいんです。みんなが生存競争を口実に同じ方向になだれをうってしまうから、抜け出せずに病むひとが大勢でる」

萌絵がカメケンにくる前に勤めていたＩＴ企業も、今思えば、ブラックそのものだった。周りには心を病む者もいた。それが会社の「当たり前」だった。

「経済がこういう形だから、競争しないと生き残れないと思い込んでいるけれど、ほんとうは、過剰な競争を生む流れとは、ちがう価値観で生きることだって選べるんです」

「でも、こう便利な生活になじみきっちゃうと」

「それは思い込みです。本当はできるのに忘れてしまったんです。現代人は」

「便利さを捨てろってことですか」

「捨てろ、ではなく、捨ててもいい、なんです。本人が望めば。もちろん縄文時代は縄文時代の苦しみがある。現代には現代の苦しみが。両方の苦しみを相殺《そうさい》できる落としどころを探る、という幸せの在り方が、あってもいいんじゃないでしょうか」

萌絵は思わず聞き入ってしまった。都築の語りには不思議と説得力がある。忍《しのぶ》のような「端整な容姿」というわけではないが、目力があり、ゆっくりと語る低くて深い声が心にしみ通るようだ。

「どちらを選んでもいいのだけど、選べるようにはしておきたいではありませんか。だから、私たちは選択肢のひとつとして、こういうライフスタイルのモデルになろうとしているんです」

「縄文ライフスタイル」

「一度手に入れたものを捨てたっていいんです。人間は。……さあ、生地ができました。あとは丸めて焼くだけです」

都築の指示で、クッキーを焼く。家族で参加している子供たちも大喜びだ。自分で熾《おこ》した火で焼いた縄文クッキーは格別だった。

「どうでしたか。縄文講座」

都築に問われ、萌絵は素直に「楽しかったです」と答えた。

「お話も興味深いです。都築さんは〝あれをやれ〟とか〝こうなろう〟とか言わず、〝してもいい〟って言ってくれるので、ちゃんと自分で考えられる」

「昔、命令とスローガンばかりの学校にいて、すごく嫌な思いをしたので」

鳳雛《ほうすう》学院のことだ。萌絵にはぴんときた。忍も通っていたスパルタ校を、都築は心から嫌悪していたとみえる。

「押しつけるのはいやです。みんなに選んで欲しい」

「でも選ぶのって大変ですよね……」

「選ぶのが面倒臭いから流されるんでしょうね。そのほうが楽だから。そもそも選択肢を直視したくないということもある。選ぶことに慣れるしかない。鍛え方です。筋肉といっしょですよ」

萌絵は感心した。自分と一歳しか年も違わないのに、都築には独特の哲学があるようだ。反骨精神に一本筋が通った心の強さも感じた。スタッフとして入っている石神《しゃくじん》教の若者たちからの信頼も厚く、頼りにされている様子が伝わった。

「永倉さんは何をきっかけに縄文時代に興味を？」

「私、もともと埴輪《はにわ》女子だったんですけど、最近、土偶にも興味をもって」

「きっかけは土偶か。そういうひと、結構いますよ」

「ゆ……ゆるキャラみたいで可愛いんですよね」

「はは。ゆるキャラか。確かに。面白い発想だな。それ、いただこう」

萌絵のでまかせにも笑って受け答えしている。ライトな縄文話を楽しめるノリのよさもあって、想像していたような視野の狭い偏執傾向は感じない。

萌絵は違和感を覚えた。

縄文フェスを妨害しているのは、本当に彼らなのだろうか。


講座の終了後、萌絵は都築を追いかけて、こう持ちかけた。

「あの、さっき話に出てきた都築さんところの縄文畑の件なんですけど」

「はい。うちの雑穀畑」

「あの石器を実際の畑でどう使うのか見てみたいです。今日これからは無理ですか」

都築は驚いたが、萌絵の熱心な様子にほだされたようで、

「ちょうど草取りにいくつもりでした。一緒に体験してみますか？」

萌絵は内心「しめた」と思った。縄文農耕を再現した畑は石神教本部にあるという。

萌絵の目的は、都築に近づいて石神教に潜入し、探りを入れることだった。

石神教には二派いる、と忍は見立てていた。外に開かれた柔軟な都築寛人派と、内にこもる原理主義の森屋《もりや》一心《いっしん》派だ。

縄文フェスの妨害は、その後、いっそうエスカレートしていた。

昨日は茅野《ちの》駅前の宣伝看板が壊された。ポスターも破られ、協賛企業にも「スポン

サーをおりろ」との電話がかかってきている。

事務局では客に害が及ぶのを心配して、スタンプラリーなどの屋外イベントをいくつか中止したほうがいいのでは、と騒ぎ始めている。武井《たけい》に怪我を負わせた者がいるくらいだ。犯人が実力行使に踏み切ったら、また誰かが怪我をしたりするかもしれない。

首謀者を突き止めて、やめさせなければならない。

――だが、深入りは危険だ。あくまで内情を探るだけだからね。

忍からはきつく釘《くぎ》を刺された。それはもちろん、萌絵もわかっている。武術経験があることはなんの保障にもならない。まして相手は中身のみえない集団だ。

自分に何かあったら、無量《むりょう》にも忍にも迷惑がかかる。慎重にやるんだぞ、と両手で顔をたたき、自分に言い聞かせた。

「永倉さんも車でしたよね。なら、後からついてきてください」

撤収する都築の車を追って、萌絵もレンタカーに乗り込んだ。これから行く場所を忍にメールで伝え、アクセルを踏む。

身元を隠して石神教に潜入する。萌絵のミッションが始まった。

＊

「土偶の首が石神教に持ち込まれたというのは本当か、無量」

おはよう、の挨拶《あいさつ》もなく、忍が食堂に飛び込んできて、無量のいるテーブルに両手をついた。その日は休みで、作業はない。ちょうど宿舎の食堂で遅い朝食をとり終えたところだった無量は、答える前にスマホの画面を見せた。

「これは……」

「GPS発信器。こないだ岩手で忍も使ってたでしょ？　同じ手で行こうと思って、穂《ほ》高《たか》サンに頼んで急遽《きゅうきょ》ゲットしてきてもらった」

無量は誰かに奪われることを想定して「女神の首」を収めた箱にあらかじめ仕込んでおいたのだ。箱の緩衝材に紛れ込ませたので簡単には見つからないはずだ。どこに持ち込まれたかは、画面をみれば一目瞭然《いちもくりょうぜん》だった。

「……石神教本部」

忍の表情が険しくなった。

「奪っていったのは『多田透《ただとおる》』か？」

「どうだろ。『多田透』はそいつらから土偶を隠したかったほう、かも」

「どういうことだ？」

「うん。だから永倉に確かめてもらおうと思って」

無量は昨夜のうちに土偶の首が石神教に持ち込まれたことを確認して、萌絵に連絡をとった。萌絵は今日開催する「縄文講座」に参加して都築寛人に近づき、石神教本部に潜り込むルートを探るつもりだという。

「永倉さんに土偶を奪還させる気か？　いくらなんでも危険すぎる」

「ううん。それは必要ない」

「必要ないって、取られた出土品は取り返さないとまずいだろう」

「いや。取られてないから」

え？　と忍が目を剝《む》いた。

「って……。まさか無量おまえ」

無量は返却口に食器を戻し、飲み干した牛乳の紙パックをゴミ箱に捨てて、右拳《こぶし》を一度、左のてのひらにぶつけた。

「さて。犯人の目星もついたことだし、きりきり問い詰めにいきますか」

＊

「岡野《おかの》監督と会わせてくれるって本当か！　西原《さいばら》！」

根石光博《ねいしみつひろ》は興奮しながらテーブルに身を乗り出してきた。

高森《たかもり》にある岡野の行きつけのそば屋に、根石を呼び出したのは無量だった。古民家を移築した店には岡野のサイン色紙が飾られている。まだ昼食時には少し早いためか、客もまばらだ。うん、と無量は答えて、ざるそばをすすった。

「なんかうちの発掘作業員を適当に見繕ってつれてきてっていうから。確か、根石サン、ファンなんすよね」

「うん、大ファンなんだ！　でも急になんで？　なんで俺らの話なんか聞きたいの？」

「なんか考古学をネタにしたSFアニメ作りたいとかなんとか。取材じゃない？」

「マジかよ。あの巨匠に取材されるなんて、すごくね？　ドキドキするわあ」

根石はしきりにしゃべり倒しながら一緒になってもりそばをすすったが、興奮しすぎているのか、挙動がおかしい。落ち着いている無量はそば湯をつゆに注いで、一気に飲み干してから、おもむろに真顔になって根石に向き合った。

「……なわけで、ちょっと根石サンに聞きたいことがあるんすけど」

「え？　聞きたいこと？　なに、岡野作品のこと？」

「誰に知らせたんすか」

根石はきょとんとした。いつどこで何を、をひとつも言わない無量の問いかけは、唐突すぎてすぐには呑《の》み込めなかったのだろう。無量は目の前のお膳《ぜん》を脇にどけて、あらためて、身を乗り出した。

「あの土偶の首が出たこと、誰に知らせたんすか」

「な、なんのこと？」

「見てたんすよ、俺。土偶が出土した時、根石サンがどっかにメールしたの。現場を全部見渡したけど、あの時、こっち見て動いたのは根石サンだけでした。あんたが『多田透』にメール入れたんすね」

「は？　誰それ。友達のLINEに返事しただけだけど？」

「つか作業中はスマホ禁止っすよね。それに根石サンがスマホしまったすぐ後だったんすよ。俺に電話かかってきたの」

「あっ。丹波《たんば》さんのお兄さんとかゆーひとの話？　ただの偶然でしょ。知らないよ、そんなひと」

　ふーん、と言い、無量はテーブルに置いてある根石のスマホへと素早く手を伸ばした。根石が驚いて押さえようとしたのをすり抜けるように無量が奪いとった。

「なら、ちょっと見せてもらえます？　スマホ。やりとりないなら、その証拠見せてくれませんかね」

「ふざけんな！　返せよ！」

「あと根石サン。それ」

　と無量が指さしたのは、根石のリュックについているキーホルダーだ。ミニチュアの鉄筒を数本束ねて揺れると時々シャラシャラと鳴る。布製の短冊がついていて刺繍《ししゅう》の紋が独特だった。

「その縄文ラッパのマーク、真道石神教のシンボルマークっすよね」

　根石はハッとして思わずそれを背中に押し隠した。

「な、なんで知ってる……」

「いや。その御守って信者さんにしか配られないもんだって聞いたから。根石サン、信者だったんすか」

「ち、ちがう。ひとからもらったんだ」

「誰から」

「おまえに関係ないだろ」

「根石サンと仲良しの『多田透』っすか。つーか、そのひと、本当の名前は」

無量は大きな瞳《ひとみ》をますます見開いて、

「都築寛人っていうんじゃないですか」

すると――。

根石は一瞬、虚を突かれたように目を瞠《みは》り、やがて、ふっと緊張が解けたように曖昧《あいまい》な薄笑いを浮かべてみせた。違和感を覚えた無量は、次の瞬間、自分が読み違えていたことに気づいた。

「都築の指示だと思ってたのか？　へえ……。それはまた。そうかあ」

「ちがう？　じゃあ、誰？」

無量がまだ核心を摑《つか》んでいないと知るや、根石は急に余裕をみせて、椅子の背もたれに体を預けた。あからさまに薄笑いを浮かべて、

「つかおまえもさァ、あんま首突っ込まない方がいいよ。そうでないと、呪いが本当になっちゃうかもよ。発掘師か何か知らないけど、あとはもう土とか掘らないで測量だけしとけば？」

「なに言ってんすか。待ってくださいよ、根石サン」

根石は伝票を見ると、そば代の小銭をテーブルに置いた。

「誰なんすか、『多田透』って！」

「岡野監督のアレは俺呼び出すための釣りかよ。あーあ、がっかりだよ。まったく」

言うと、あしらうような目で無量を見、店を出て行ってしまった。無量はすぐにスマホを手にとって、忍に電話をかけた。

「ごめん、忍ちゃん。しくじった。『多田透』は都築じゃない！」

岡野監督に自分から「ファンだ」と言っていた時点で気づくべきだった。都築派の信者だったなら、岡野とも面識はあるはずだ。岡野は縄文講座の講師もしている。その手伝いもしていたなら、会うことは初めてではないし、あんなにファンアピールをする必要もないはずだからだ。

「ってことは、『多田透』はやっぱ」

『そこまでわかれば上出来だ。無量。あとは任せろ』

電話を受けた忍は、店の駐車場にとめた車の中で待機中だった。

忍の目線は店から出てきた根石の姿をもうすでに捉《とら》えている。根石は自分の車に乗り込んだ。その車を追って、忍も車を出した。

ふたりの車が出ていったのを見届けて、無量も店を出た。

「忍ちゃん、わり。あと頼む」

スマホに萌絵からのメッセージが着信していたことに気づいた。

今から石神教の本部に潜入する、とある。

無量は胸騒ぎがした。『多田透』は都築ではないとすると、土偶の首を出されて困るのも都築ではなかったことになる。むしろ出土するのを待っていた方ではないか。

「つまり、土偶の首を奪ってったのは――。まずい」

無量は急いで返信文を打ち始めた。送信ボタンを押そうとした時だった。

「あのう、すみません……。さっき、窓際の席にいたひとですよね」

振り返ると、背後に立っていたのはサングラスをかけた強面《こわもて》の男だ。

黒いキャップをかぶっていて、格闘家でもやっていそうな胸の盛り上がり方がジャケットの上からでも目立つ。そういえば、店の中で、無量たちの斜め前の席に、そばも頼まずビールを飲んでいた男がいた。

「そうですけど」

「これ忘れませんでしたか？」

差し出されたのは、木箱だ。抹茶茶碗《ぢゃわん》ほどの大きさの。

どこかで見覚えがあると思った次の瞬間、無量は息を呑んだ。

中に入っているのは、昨日発掘現場から出土した「女神土偶の首」ではないか。

「これ、なんで！　……う！」

無量の腹に男の拳が叩《たた》き込まれた。さらに数発ボディを連打され、たまらず地面に沈み込んだ。うずくまる無量の手から、スマホを取り上げたのは、別の男だった。黒いジャケットにサングラスをかけた中年男性だ。

「これが例の発掘屋か。ヤブウチ」

「はい。まちがいないっすね……」

ヤブウチ……？　確かその名は、と無量が思い出しかけた時、黒いワンボックスカーが滑り込むようにして目の前に停まった。運べ、と中年男が命じると「ヤブウチ」は無量の体を抱えて起きあがらせる。振り払おうとしたが、強面男からくらったパンチが効いていて膝《ひざ》に力が入らない。そのまま後部座席に引きずり込まれてしまう。

中年男も助手席に乗り込んだ。

「出せ」

砂利を蹴《け》って、ワンボックスカーは駐車場から出ていく。そして根石と忍の車が向かったのとは反対方向へと走り出した。

辺り一帯を覆うアカマツ林の道を縫うようにして、無量を乗せたワンボックスは小淵《こぶち》沢《ざわ》方面へと走り去っていった。

＊

正門は固く閉ざされたままだったが、裏にある通用門は信者たちのために日中はずっと開かれているようだ。

石神教本部の駐車場に車を駐めた萌絵は、山裾《やますそ》に広がるひなびた田園風景に驚いた。茅葺《かやぶ》き屋根が点在し、小川が流れ、牛小屋まである風景は昭和の農村を思い出させる。

「山ひとつ全部敷地なんです。山では木の実を採集できるし、猟もできる。あっちが縄文方式で育ててる雑穀畑だ。石器を使った農作業は手間がかかるが、無農薬だし、稗《ひえ》も粟《あわ》もちゃんと食べられる。ちょっとした実験場です」

案内する都築は誇らしげだ。

萌絵は興味深く見回した。

そこここに大型の縄文土器が並んでいる。本物ではない。ここで焼いたものだという。どれも見事な出来栄えだ。井戸尻《いどじり》土器の特徴である「双眼」もちゃんとあり、本物に見劣りしないほど奔放な姿をしている。

斜面には神社のような建物もあって、どこかで見覚えがあると思ったら、諏訪《すわ》大社の上社前宮にある十間廊《じっけんろう》ではないか。隣にはやはり前宮の内御玉殿《うちみたまでん》とそっくりな建物もあり、緩やかな勾配《こうばい》の先には御社《おやしろ》が建っている。よくよく見ると、その周りの道や階段、建物の配置具合まで、全て前宮を再現している。かつて大祝《おおほうり》が住んでいたとされる「神原《ごうばら》」という斎庭《ゆにわ》を模しているのだ。

「奥にあるのは、竪穴式住居《たてあなしき》ですか。縄文時代の復元？」

「ああ、あれは御室だ」

「ミムロ？」

「ミシャグジ神を降ろす子供——大祝《おおほうり》と、神長《じんちょう》と呼ばれる神官が、冬の間、百日間こもる斎屋《いっきや》のことだよ。私たちは年に一度、御室神事をそっくり真似た祭を昔ながらに行っているんです」

石神教はやはり、地元の古老が言った通り、古《いにしえ》の神事を復活させているようだ。

「大祝《おおほうり》って確か、諏訪大社の現人神《あらひとがみ》って呼ばれている一番身分の高い人のことですよね。ここにも大祝《おおほうり》がいるんですか」

「ああ。前の教主の血縁者がね」

萌絵はぴんときた。森屋道心《どうしん》は諏訪氏と守矢《もりや》氏の末裔《まつえい》を名乗っていたからだ。

「まさか今も子供が百日間もおこもりしてるんですか？　学校もあるのに」

「それはさすがに。今は身代わりがいるから」

「身代わり……？　それって」

「興味あるのかな」

心の中を読んだように、都築が真顔で問いかけてきた。

「でも信者以外のひとには、教えてはならないという約束なんだ」

「秘密の儀式……なんですか」

「そんなところだね。だが」

「そこで何をしているんだ。都築」

ふたりに向かって鋭い声を発した者がいる。

振り返ると、母屋《おもや》と呼ばれる集会用の古民家のほうから、神職めいた白装束を着た男がやってくるのがみえた。その後ろにはやはり白装束に身を包んだ一団を従えている。

萌絵はすぐに気がついた。あの時の一団だ。武井と一緒に前宮を訪れた時、参拝をしていた白装束の集団だった。

声をかけてきた男は、はっとするほど白い肌に、きれいな顔立ちをしている。直毛の黒髪を肩にかかるまで伸ばしていて、前髪を眉《まゆ》で切りそろえ、どこか浮き世離れした風《ふう》貌《ぼう》は一度見たら忘れない。あの時と同じく大きな杖《つえ》を握っている。先端に重そうな鉄筒を何本も束ねてぶらさげている。魔法使いが持っていそうな、背丈よりも長い杖だ。

都築が声を張り上げた。

「やあ、一心さん。今日もこれから前宮参りですか」

萌絵は「あっ」と声をあげるところだった。森屋一心。教祖である故・森屋道心の息子だ。都築と後継者争いをしていると噂の。

端整な顔をした一心は、青白い頬をぴくりとも動かさず、答えた。

「そこにいる女性は誰だね。見かけない顔だが」

「縄文講座の生徒さんです。畑を見せてあげようと思って」

「信者でもない人間を中に入れているのか！　どういうつもりだ」

「仲間になってもらえたらいいなと思って、つれてきてるんじゃないですか」

「ここはミシャグジ様を祀《まつ》る聖域だぞ！　よそものを入れるなど言語道断だ！」

「よそのひとをつれてくることの何がいけないんです？　身内でばかりつるんで、よそものを寄せ付けない空気出してると、うちみたいな小さな教団はすぐ先細りしますよ」

「貴様はミシャグジ様の神聖さが全くわかっていない！」

一心は杖で強く地面を突いた。鉄筒の束が揺れて、ぐわらん、と重い響きを発した。

「今すぐその女をつれて、そこから出ていけ！　さもないと！」

言うや否や、一心に従っていた白装束たちが前に進み出て、萌絵と都築を取り囲もうとする。思わず身構えた萌絵を都築が背中にかばい、なだめるように手をあげた。

「あなたこそ、その鉄鐸《たく》は神長《じんちょう》だけが持つことを許されてるはずですよ。あなたはまだ神長じゃない。石神教の代表ではない者が勝手に持ち出さないでくれますか」

「私は道心の息子だぞ。後継者となってしかるべき人間だ」

「だが、まだオコウ様の指名がなされていない」

萌絵はハッとした。都築は真っ向から対決姿勢で、

「鉄鐸をオコウ様に戻してください」

「黙れ、都築！　新参のくせに生意気な口を叩くと、こうだぞ！」

白装束たちが取りだしたのは、小太刀《こだち》を模した木剣だ。

萌絵は反射的に戦闘体勢をとったが。

「――争うのは本意じゃない。行こう、永倉さん」

都築につれられて、歩き出す。一心はふたりが去るまでじっと睨《にら》み続けていたが、やがて、十間廊もどきのほうへと皆をつれて進んでいった。

「いまのはどなたです？」

「死んだ教祖の息子で、次の代表候補の森屋一心さんだ。僕らとはちょっと考えがちがってね……」

苦虫《にがむし》を噛《か》みつぶしたような顔をしている。

「……けんかしてるんですか。もしかして」

「後継者を決めなければならないんです。次の御室神事までに」

「それはいつ？」

「旧暦十二月二十二日。もういくらもないのですが」

「どうやって決めるんです？　投票？」

「いえ。後見人が指名するんですが、そのためには、ある条件を満たさなければならないんです」

「ある条件とは？」

さすがに答えようとはしない。だが、萌絵は直感した。その「後継者の条件」とやらが、いま起きている事件と無関係ではないことを。

「……。あいつらは大変なことを企《たくら》んでいる」

萌絵はどきりとした。

「大変なことって……？　まさか、テロとか」

「いや。だが、あまりに身の程知らずなことだ。野放しにしておけない。あんなやつを教主の座になんかつかせるもんか……つかせてたまるか……」

目を据わらせた都築の表情が、ぞっとするほど冷たく、その落差に、萌絵は思わず忍を重ねてしまった。

それは鳳雛学院に籍を置いた者に共通する酷薄さなのか。それとも——。

我にかえった都築は、慌ててぎこちなく笑顔をつくった。

「ああ、すみません。変なとこ見せてしまいましたね。畑が見たいんだっけ」

「石器も見たいです」

すかさず萌絵がリクエストした。

「畑から出てきた石器をコレクションしてるって言ってましたよね。それ見せてもらえませんか」

「いいですよ。じゃ、ここで待っててもらえますか。研究棟の鍵《かぎ》を持ってきます」

と言って都築は母屋に向かった。

その隙に萌絵はスマホを取りだした。無量が昨日とりつけた発信器の在処《ありか》が、画面で確認できるようになっている。確かにこの場所だ。

「……あの建物みたいだけど」

母屋の奥にある蔵だ。ＧＰＳが確かならば、あの中に奪われた「女神土偶の首」が隠されている。だが、扉は固く閉められていて中の様子を窺《うかが》うことはできない。

――土偶の首がどこにあるかは、二の次だ。問題は、誰が持ち込んだか。

――なんのために奪ったのか。

「そこの君……。なにか探し物かね」

どきり、として萌絵は振り返った。全く気配を感じなかった。

振り返ると、立っていたのは作務衣《さむえ》を着た白髪の男だ。小脇に薪《まき》を抱えて、怪訝《けげん》そうにこちらを見つめている。萌絵が会ったのは若い信者ばかりだったので、年配の信者を見たのは初めてだ。萌絵はスマホを隠し、

「あ、私、都築さんの縄文講座の生徒でして、畑の見学を……」

「……ヤサカトメ？」

え？　と萌絵は目を見開いた。

白髪の信者は目が悪いのか、殊更近づいてきて顔を覗《のぞ》き込んできた。

「君は……ヤサカトメか。ヤサカトメだな。まちがいない」

「ええっ。わ、わたしトメじゃありません。萌絵です」

「待っておりましたぞ、ヤサカトメ。さあ、いっしょにまいりましょう」

というと白髪の信者は萌絵の手を握り、強引に御社のあるほうへと引っ張っていこうとする。

「なんのことです！　やめてください！」

萌絵は振りほどこうとするが、摑《つか》む手が年配とは思えないほど力強く、ぐいぐいと引きずられてしまう。

「ちょっと、話を聞いて！　私はそんな名前じゃ……！」

「オコウ様！」

そこへ都築が戻ってきた。一声叫ぶと血相を変えて駆け寄ってきて、萌絵と老人を引き離した。

「おやめください、オコウ様！　このひとは私の生徒です。見学に来ただけです」

都築が「オコウ様」と呼んだことに萌絵は驚いた。さっきも一心の前で口走っていたのは、このひとのことか。後継者の指名をするとかしないとか。何かここでは地位のある老人のようだ。

しかしオコウは大御立座神事《おおみたてまし》（御頭祭《おんとうさい》）の最後を担う童子のことではないのか。大祝《おおほうり》の代わりに殺されるとも言われる童子の。

「なにを言っているんだ。みえないのか。あれはヤサカトメだ。ミシャグジの巫女《みこ》だ」

「永倉さんは関わりないひとです。さあ、庵《いおり》に戻りましょう。誰か付き添ってやってくれ」

都築が呼ぶと、若い信者たちがやってきて「オコウ様」に付き添うようにして茅葺《かやぶ》き民家のほうへと連れていった。

「すみませんでした。いまのがうちの長老です。普段はここで土器や土偶を作ってるんですが」

　敷地内のあちこちに飾ってある縄文土器のことだ。あれらが全て「オコウ様」の作品だという。単なるレプリカを超えた華麗な造形は、彼独自の作風で、芸術家肌の陶芸家であることを物語っていた。

「もしかして後見人というのは、あの方のことですか」

「ええ。そうです」

「私のこと、不思議な名前で呼んでました。確か、ヤサカトメ……と。それって諏訪明神の——建御名方命《たけみなかたのみこと》の奥さんの名前ですよね」

「そうです。詳しいですね」

「私のどこがヤサカトメなんでしょう。巫女とか言ってましたけど」

　これには都築もうまく答えられない。

「昔から変わり者で、所謂《いわゆる》、巫覡《ふげき》とでもいうんでしょうか、少し神がかった感覚がある方なんです。普通のひとにはみえないものが、みえると」

「……わ、わたし、なんか憑《つ》いてます？」

「僕もみえないんでなんとも」

　陶芸を生業《なりわい》としながら、この敷地内に住んでいるという。

「先代もその能力を買っていて。後継者を指名する権限を任された人なんですが、極端な人嫌いで、普段は滅多に信者にも声をかけないのに」

それがいきなり萌絵に話しかけ、しかも手を摑んでどこかに連れていこうとしていたものだから、都築もびっくりしたようだ。

「でも……そうか。永倉さんをみて、ヤサカトメと言ったのか。これは良い理由になるかもしれない」

都築は真剣な表情になっている。

「永倉さん。折り入って相談があります。僕に少し力を貸してくれませんか」

萌絵は目を丸くした。

頭上高く旋回していた猛禽《もうきん》の声が、高く山林に響いた。

*

そば屋から出てきた根石を追って、車を走らせた忍が到着した場所は、茅野にある諏訪大社の上社前宮だった。

追跡には気づかれないよう細心の注意を払った。根石が向かった先が前宮だったことに忍は驚いたが、想定内ではあった。

前宮は、かつて大祝《おおほうり》が住んでいた「神殿《ごうどの》」があった場所だ。例の御室神事や御頭祭が行われた祭政の中核であり、ゆえに「神原」と名が付いた。

一番奥にある御柱で囲まれた社が、前宮の本殿だ。祭神は八坂刀売命《やさかとめのみこと》。建御名方の妻神だ。

　かつては各地に巡行に出た神使《おこう》が戻ってくると、この社に「御さゝ（御笹）御左口《みさぐ》神《じ》」を入れる。ミシャグジが常住する社なのだ。

　本宮とちがい、参拝する客もまばらだ。いまでこそ衰微したが、かつては諏訪祭祀《さいし》の中心地だった。

　一帯には、多くの古墳や遺跡がある。背後にそびえる守屋山は、太古からの信仰の中心。ここは大和《やまと》朝廷――神《みわ》氏（後の諏訪氏）が入ってくる前、守矢（洩矢《もれや》）一族が祭政を司《つかさど》ってきた場所でもあり、多くの古墳や出土物は、ここが昔から特別な場所であったことを教えていた。

　いまはのどかでひなびていて、緑に降り注ぐ陽差しが温かい。

　本殿が坂の上の奥まったところにあるためか、社務所のある平坦《へいたん》地は内御《うちみ》玉殿《たまでん》と十間廊が名残のようにあるばかりで、本宮のような古色蒼然《こしよくそうぜん》とした厳粛さもなく、なにも知らなければ、ここが最重要神事を執り行っていた場所とは思えない。大祝《おおほうり》の住む神殿は今の社務所のあたりにあったが、江戸時代に別の場所に移ってしまって、小さな社が点在するのみだ。

　根石は境内のベンチに座って何かを待っているようだった。

　やがて、やってきたのは白装束の一団だ。週に一度、必ず参拝にやってくるという石神教の面々だった。

「あれか、永倉さんが見たのは」

忍が物陰から様子を窺っていると、根石はその一団を率いる「杖《つえ》を持つ男」に話しかけ、なにかひとしきり報告し終えると、一団と一緒になって前宮の社殿へと坂をあがっていく。参拝をするのだとわかった。

「あの男が、森屋一心……」

忍は石神教のブログ画像と見比べた。まちがいない。都築と後継者争いをしている男だ。自分たちより年上にみえるが、端整な顔立ちに透き通るような白い肌、前髪を眉《まゆ》で切り揃えたボブヘアは明らかに浮き世離れしている。だが、違和感がないほどにはきれいな顔をしているので、時代劇俳優のようだ。

「……そうか。根石は一心派の」

おそらく「女神土偶の首」が出土した時、連絡をした相手は「多田透」。

つまり「多田透」を騙《かた》ったのは――。

「森屋一心、なのか？」

社殿の前で、一心が祝詞《のりと》を唱え始めた。

水眼川《すいが》の清流の音にまぎれて、祝詞も朗々と響く。

独特の祈禱《きとう》法は、本物の神長守矢家秘伝のものだという。いま、それらは本家では絶えてしまい、道心の家系にのみ伝わっているらしいが、真偽は定かでない。

一団は参拝を終えると、坂を下ってきて内御玉殿と十間廊がある「神原」と呼ばれる一帯に集まり、今度は、広場で円になって奇妙な祈禱を始めた。

観光客たちも何が始まるのか、と怖さ半分興味半分で遠巻きに見ている。奇妙な粉を撒《ま》きながら、大きな杖をつき、鉄鐸《てったく》をじゃらんじゃらんと鳴らす。

古代の儀式でも見ているようで、没入しきった信者たちの表情も、どこか異様だ。

――神原は神聖な場所だ。神聖な場所を汚すな。

若御子《わかみこ》社の陰から見ていた忍の表情が険しくなる。

あの脅迫電話は、やはり彼らのしわざか。森屋一心。

まるでマーキングでもするかのように、奇妙な祈禱をし終えて、石神教の一団は帰っていった。追いかけようとした忍のスマホに、メールが着信した。

画面には英文でこう記してある。

〝頼まれていた資料が手に入った。今から信濃《しなの》そばでも食べないか?〟

一心と根石たちの一団は、本部へと帰っていった。

見届けた忍は、一旦《いったん》、萌絵に報告メールを送り、あとは任せることにした。その足で上社本宮へと戻り、待ち合わせたそば屋で英文メールの主と落ち合った。

「のびるから先に食べてるよ。サガラ」

ＪＫことジム・ケリーは席について、すでにそばをすすっていた。外国人観光客もちらほら見受けられる店内で、ＪＫはサングラスをかけていても一際目立つ。似合いすぎて目立つ。

このタイミングで連絡をしてきたＪＫに呆《あき》れながら、忍は向かいに座った。

「諏訪大社に参拝とは、あなたはそんなに信心深い人でしたっけ。ＪＫ」

「発掘現場で事件が起きてると聞いたら、この目で確認するのが僕の仕事だよ」

「無量の監視か？」

忍は冷ややかに訊《たず》ねたが、ＪＫは気にもせず、せいろそばをすすっている。

「縄文土器の、世界に比類なき芸術性は認めるところだよ。あの過剰な装飾はやみつきになるからね」

「資料は？」

「データで送ってもよかったんだが、補足事項が多かったんでね」

ＪＫは書類をテーブルに差し出した。

それは名簿だ。石神教信者の名前と住所、ひとりひとりの経歴まで載っている。

「こんなもの、よく手に入りましたね。いったいどこで」

「我が社をなんだと思ってるんだい？　軍事会社のリサーチ力を舐《な》めないでくれ」

忍は一覧に目を通した。根石の名もある。むろん都築の名も。

「もっと早くくれてたらよかったのに」

「贅沢《ぜいたく》を言うな。相手は宗教法人だぞ」

「……藪内良太《やぶうちりょうた》。やはり信者だったのか」

武井が襲われた夜に会っていたのは、石神教がらみと見て間違いない。

会社の元部下は石神教に入信していたのだ。武井はそれを知っていて、なんらかの理由で縄文フェスの妨害は彼らのしわざ、と察知したのだろう。

「……そして藪内を呼び出した。そういういきさつか」

「問題はここだ」

とJKは名簿の欄外を指さした。

「〝森屋祥平《しょうへい》〟〝森屋健二《けんじ》〟〝森屋護《まもる》〟……これは？　教祖の家族？」

「養子のようだが、戸籍には記載がない。神使《こうどの》という役職につく幹部のようだ。親族の扱いにはなっているが、身元がわからん」

「神使というのは確か、諏訪氏直系の大祝《おおほうり》を支える傍系たちのことですね……」

と呟《つぶや》いた忍が、三人のデータを見て目を見開いた。

「まさか……。彼らの年齢は」

「生年月日からすると、四十代前半かな」

忍はスマホを素早く操作して保存してあったデータと見比べた。

「行方不明になった四人の少年たちの中に〝大川洋平《おおかわようへい》〟と〝小関健一《こせきけんいち》〟がいます。名前が似てる。年齢も近い」

「変名か」

「それに三人目の〝森屋護〟というのは――」

忍の表情に緊張が走った。

「〝多田透〟……」

ふたりは顔を見合わせ、事の重大さにしばし固まった。

「おいおい。森屋道心が少年たちを誘拐したって噂は、本当だっていうのか」

「決めつけるのは、まだ……。でも『多田透』を名乗ったのが石神教の人間だとしたら、繋《つな》がるんです。彼らが石神教で生きていたということが」

「ばかな……！　誘拐犯が三十年も少年たちを監禁していたというのか。宗教を隠れ蓑《みの》に？」

「いや、その宗教のために誘拐したのかもしれない。古《いにしえ》の神事を復活させるために」

さすがのJKも思わず箸《はし》を置いた。

異常な事件だ。それが本当だとしたら。

「行方不明になっていたのは四人だろ。ひとり足りないぞ」

「最初に行方不明になった少年ですね。〝仲野治《なかのおさむ》〟……その一件だけ関わりのない、単純な事故だったのか。もしくは」

まさか、とJKも顔を歪《ゆが》ませた。

「殺された……可能性も？」

忍はうなずいた。かつて祭の最後に童子は殺された。実際、石神教にはそういう噂もあった。

ＪＫはサングラスを外して顔を手で覆った。なんてこった、と呟いて。

「誘拐に殺人か？　正気の沙汰《さた》じゃないぞ」

「我々には理解できないけれど、森屋道心は古の信仰の精神に立ち返ろうとする人物だったとするなら、それを悪とも思っていなかったかもしれない。大祝《おおほうり》もオコウ様も、器だ。ミシャグジを降ろすための生きた器でしかない。その器を壊して、精霊の力を大地に返すんです。罪とも思っていないかもしれない。当時の民たちのように」

「そういう祭式や宗教観があることは知っている。日本だけじゃない。世界中にみられる〝王殺し〟という観念だ。王が穀神の名代《みょうだい》として殺される。だが、現代の人権感覚とは相容《あいい》れないぞ」

「ええ……。もしかしたら、最初のひとりを殺してしまってから、何か思うところがあったのかもしれない」

「それで次の〝オコウ〟たちは生かしたというのか。だが、監禁だぞ。それは」

「いずれにせよ、まだ証拠といえるものは何もない。……この三人について、他に何か情報は」

ＪＫはタブレットを操作して該当箇所を素早く探した。

「次男格の〝森屋健二〟は病気療養を理由に長いこと表には出てきてないようだ。ほとんど寝たきりのような状態らしい。ん？　……ひとり退会してるな」

「退会？」

「森屋祥平だ。地元のベンチャー企業で代表取締役をやってる。退会したのは、道心が死んだ後だが」

「石神教を離れた養子がいるんですか」

「信者数人と会社を興してる。ちょっと待ってな」

というと、検索を始めた。

ややしてからその会社のＨＰにたどり着いたＪＫは、うっと一瞬固まった。

「メンバーの中に藪内良太がいる」

「武井さんを襲ったかもしれない、あのヤブウチですか？」

「ああ、そのようだ。森屋祥平か。こいつを少し調べてみたほうがいいかもしれん。君はどうする」

「土偶盗難容疑に縄文フェスの件もあるし、やはり野放しにはできない。根石から直接事情を聞き出します。それが近道だ」

「尋問するのか？　監禁とか拷問とか、手荒いのはやめてくれよ。我が社のコンプライアンスにひっかかる」

「ＧＲＭにまともなコンプライアンスなんてあるんですか」

「我が社は優良な人権企業だよ」

「………。優良、ね」

せいろそばが運ばれてきた。忍の分かと思ったら、ＪＫが自分でおかわりしたものだった。ゆでたての麺《めん》はつやつやして、喉《のど》ごしがよさそうだ。

「報告書待ちのあなたが、なぜ、ここまで協力してくれるんです？」

「そりゃあ〈革手袋《レザーグラブ》〉のためさ。彼の右手は我々の大事な商品だからね。縄文の呪いなんかで駄目にされては困る」

「あなたがたなら〈鬼の手《オーガ・ハンド》〉に保険までかけていそうだ」

「ああ、もちろんかけてるよ。保険会社の経営もうちの業務のひとつだからね」

本人の与《あずか》り知らぬところで保険までかけられているとは……。忍は溜息《ためいき》をついて、ＪＫの器用な箸使いを眺めた。

「……それで？　肝心の〈革手袋《レザーグラブ》〉はいまどこにいるんだい？」

「深入りしないよう、釘《くぎ》を刺したので、今頃、宿舎に戻っておとなしく昼寝でもしてるはず……」

スマホを見るが、返信がない。既読にもなっていない。

代わりに萌絵からメッセージが着信した。都築を頼ってうまく石神教に潜入できたという。「女神土偶の首」を奪ったのは誰の仕業か、まだ突き止められてはいないが、都築から内情を聞き出せるかもしれない、とある。

胸騒ぎがしてならない。

すぐに返信して、忍は立ち上がった。

「おい。もういくのか」

「ええ、根石に吐かせます」

「なら、これを」

テーブルの上に置いたのは、黒いケースに入ったスタンガンだ。

「うまく使え。いつまでもカンフーガールに護られてないで、たまには君もかっこいいとこ見せてやれよ。サガラ」

*

都築に連れられて萌絵がやってきたところは「研究棟」と呼ばれる土蔵の中だった。

そこは都築一派が「縄文研究」を名目に集まる場所で、実質、彼らの派閥部屋でもある。中に入ると、教祖道心が蒐集《しゅうしゅう》したという石棒や土器がたくさん展示してある。

「すごい数ですね……」

「教祖は縄文研究家でもあったんです。図像学にも関心を広げて独自の縄文観を持っていた。でも解釈が独特過ぎて、なかなか学術的には認めてもらえなかったがね」

階段をあがると、テーブルセットがあり、歓談できるスペースになっている。萌絵を椅子に座らせ、都築は麦茶を入れた。

「その研究を引き継いだのが、僕らだ。縄文学校の発想も、教祖に影響を受けた。僕が入信したのは、そのためだと言ってもいい。一心は全く興味がないようだけど」

そういう意味では一心派のほうが純粋なミシャグジ信者だ。だが信仰に熱心になるあまり、まわりがみえていないところがあるという。

「つまり、道心氏の研究は都築さん、信仰は一心さんが引き継いだってことでしょうか」

「そうかもしれない。僕は研究をもっと進めたいし、一心は信仰をもっと純化させようとしてる。たとえば、大御立座神事《おおみたてまし》……つまり御頭祭も、中世以前の形に」

萌絵は思わずひゅっと姿勢を正した。

「中世以前って……、オコウ様を最後に殺したという……あれですか」

都築の目が冷ややかになった。

「……究極的には、ね」

「そんな！　一心さんたちが大変なことを企んでいるってそのことですか！」

それだけじゃない、と言い、都築は声を潜めた。

「奴らは、いずれ前宮の土地を買収しようと企んでいる」

「！　……諏訪大社の、ですか！」

都築はテーブルの上で手を組み、神妙にうなずいた。

「諏訪大社の上社前宮を、というより、かつて大祝《おおほうり》の住んだ聖地神原《ごうばら》を石神教のものにしようとしてる。手に入れた暁には、その場所での祭祀権《さいし》を握り、古式の御室神事を執り行い、ミシャグジ信仰の聖地復活をもくろんでいる」

「そんな大それたこと……」

身の程知らずどころの騒ぎではない。あの諏訪大社の上下四宮あるうちのひとつを、石神教の私有地にしようとしているのだ。そもそもそんなことが可能かどうか、萌絵には想像もつかなかったが、ミシャグジ原理主義を貫く一心は、聖地への執着が強い。

――神原は神聖な場所だ。神聖な場所を汚すな。

前宮でのイベントを中止しろ、と脅してきたのは、やはり石神教の森屋一心。

萌絵はそう確信した。

「都築さんはその一心さんと後継者をめぐってもめてるんですよね。企みを止めるために後継者になろうとしてるんですよね。さっきも言ってましたけど、後継者になるための条件とは、いったい何なんです？」

部外者に話していいことではない。そう突っぱねられることも覚悟の上で訊《たず》ねた萌絵に、都築は意外にも真摯《しんし》な眼差《まなざ》しを向けてきた。

「それを教えたら、力を貸してくれますか」

「わ……わたしが……ですか？」

「さっき、君はオコウ様からヤサカトメと呼ばれた。ヤサカトメとはミシャグジの巫女《みこ》です。本来、ミシャグジ神事は男だけで執り行うが、巫女には巫女の役目があって女性にしかできない仕事がある。力を貸してくれるなら話してもいい」

萌絵は躊躇《ちゅうちょ》した。

何をさせられるかもわからないのに無条件でYESとは言えない。

「……。できるだけ協力はします。それで一心さんたちを止められるなら。でも選択はさせてください。する権利をください」

「君は取引を知ってる人のようだ。いいよ。なら教えよう」

都築は秘密の 謀《はかりごと》を打ち明けるように、声をひそめた。

「さっき、うちで行っている御室神事に子供は使わないと言ったね。子供の代わりに今は〝或《あ》る物〟を使う」

「〝或る物〟とは？」

「土偶だ」

土偶を大祝《おおほうり》に見立てるという。

「生きた人間を器にするのではないんですか」

「なに。諏訪の村々では畑から出てきた縄文時代の〝不思議な〟石棒を拾って、そこにミシャグジを降ろしたんだ。うちは石棒のかわりに土偶を使う。女神の土偶を」

「それも縄文時代のものなんですか」

「いま使ってる土偶は、オコウ様が作ったものだ」

さっきの白髪の信者だ。縄文土器と同じ製法で土偶を毎年作っているという。

「……だけど、それはあくまで仮だ。先代には〝或る唯一無二の土偶を神事に用いる〟

というこだわりがあった。ずっと探していた幻の土偶だ。それがこれだ」

というと、都築は立ち上がり、本棚の一番上にあるアルバムを手にとって、一枚の写真を見せた。

「！　……これはッ」

首のない土偶だ。胴体だけしかない。

目を瞠《みは》るほど美しい造形だ。安定感のある下半身は幾何学模様の沈線に彩られ、腰からキュッとあがった臀部《でんぶ》は平らに磨かれている。腕は天を受け止めるように広げられ、翼のようにも見える。申し訳程度にでっぱりをつけた乳房よりも、大きく隆起した腹の曲線がなまめかしい。妊娠した女性を表しているのだろうか、首がないから余計に想像力を掻《か》き立てられる。

「先代はこれを〝縄文のニケ〟と呼んでいた」

「サモトラケのニケ、ですか。ギリシャ彫刻の女神。首だけ無い」

「そう。ニケに匹敵するほど美しいだろう？　八ヶ岳山麓《やつがたけさんろく》の森でたまたま見つけたそうだ。先代はこの土偶に心酔してしまってね。いつか首を見つけて完全体にしたいと言っていた」

「首はどこに」

「わからない。先代が生きているうちには見つけられなかった。知っての通り、土偶は祭に使われた後、首と胴体がバラバラにされる。これもわざと首を断って別の場所に埋めたんだろう。土偶の首と体は、別々の場所に埋められるようだ。その証拠に、この諏訪では、両者が同じ遺跡から出てこない。首だけ……もしくは胴体だけを、どこかに持っていってしまうのか、決して一緒には出てこないんだ。先代の夢は、この土偶の首を見つけ出し、完全体に戻った姿を、我が教団の〝大祝《おおほうり》〟にすることだった」

「つまり……。後継者の条件というのは」

「お察しの通りだ。この〝縄文のニケ〟の首を探し当てた者は、無条件で石神教の次期代表になれる」

それが先代・道心の遺言だった。

だが、途方もない条件だ。

この広い諏訪のどこに埋まっているかもわからない。

一説によれば、土偶の首と胴体は、交流のある別々の集落から見つかるのではないかと言われている。おそらく血縁関係、姻戚《いんせき》関係だろう。胴体が埋められていた集落と、なんらかの繋《つな》がりを持つ集落のどこかに、埋められているはず。

それがどこにあったかなど、現代人が知るべくもない。

「……だが、交流の目印というべきものがある。それが、同じモチーフの土器を使っていたことだ」

萌絵はハッとした。

「もしかして、それが『人面ガエル』の……っ」

無量たちが発掘中の御座《ござ》遺跡から出てきた「半人半蛙《はんあ》の土器」だ。多田兄妹《きょうだい》が「呪いのカエル」と呼んでいた。

「……。君も知ってるの？」

萌絵は口を押さえたが、あとのまつりだ。都築は鋭い眼差しをして、萌絵がここにきた理由を読み取ろうとしている。

おもむろに都築が首から提げている御守を取りだした。「縄文ラッパ」のシンボルマークが刺繍《ししゅう》された石神教信者の御守だ。中から、紙片を取りだし、広げて見せた。

描かれているのは「呪いのカエル」の文様だ。

武井が持っていた御守に入っていたものと、同じ。

「先代は信者にこの紙片を持たせて、同じ文様をもつ土器を探させた。この土器と土偶はセットになっていて、ニケの胴体と一緒に出た土器と同じ文様の土器が埋まっているところに、ニケの首も埋まっていると推測した。果たして、それは出土した」

御座遺跡から「人面ガエル」の土器が出たことは、根石が確認した。それで石神教へと伝わった。

「だから、ニケの首も御座遺跡から出ると、予想したんですね」

「ああ」

「出土させるな、と脅したのも、あなたですか！　一心さんに見つけられると困るから……！」

「僕じゃない。一心のほうだ」

「え……」

「そもそも根石は一心派だからね。先にそっちに伝わるに決まってる」

「先に、ということは、つまり？」

「一心派には僕の腹心を潜り込ませてる。一心に入る情報は、こちらにも伝わるようにしてあるんだ」

周到な都築は、ライバル一派にスパイを潜り込ませていたというわけだ。

「でも、どうして？　土偶を手に入れたほうが、すぐに後継者になれるのに」

「そんなことをしなくても、このままいけば、一心は次の御室神事には自動的に代表の座につける。むしろ、僕が先に見つけてしまうほうが問題だったはずだ。だから『出すな』と脅した。それに一心は先代以上に古式復活への野望がある。古式復活とは、生きた大祝《おおほうり》を生み出すことだ。土偶なんかを大祝《おおほうり》にするのは、彼に言わせれば『邪道』だからね」

だけど、ニケの首は出土してしまった。

無量が掘り当ててしまった。

「根石がそれを確認して一心に伝えた。そして一心派に送り込んでいる僕の同志が、それを僕に伝えた」

「じゃあ……。入来《いりき》さんたちの車を襲ってニケの首を奪ったのは」

都築がおもむろに、ポケットからマッチ箱大の黒い箱を取りだした。

萌絵はギョッとして思わず腰を浮かせかけた。

GPSの発信器だ。

「あなた……だったんですか」

「君がここに来たのは、相良《さがら》の差し金か？」

萌絵は一瞬、詰まったが、怯《ひる》まずに向き合った。

「土偶の首を返してください。それは遺跡からの出土品です。あなたのしてることは泥棒ですよ」

「あれは贋物《にせもの》だ。継ぎ目も合わなかったし、同じ人間が作ったものじゃないことくらい、一目でわかった。本物はどこにある？」

都築が奪った箱に入っていたのは、贋物だった。奪いに来る者がいると想定して、無量はあらかじめ贋物を用意させて入来に持たせたのだ。だから「取り返す必要はなかったのだ。

「本物のニケの首はどこにあるんだ」

「知りません」

「なら、相良に聞こうか」

「相良さんは知りません！」

萌絵は都築を見据えながら退路を探った。幸いここには都築しかいない。都築をかわすか、一撃で倒せれば階段に駆け込める。

「それよりも教えてください。この図柄、『人面ガエル』の土器が見つかった場所は稗《ひえ》之底《のそこ》村のあったところから出たんですか。見つけたのは多田透さんですよね。ニケの胴体、稗之底村のあったところから出たんですか。それを見つけたのは、道心さんではなく、多田透さんなんじゃないですか」

食い下がる萌絵を前に、都築は明晰《めいせき》な表情を崩さない。

萌絵は意を決して、問いかけた。

「さっき会った、オコウ様。私の見間違いでなければ、あのひと、髪の毛は真っ白でしたけど、ほんとうはまだお若いんじゃないでしょうか」

「……………。なんでそう思いました？」

「手が」

萌絵を力強く引っ張った手に、皺《しわ》がなかったのだ。指には年齢が出る。加齢した指ではなかった。顔もよくよく間近で見てみたら、たるみや皺がなかった。

「ほんとは四十代くらいですよね」

「……………。だったら、どうだというんです」

都築の目つきが急に冷ややかになったので、萌絵はゆっくりとテーブルの下で足を開き、いつでも立ち上がれるように椅子を後ろにずらしながら、

「左腕に大きな傷痕《きずあと》がありました」

萌絵が見ていたのは、手の皺だけではない。

この手を摑《つか》んだ「オコウ様」の左腕、肘《ひじ》から先に大きな傷痕があったのだ。

「……生きているんですね」

萌絵は小刻みに震えながら、摑まれた感触の残る手を押さえた。

「……さっきのオコウ様が、透さんなんですよね？」

突然、背後の本棚が動いて、その後ろから人影が飛び出してきた。萌絵は反射的に勢いよく椅子を蹴《け》って人影にぶつけ、右手から飛びかかってきたもうひとりをよけて回し蹴りをくらわせ、階段から躍り出た三人目をエルボーで床に沈めた。

が、そこまでだった。

はっと気づいた時には、喉元《のどもと》に刀剣の刃が突きつけられている。

刀を握っていたのは、都築だった。

「……学生の頃から居合をやっていてね」

真剣の扱いに慣れている。萌絵は身動きがとれない。

「相良忍をここへ呼んでもらおうか」

第七章　オコウになれなかった男

相良忍《さがらしのぶ》が石神《しやくじん》教本部に現れたのは、あたりが夕闇に包まれる頃だった。

キャメルブラウンのハーフコートを着込んだ忍を、門の前で待ち受けていたのは、都《つ》築《づき》派の信者たちだ。

名乗ると、丁重に迎え入れてくれたが、五人の信者は忍を厳重に取り囲んで隙が無い。研究棟と呼ばれる土蔵へと連れてこられ、都築と対面した。

ランプの明かりが、ぎっしりと古書が詰まった本棚の隅々まで照らしている。白い土壁に映ったふたりの影は、躍り立つランプの炎に合わせて時折、ゆらゆらと揺れた。

開口一番、忍は言った。

「……こんな形で再会したくはなかったよ。都築」

「君が嗅《か》ぎつけなくてもいいものを嗅ぎつけるからだよ。相良」

草原の風に吹かれ、牧歌的な夢を語ったあの時の都築とは似ても似つかない。顎《あご》をあげて半眼で見つめ返してくる姿は不遜《ふそん》で、秘密結社の首領然としている。

背後から現れたのは、信者に伴われた萌《も》絵《え》だ。後ろ手に縛られ、膝《ひざ》も固くガムテープでぐるぐる巻きにされている。

「怪我はない？　永倉《ながくら》さん」

忍に気遣われ、萌絵は消え入りたいような顔をしている。

「すみません……。相良さん」

「いいんだ。ここには元々来る予定だった。会う相手は違ってしまったけど」

ハーフコートのポケットに手を入れたまま、忍は冷徹な目つきで都築を見据え、

「状況は理解した。だが、やり口がまずかったな。都築。初めから相談してくれれば、力になりようもあったのに」

「あいにく俺は君を信用してない」

忍は神経質そうに眉《まゆ》を歪《ゆが》める。

萌絵も固唾《かたず》をのんで、ふたりのやりとりに聞き耳を立てている。

「君のクラスにいじめで自殺した生徒がいたね、相良。君はいじめに加わりこそしなかったけれど、彼の遺書にはこう記してあったとか。〝僕を助けてくれなかった相良忍を恨む〟と」

忍の表情がスッと能面のように冷たくなった。

萌絵はどきりとした。彼の中に潜む「もうひとりの忍」が表に出てきたのを感じたからだ。つい数瞬前まで目元に滲《にじ》ませていた怒気は急速に冷え、いつしか蒼然《そうぜん》とした殺気を漂わせている。闇に浮かぶ日本刀のような眼をする忍をみて、萌絵は内心「まずい」

と思った。

「俺の人間性を知っているなら、なぜここに呼んだ?」

「試したんだよ。君にとって彼女が見捨ててもいい人間かどうか」

「まわりくどいな。おまえの目的は、土偶の首なんだろ。囮《おとり》に引っかかったんだ。贋物《にせもの》を摑まされて残念だったな」

「〝縄文のニケ〟。我が教団の女神だ」

都築はニケの胴体写真を掲げるようにして見せた。

「このとおり、首がない。首もまた、半人半蛙《はんあ》の土器とともに埋められているはずだった」

「だが、御座遺跡から出土した土偶の首が、その胴体と繫《つな》がるとは限らない。人面ガエルの土器と一緒に出てきたからと言って、別の個体かもしれない。根拠はなんだ」

「同様の事例が、ここでもあった」

「ここ?」

「この敷地内には縄文の集落遺跡があった。畑からたくさんの石器や土器が出てきたのを見て、先代が自ら発掘した」

尤《もっと》も、昔からこの周辺では石器や土器や黒曜石がざくざく出てきたというから、珍しいものでもない。

「先代は茅野《ちの》に育ち、若い頃から、発掘調査にも何度も参加して腕を磨いた。ノウハウを得て、ここをたったひとりで発掘した。そして出てきたのが、この」

と言って、もう一枚の写真を見せる。

半人半蛙の土器だ。文様のパターンはちがうが、ぱっと見、よく似ている。

「……カエル人間の有孔鍔《つば》付土器。これが埋まっていたところのすぐそばから、首だけの土偶が出てきた。それがこれだ」

二枚目の写真には、土偶の首が写っている。まん丸顔に吊《つ》り目、頭には蛇とも髷《まげ》ともみえる装飾を載せている。縄文中期らしい特徴は、やはり御座《ござ》遺跡から出た首とも似ているが、だいぶ稚拙で、文様もちがう。

「……だが、胴体のほうはどこを掘っても出てこなかった。先代はその後も、諏訪《すわ》地方のあちこちで発掘調査に加わったが、ある日、旧豊平《とよひら》村の集落遺跡を発掘中、たまたま胴体だけの土偶を発見した。しかも驚いたことには、そのすぐそばから、ここから出たのと全く同じ図柄の有孔鍔付土器が出たんだ。先代はこれを見て閃《ひらめ》き、ためしに森屋《もりや》の畑から出た土偶の首を、その胴体と合わせてみたところ、ぴたりと一致した。何キロも離れたところの遺跡から出てきた土偶の首は、驚くことに、同じひとつの土偶だったんだ」

三枚目の写真では、土偶の首と胴体がひとつに合わさっていた。なるほど、継ぎ目はぴたりと合い、肩から胸にかけての幾何学的な沈線が、きれいに繫がっている。粘土の色も、体の曲線も違和感なく、一目見て、ひとつの土偶であったと判明した。

「つまり、共伴遺物だったということか」

「おそらく。少なくとも、この」

と都築は有孔鍔付土器を指さして、

「独特の半人半蛙図。そして、このラッパのような印。これらは、あるどこかの集落の人々が紡ぎ出した意匠だ。出自を示すシンボルマークだろう。村のシンボルとして描いた。そう先代は読み解いた」

カエル土器と女神の土偶。

それらをワンセットにする集団がいたのだろう。

その集団のシンボルマークが、縄文ラッパだという。

「……つまり森屋道心《どうしん》は、この組み合わせの類似例が他でも出てくると予想した。そういうことか」

「そうだ」

「御座遺跡から出たのと同じ『人面ガエル』土器を、他の場所からも見つけていたということか。それが出土したのは呪い村——旧稗之底《ひえのそこ》村。ちがうか」

「そのとおりだ。そして、現物はここにある」

部屋の奥にガラスケースがある。都築がランプを持って近づき、覆い布をとると、暗がりからケースに収まった土器の姿が浮かび上がった。忍と萌絵は息を呑《の》んだ。

「呪いのカエル……ッ」

御座遺跡で理恵《りえ》が掘り当てた「人面ガエル」の土器と、全く同じ図柄だった。丸顔の人面をもつ半人半蛙の有孔鍔付土器だ。

御座遺跡の土器と比べると、欠損箇所はあるが、図柄は同じだ。同じ図柄をもつ一対の土器だ。まるでレプリカのようにそっくりだ。

「これは旧稗之底村があった森で、三十年前に発見された有孔鍔付土器だ。我が教団のシンボルマークも、この土器の図像から着想を得た」

うちわのようにも、がまの穂のようにもみえる。ラッパにも似ているから、無量《むりょう》は「縄文ラッパ」と呼んでいた。

「先代はこの印を、ミシャグジ的な概念を表すものだと解釈し〈ミシャグジの印〉と名付けた。この印を創った集落がどこにあったかはわからない。だが、この印を刻んだ土器をもつ集落同士は、なんらかの縁で繋がっていたのだろう。土偶の首と胴体を分かち合うことにも意味があったのだろう。婚姻の印かもしれないし、親子の印かもしれない。ある種の力関係、もしくは協力関係か」

おそらく、何かの祭の後——。首と胴体とに割られた土偶を、同じ図柄の土器とともに、それぞれの村に持ち帰り、次の祭の時にまた持ち寄って、ひとつにして祀《まつ》る、ということもあったかもしれない。

いずれにしても農耕に関わるマークだと、森屋道心はみなしていたという。

「御座遺跡の発掘で、ここにある稗之底のカエル土器と瓜二《うりふた》つの土器が出た、と根石を通じて知った。我々は同じ場所から必ず〝縄文のニケ〟の首も出ると予想していた。果たして、それは出た」

「おまえが御座遺跡の周りをうろうろしていたのはそのためか。ニケの首が、晴れて出土した暁には奪う算段をつけたというわけだ」

「ニケの首で、俺は教団のトップになる。そして一心たちの野望をくい止める」

都築はためらいもなく、言い切った。

「そのためなら手段を選ばない。それが俺たちの覚悟だ」

「覚悟か……。覚悟ね」

「なにがおかしい」

「いや。どっちもどっちだな、と思って」

忍は口端を曲げて、嘲笑《ちょうしょう》するように言った。

「縄文の〈精神〉を現代に、か。だがおまえたちのそれは、文明に疲れて飽きた現代人の懐古主義以上のもんじゃない」

「なんだと」

「縄文人は技術の進歩に背を向けた人々なんかじゃなかったろうな。むしろ、進歩するために試行錯誤を続けただろう。縄文の〈精神〉に学ぶというなら、最先端の技術屋にでもなるべきじゃないのか」

「議論か」

「議論じゃない。批判だ。おまえたちは縄文人に現代人の手前勝手な幻想を重ねてるだけなんだよ」

「幻想じゃない。身も心も追い込まない生き方だ。自然と共生する生き方だ」

「共生なんて、そもそもが現代人の発想だ。縄文人はそれどころじゃなかった。圧倒的な力をもつ自然の前で、科学も技術も持たない彼らは、ほんの少し場所をもらってなんとか生きていられてるってことを、痛いほど自覚してたはずだ」

「相良……ッ」

「縄文人が心穏やかに生きていただなんて、誰が証明できる。俺たち以上に苦しんだりしなかっただなんて誰が言える。俺たち以上にどうしようもなかったから、あんな土器や土偶を必死に作ったんじゃないのか。切実な想いや願いをこれでもかと込めてたんじゃないのか。おまえは生きることからの逃げ場を探してるだけだ！」

　都築が忍の胸ぐらを乱暴に摑《つか》み上げた。だが、忍は驚きもせず、表情ひとつ変えない。氷のような目つきの忍を見て、都築は言った。

「おまえに何がわかる。……その眼。鳳雛《ほうすう》学院にいた時、そのまんまじゃないか。相良。おまえの本性は全然変わってない。おまえに笑顔なんか似合わないんだよ。自殺したいほど苦しんでる人間の弱さを、侮蔑《ぶべつ》してるのが本当のおまえなんだよ」

「………」

「ニケの首はどこだ。どこに隠した」

それが都築の要求だった。忍に本物のニケの首がいまどこにあるのか、調査責任者から聞き出せ、と要求した。

「本物のありかを教えろ、相良」

だが、忍は表情を変えない。どこか突き放したような冷静さで見つめながら、

「おまえはとっくに、解き放たれた人間だと思っていたのに」

「なに」

「……龍禅寺雅信《りゅうぜんじまさのぶ》を覚えているか」

唐突だった。都築は一瞬、面食らったが、

「忘れるわけがない。井奈波《いなば》の天皇。片親を失った俺を引き取って、あの悪夢のような学院に入れてくれたひとだ。貧しい家で育った俺に高い教育を受けさせてくれた恩義もあるが、やつらの教育には心がなかった」

「その呪わしい井奈波の天皇は、龍の子供たちにこう遺言した」

「なに」

「〝蓬萊《ほうらい》の証《あかし》を見つけたものは、無条件で、井奈波の後継者にしてやる〟と」

都築は息を呑んだ。

「……なんだそれは……。ほうらいの証？　井奈波の後継者？」

忍は根深い怒りをその色素の薄い瞳《ひとみ》に宿しながら、

「せっかく龍禅寺から逃れたおまえが、どうして、あの男とそっくり同じ世迷《よま》い言に翻《ほん》

弄《ろう》させられてるのか、不思議だ。おまえは奴らの洗脳から逃れた。大したやつだと思ってたよ。だけど、再会したおまえには何かずっと違和感があった」

「違和感だと？」

「死んだ教祖のことだ。おまえは一度、心を搦《から》め捕られると疑えない。それが鳳雛の呪いだ。自意識過剰な親鳥には身を捧《ささ》げずにはいられないよう、刷り込まれてるんだ」

「ばかをいうな……っ。先代は龍禅寺雅信とはちがう！」

「いいや、同じだ。やってることまでそっくりじゃないか。俺たちが本当に恐れるべきは、自分の信念と思い込んでるものが実はそうでない可能性に無自覚なことだ。知らぬ間に呪いをかけた者の虜《とりこ》になってる危うさだ。おまえは気付いてない。気づかないまま、いつかおまえは夢の縄文学校も、鳳雛学院のようにしてしまうだろうな！」

「黙れ！」

たまらず怒鳴った。都築は怒りに駆られるまま、

「それ以上無駄口を叩《たた》くな！　それより首だ。首はどこだ！」

「……無量をどこへやった」

都築は意表をつかれた。忍は低く押し殺した声で、

「無量を連れ回してるのは、おまえらだろう。都築」

よくみれば、忍の目元は怒りで紅潮し、下瞼《まぶた》がわなわなと震えている。青ざめた眼窩《がんか》からにじみ出す殺気は、都築が身の危険を感じたほどだった。

「おい待て。なんの話だ」

「西原《さいばら》無量と連絡が取れない。誰かが無量を連れ出した」

「西原くんが？」

と叫んだのは、萌絵だった。

「どういうことですか、相良さん！　西原くんの身に何が！」

忍のスマホには、無量の位置情報を逐一知らせるアプリが入っている。誕生祝いに贈った無量のスマートウォッチはGPSを搭載していて、そのアプリが伝えている。移動の足を持たない無量が、八ヶ岳南麓《なんろく》の小淵沢《こぶちざわ》付近にいる。

だが、行動を監視していることは秘密だ。GRMの意向とはいえ、プライバシー侵害に等しいことをしているのだ。忍には後ろ暗さがある。それは萌絵にも言えないし、無量にもむろん言っていない。

「西原無量というのは、ニケの首を掘り当てた、あの発掘作業員か。おまえの友人の」

「高森《たかもり》にあるそば屋の駐車場で、無量らしき人物が、黒いワンボックスカーに乗せられていったところを従業員が見てる」

衝撃を受けたのは、萌絵のほうだ。

「それ、本当なんですか……っ」

「LINEも既読がつかなくて電話にも出ないから、嫌な予感がして店に戻ったんだ。そしたら」

GPSの経路を不審に思って、急遽《きゅうきょ》、無量と最後に別れた店へと向かった忍は、店員の証言から無量の身に降りかかった事件を知った。

「……そのとき、無量はふたりいたうちの片方から暴行を受けていたそうだ。あれはおまえが差し向けた石神教の信者だろう！」

「知らない」

「とぼけるな！」

忍が激昂《げきこう》した。血走った目を眦《まなじり》が切れそうなほど見開き、都築の胸ぐらを掴み返した。

「おまえらでなければ、誰が無量を連れ去るっていうんだ。無量を脅してニケの首を手に入れるつもりか！」

「知らない！　本当に知らないんだ！　手をはなせ！」

「いったいなんのつもりなんですか……！」

萌絵も怒髪天をついて、信者の制止を振りきり、都築に詰め寄った。

「西原くんに何をしたんですか！　答えて！」

「だから俺たちじゃない！」

と都築は怒鳴り返した。

「俺はそんな指示は出してないぞ！　仲間の中にそんなことをしでかしたやつがいるというのか！　……おい、誰か何か知らないか！」

と都築は問い詰めたが、若者たちは顔を見合わせて困惑するばかりだ。

「おまえの友人に何があった。相良。詳しく説明しろ」

どうやら演技ではないと気づいた忍は、半信半疑で問い返した。

「……本当におまえたちじゃないのか」

「ミシャグジに誓って、そんな指示を出した覚えはない。おまえの友人がそういう名だったことも、いま初めて知った」

「おまえたちじゃなければ、誰なんだ。森屋一心《いっしん》か」

「詳しく状況を聞かせてくれ。ことによっては、ことによっては、まずい事態になるぞ」

つい今しがたまで忍を脅してきた張本人が、切迫した真顔で促してくる。

「ことによっては、とはなんだ。おまえたち石神教に何が起きているんだ……」

だしぬけに都築のスマホが着信を知らせた。萌絵と忍も一斉に注目した。

三人の間に緊張が走った。

着信音は執拗《しつよう》に鳴り続ける。都築は一度、忍たちとアイコンタクトをとると、スピーカーホンへと切り替え、おもむろに通話ボタンを押した。

「――都築ですが」

最後まで言い終わらないうちに、都築は電話越しの声に鋭く反応し、言い返した。

「まさか、君は……！」

＊

八ヶ岳の南麓は、どこまでもアカマツの林が広がっている。

天を目指して競い合うように伸びるアカマツの枝から、月が覗《のぞ》く。夜気を胸一杯に吸い込めば、森林が吐き出す清らかな樹の香りで、意識が冴《さ》え渡るような気がした。

「それで……？」

無量は窓を閉めて、背後に立つ男を振り返った。

「ひとの腹に何発もパンチぶっこんどいて、……頼み事って、ムシ良すぎない？」

「だからこれは詫《わ》びのつもりだ。これでは足らないか」

連れてこられたのは別荘地に立つ一軒家だった。木組みのロッジを思わせるその家は、天井も高く、広々としていて、居心地がいい。八ヶ岳山麓は夜になるともうだいぶ冷え込むのだが、滑らかなフローリングは人肌ほどに温かい。

「たしかにメシはゴージャスだけどね」

ソファーに腰掛けた無量の前には、豪華なケータリングの料理が並んでいる。

だが、手荒い真似をされて連れてこられた身からすれば、どんなに豪勢な食事だろうと手をつける気にはなれない。

「部下が乱暴を働いたことは詫びる」

「ヤブウチってやつ？　あいつ、こないだ茅野《ちの》の観光協会のひとに怪我させたでしょ」

「なぜそれを知ってる」

白髪交じりの中年男はこけた頰に薄く髭《ひげ》を生やし、室内なのにサングラスをかけている。黒いジャケットにハイネックシャツ。グレーの長いマフラーを首にたらして、これでハットでもかぶっていれば、どこぞのマフィアにでもなれそうだ。

無量は反応を探るように、観察しながら、答えた。

「……知り合いが縄文フェスの実行委員やってる。被害者が最後に会ったのが〝ヤブウチ〟だって聞いた。うちの現場に石神教がらみで騒ぎが起きてて〝ヤブウチ〟が出てきたら、誰だって同一人物だって思うでしょ。縄文フェス中止させようとしてんのも、あんたなの？　なにが目的？　あんた誰？」

「まあ、急《せ》くな。秋の夜長だ。ゆっくり話そう」

黒い中年男は、赤ワインのボトルを手にとり、グラスに注いだ。毒は入っていない、と証明するように自分で飲み干した。

「君は業界で〝宝物発掘師《トレジャー・ディガー》〟と呼ばれてる、腕のたつ発掘屋だそうだね。若いのに重要遺物をたくさん掘り当てているとか」

「数打ってりゃ誰でもなれますよ」

「だが、遺跡が呼ぶということもある。場所の離れた国宝級土偶を同じ人物が掘り当てた例もある。世の中にはどういうわけか、当たり屋がいる。君は〝縄文のニケ〟の首を掘り当てた」

ニケ？　と無量は鋭く目をあげた。

「なんすかそれ。ネコの名前？」

「ニケだ。あの土偶の首には名前がついていた」

「まさか。胴体は、すでにどっかで出てたんすか。もしかして、稗之底村に？」

「察しがよくて話が早い」

「あのカエル人間の土器と土偶は、共伴遺物？　わざと別々の集落で所有してたと？」

説明されるまでもなく無量は理解した。御座遺跡に集落を構えた縄文人と、稗之底に集落を構えた縄文人は、交流があったのだろう。ひとつの土偶を分かち合うような交流が。

土器と土偶。セットで出てくる埋蔵物——つまり、共伴遺物だ。

それをあらかじめ知っていたから「多田透」は御座遺跡から女神《ニケ》の首が出ると予言できたにちがいない。

「本物のニケの首はこのとおり、ここにある」

黒い中年男は、テーブルに置いた木箱に目線を送った。それは発信器を仕込んだ囮《おとり》の土偶ではない。穂高《ほたか》准教授に保管を頼んだ「本物」のほうだった。

「囮に食いついたのは都築だ。やつは読みが浅かった」

「すり替えたことは根石サンも知らなかったはずですけど？」

中年男は薄く笑うばかりで答えない。本物は無量が密《ひそ》かに持ち出して、岡野《おかの》監督の家に預けていた。それを知っているのは、無量と穂高と理恵だけだ。

まさか、岡野監督が渡したというのか。岡野までグルだったとでも？

疑いつつも口にはせず、慎重に言葉を選び、

「そういうあんたは一心派？　もしかして、あんたが『多田透』？」

無量は土層を精査するような目で観察していたが、

「……いや、ちがうな。電話の声はもっと細くて品があった。誰あんた。もったいぶらないで、そろそろ名乗ってくれてもいいんじゃない？」

「………」

「首だけの土偶なんか、古美術商に売ったところで買値はたかが知れてる。こんなもん欲しがってんのは、石神教のひとだけでしょ」

「これは王を決めるゲーム」

サングラスの奥の目が、鋭く無量を射貫《いぬ》いた。

「ニケの胴体は三十年前に見つかっていた。いまは石神教にある。教祖・森屋道心はそれを崇拝し、ミシャグジを降ろす御神体と定めた。だが完形にできなければ、祭も完成しない。失われた首が必要だ。首を見つけたものは無条件で後継者に、と先代は言い遺した。かくして、後継者候補たちは血眼《ちまなこ》で首を探す羽目になった。そしていま、首はここにある」

「なんすか、それ……。じゃ、あんたも跡継ぎになりたくて」

「……が、私は教団運営など興味がない。だが一心と都築は、どちらも喉《のど》から手が出るほどこれが欲しいだろう」

「は……」

拍子抜けした無量は、引きつった笑いを浮かべた。

「金目当て？　売りつけてやろうっての？　はは。なら、勝手にそうすりゃいいじゃん。なんでこんなとこに俺を連れてきたんすか」

「私が手に入れたいのは、金じゃない。石神教に保管してある、古文書だ」

「古文書？　なんの」

「大祝神代字録《おおほうりじんだいじろく》。武田に滅ぼされた諏訪頼重《すわよりしげ》の残した秘伝書だ。甲斐《かい》で殺された頼重の弟から森屋家に代々伝わってきた。私は若い頃、一度だけそれを見たことがある」

無量は不意に真顔になって、中年男のサングラスを覗き込んだ。レンズの向こうにある細い目は、闇の中に息を潜める獣のようだ。男は、かたわらに置いてあった桐箱を開けて見せた。

「これを読むために必要な解読書だ」

中に入っていたのは、拓本だ。漢字が羅列してある。

その一番最後に記された記号らしきものを見て、無量ははっとした。

「これは」

「かつて諏訪氏の居城があった上原《うえはら》城下の、ある寺にあった梵鐘《ぼんしょう》だ。戦時中、軍に供出されて今はもうないが、その梵鐘に刻まれた銘文が拓本になって遺されていた。最後の部分に記された記号があるだろう。神代文字と呼ばれている」

「神代文字」

「諏訪氏が縄文土器の図像をもとに編み出した文字だ」

無量は目を瞠《みは》った。……縄文土器の図像を？

「諏訪氏はかつて、地中から掘り出される縄文土器を〝神の器〟と珍重し、〝神の器〟に彫られた記号を神代文字と崇め、戦国時代、それを用いた暗号文書を使って、家中でやりとりをしていた」

この梵鐘にはその暗号が刻まれているという。

「なにが書いてあるんすか」

「諏訪氏が遺した軍資金の在処《ありか》だとも言われている」

「軍資金？」

またずいぶんと、と無量は鼻で笑いかけたが、男の目は笑わなかった。

「諏訪信仰を広める遊行人《ゆぎょうにん》が全国に勧請《かんじょう》された諏訪社から集めてきたものだとも、武田が諏訪大社を手厚く保護した際に鉱山から持ち込まれたものだともいう。武田が諏訪頼重を攻めたのもこれを取り返さんとしたためだとも言われた。わざわざ暗号で遺そうとするくらいだから、何かが隠されているのは確実だ。むろん現代の我々には読めない。

だから君に頼みたい。梵鐘の銘文を解読してくれ」

は？　と目を剝《む》いた。無量は半笑いになり、

「なに言ってんすか。そんなん無理っすよ」

「解読書があれば読み解ける。その解読書——神代字録を保管しているのが、石神教だ。森屋家に代々伝わってきた唯一の書だ。それが手に入れば、解読できる。その仕事を君に任せたい」

「ちょ……っ。待ってくださいよ！　なんで俺が！」

「軍資金は諏訪氏の居城があった上原城から諏訪上社のある守屋山にかけてのどこかに埋められている可能性が高い。君は発掘に関しては群を抜くエキスパートだと聞いた。これはゲームだ。君が解読して探し当てられたら、君の勝ちだ。ここから解放してやろう。だが失敗したら君の負け。君が負けを喫した時は——」

「俺が負けたときは」

「縄文フェスで特別展示される重要文化財『仮面の女神』という土偶」

中年男はテーブルナイフを持ち上げて、目の前の皿に盛られた蒸《ふ》かした芋に、真上から突き立てた。

「壊す」

無量は絶句した。

重要文化財『仮面の女神』とは茅野にある中ッ原《なかッぱら》遺跡から出た土偶のことだ。来年、

めでたく国宝指定される運びになったという、優品の土偶のことではないか。

「おい、なに言ってんだ。冗談も休み休み――！」

「土偶は壊されて、初めて存在意義を全《まっと》うする」

中年男は芋をぐしゃぐしゃに崩していきながら、

「……現代人は完形の土偶に価値を見いだすが、土偶は完形では意味がないのだ。まして国宝になんて……。ただの薄っぺらい骨董《こっとう》感覚じゃないか。土偶は美術品でもなければ、骨董品でもない。現代人は思い知ればいいいんだ」

「あんた、いったい誰。石神教の何なん？」

中年男は牛肉をフォークで刺し、「喰《く》うか」とばかりに無量へと差し出した。

「私は〝オコウ様になりそこねた男〟だ。宝物発掘師《トレジャー・ディガー》」

サングラスを外すと、その目の下にヤケドのような傷がある。ただれた皮膚の痕跡《こんせき》が生々しく、無量は圧倒されて、思わず右手をかばった。そのときだ。

部屋の奥から大きな物音がして、ドアが開いた。

現れたのは、藪内《やぶうち》と呼ばれた大男だ。その傍らには手首を縛られた女性をつれている。

無量は息を呑《の》んだ。

「理恵さん……！」

「無量……くん……」

藪内は理恵の喉元《のどもと》に刃物をつきつけている。ここにずっと閉じ込められていたのか。

震えている理恵を見て、無量はたちまち状況を察し、

「理恵さんを脅して土偶の首を持ってこさせたのか……！　おまえら！」

その鼻先に、テーブルナイフの切っ先を向けられて、固まった。

中年男は熱傷痕《ねっしょうこん》のある左目をすがめて、殺気に満ちた声で言った。

「名を奪われた子供が、人生を取り戻すためにどれだけあがいてきたか……。君もニケの呪いを解きたかったら、最後までつきあえ。西原無量」

手は、無量のスマホを差し出している。

「今から言う番号に電話をかけろ。そして、このメモ通りに話すんだ。余計なことを話すなよ。女の顔を切り刻まれたくなかったら」

＊

「今のは、どういうこと……？　今の電話、本当に西原くん……なんですか……」

電話が切れた後で、萌絵は茫然《ぼうぜん》としてしまった。

石神教の研究棟。蔵の二階にある都築たちの「たまり場」は、電話が切れた後もしんと静まりかえっていた。

都築に電話をかけてきたのは無量だった。通話内容は全てスピーカーホンで居合わせた者全員に聞こえていたし、声は確かに無量だったが、言っていることの意味がわから

ない。誰より混乱してしまったのは萌絵だ。都築寛人の電話番号など知るはずもない無量が伝えてきたのは、SOSなどではなく、正真正銘の「取引」だったからだ。

――本物のニケの首を手に入れたいなら「大祝《おおほうり》神代字録」と引き替えだ。取引に応じるなら、今から言う通りにしろ。

「無量の声だ……。この番号も無量のスマホだな」

冷静に答える忍に、萌絵は苛立《いらだ》ちを抑えきれなくなった。

「意味がわかりません！　じんだいじろくって何？　西原くんがなんでそんなもの要求してきたりするんです……！」

「おい、ふざけるな！　はじめから西原無量とかいう作業員は、神代字録目当てだったってことじゃないか！」

「首を盗んだのは西原のほうだ！　どういうつもりだ！」

若い信者たちがこぞって声をあげたので、萌絵はますますムキになり、

「ちがう！　西原くんはそんなことするひとじゃない！」

「だったら今の電話はなんだ！　遺物を横領したのはそっちじゃないか！」

「なにかの間違いです！　大体、西原くんがなんでそんなもの欲しがるのか、わけわかんないし……っ。相良さんもなんとか言って」

「うん。というか、土偶の首と引き替えに牛丼大盛り、とでも言ってくれたほうが、まだ多少は信憑性《しんぴょうせい》があったかな」

「ちょ……っ。冗談言ってる場合じゃ」

「無量のやつ、誰かに言わされたな」

忍は終始冷静だった。あれは無量自身の言葉ではない。それが証拠に完全に棒読みで、必要なことを告げただけで、都築の問い返しにも何も答えなかった。

「後ろに誰かいたんだろう。そいつに脅されているんだ」

「脅されて、西原くんが土偶の首も渡してしまったんでしょうか」

「かもしれない。……これを見てくれ、都築」

上の空で何か考え事をしていた都築に、忍は自分のスマホ画面を差し出した。画面にはGPSの位置情報を示す地図がある。

「この場所になにか見覚えは？」

都築は画面を覗《のぞ》き込んだ。突然、ハッとなり、指で拡大したりスワイプしたりしてしきりに何かを確認していたが、やがて――。

「これが西原の居場所か？　なんでわかる」

萌絵もハッとして忍を見た。いつのまにか無量の居所を把握している？

「ここには何がある。都築」

「貸別荘だ。何度か研修で使ったことがある。……相良。俺にはわかってしまったかもしれない。いまの電話の後ろにいた人物。西原無量にさっきの言葉を言わせた――」

都築は表情を強《こわ》ばらせながら、スマホを返した。

「森屋祥平《しょうへい》だ」

「祥平？　……それは確か三人いた道心の養子のひとりか？」

都築は苦々しい表情を浮かべながら「ああ」と答えた。

「最年長の養子で長男にあたる。本来だったら、石神教を継ぐはずだった」

ランプの明かりに照らされる都築の顔は、硬く強ばっている。

「だが、先代の先妻が死に、再婚した妻との間に子供が生まれた。それが一心だ。年をとってからの子供が可愛かったんだろう。先代は一心を後継にすると言い出して、祥平氏は肩書きを失った。しばらくは一心の後ろ盾になっていたが、一心はあのとおり信仰一筋で、よくも悪くも純粋培養。祥平氏とは折り合いが悪かった。祥平氏は先代が死んだ後、教団を離れた。信者を何人かつれて」

「もしかして、藪内良太もその中に？」

「ああ。あれは祥平さんの腰巾着《こしぎんちゃく》だったから」

都築が先日、「藪内という信者はいない」ときっぱり否定したのはあながち嘘ではなく、「退会した信者」という意味でもあった。

「大手のリゾート開発企業と組んで八ヶ岳の麓《ふもと》にログハウスを建てて貸別荘業をしてた。祥平氏なら、神代字録のこともよく知っている」

「第三勢力がいたというわけか。無量の口を借りて要求してきた『大祝神代字録《おおほうり》』とは、一体なんんだ」

「古文書だ。諏訪氏が暗号書に用いた特殊文字。その解読方法が記されている」

「なんでそんなものを」

「旧久喜寺の梵鐘《ぼんしょう》だろう」

都築はメガネを外して、目元を押さえた。

「戦時中の軍への供出で今はもうないが、梵鐘の銘文に神代文字が記されていた。諏訪氏の軍資金、隠し宝物のありかを記してるという言い伝えが。一説には、諏訪氏の祖先・神《みわ》氏が大和《やまと》や出雲《いずも》から持ち込んだ数々の神宝で、正倉院級の価値があるともいう。かつて下社の金刺《かなさし》氏もそれを狙って上社を吸収しようとしたが、神長・守矢家とともに退けて守り抜いたと」

「それを探しているのか、祥平氏は？」

「おそらく。だが、梵鐘銘の拓本はもう長く行方不明だと言われていた。祥平さんは、どこで見つけたんだろう」

諏訪氏が編み出した神代文字は密書の暗号にも用いられた。だが、武田家との争いに敗れ、諏訪惣領家《すわそうりょうけ》が絶えた時、その解読法も闇へと潰《つい》え、今はその字録にだけ、かろうじて一部伝わっている。

「縄文土器の文様に酷似していると気づいた先代が詳しく由来を調べると、やはり、土から出てくる『神の器』に記された図像から大祝《おおほうり》家が編み出したと記されていた」

「それで神代文字、か……」

戦後始まった縄文図像学とは別に、武家だった諏訪氏もまた「土から出てくる不思議な土器」の文様から、その意味を独自に読み解こうとしていたのだ。

しかも、文字化して密書の暗号にまで用いていたとは。

「どこにあるんですか。その解読書」

と、萌絵が問いかけた。

「いまはオコウ様が……護《まもる》さんが保管している。三人いる養子の三男格。さっき永倉さんのことをヤサカトメと呼んだ、あのひとだ」

あの白髪の陶芸家だ。石神教の長老オコウ様を担っていて、後継者が決まるまでは彼が教団の財産を管理しているという。

「どうするんですか。祥平氏に渡すんですか」

「我々には悪い話じゃない。それでニケの首が手に入るなら」

「な……っ。そんな大事なもの渡していいんですか。家宝でしょ！」

「字録はなにかにデジタルコピーすれば手元に残る。あるかどうか定かじゃない宝にも興味はない。教主になるのが先だ。一心の愚行を止めるためにも」

「土偶は発掘調査で出た遺物です！　あなたがたのものじゃないんですよ！」

「なら君は一心が教主になって、前宮を石神教の私有地にしてしまってもいいのか！」

「よくないですけど！」

「落ち着いてくれ、ふたりとも」

忍が割って入った。

「出土遺物を盗んでおいて、やれ渡すの渡さないのと騒ぐのもおかしな話だが、今は、土偶の首を確実に取り戻そう。祥平氏のもとにあるんだとしたら、具合が悪い」

「取引に応じるんですか。いいんですか」

「当事者がいいと言うんだから、いいんだろう」

忍はドライだ。石神教のごたごたは所詮他人事《しょせんひとごと》だ、と割り切っている。

「僕たちが口を挟む筋合いでもない。問題は無量だな。無量を人質にとってるわけでもないようだ。無量を共犯にしたいのか？」

拉致《らち》誘拐ともなれば本格的に事件だが、これではまるで無量まで犯人一味のようではないか。

「何かきっと拒否できない理由があるんだろう。……字録は用意できるのか」

「ここにある」

そう、ここはもともと森屋家の蔵だ。古文書類もここで保管している。

「だが、金庫の鍵《かぎ》はオコウ様が持っている。彼を説得しないことには」

「できるのか」

「むずかしいひとなんだ。人嫌いで、信者とも滅多に口をきかない。芸術家気質《かたぎ》といえば聞こえはいいが、一心が信仰にしか興味がないように、あのひとも陶芸にしか関心をもたない。自分の世界に入り込んで誰とも関わろうとしない」

いわば重度の引きこもりだ。

説得するのは難しい。それが都築の感触だ。

「あの……。私、話してみましょうか」

萌絵の提案に忍は驚いた。

「永倉さんが？」

「はい。私のことヤサカトメと呼びました。なにか心に引っかかったんだと思います。うまく説得できるかはわからないけど。それに」

彼の左腕にあった大きな傷痕《きずあと》が目に焼きついている。あれは決定的な証拠だ。「森屋護」が「多田透」であるという。

「話がしたいです。確かめたい。あのひとが理恵さんのお兄さんなのかどうか」

「ここは永倉さんが適任だ。まかせるよ、永倉さん」

忍の言葉に、萌絵はうなずいた。

ニケの首と字録の交換は、今夜零時。場所は富士見《ふじみ》高原にある展望台だ。

あと六時間しかない。

手足の拘束を解かれると、萌絵は深呼吸をして立ち上がった。

＊

無量は押し黙っていた。

森屋祥平は出ていき、室内は理恵とふたりだけになっていたが、玄関には見張りがいるらしく、窓にも警備用のセンサーがついており、開ければ大音量で知らせて監視がすぐに飛んでくるだろう。

床に座り込んだ無量は、暗い声で言った。

「なんで、土偶の首、持ってきちゃったんすか」

怒っている。

岡野監督に預けてあった本物のニケの首を、理恵が森屋祥平に渡しさえしなければ、こんな面倒なことにはなっていないのだ。

「お兄さんのことでなんか言われたんでしょ。会わせてやるとかなんとかテキトーなこと……」

「ちがうよ。無量くんを助けるために渡したんだよ」

無量は愕然《がくぜん》とした。

理恵は、無量の身に危険が迫っていると聞かされ、助けだすために要求に応じたのだ。

「なんで……。そんなん放っとけばいいのに」

「放っておけないでしょ」

「俺は理恵さんにそんなことさせるぐらいなら、ほっといて欲しかったんすよ！　ニセの遺物掘ったり、ひとに渡したり……。誰かのためとかなんとか言って、結局言いなりになってんじゃないすか。なんでもっと強くなってくんないんすか。二度と不正には関わらないんじゃなかったんすか！」

「私は！」

理恵は強い口調で言った。

「無量くんの命を助けるためなら貴重な遺物も手放すよ。不正だと責められても、命には替えられないもの。いまを生きてる人間の命のほうが遥《はる》かに大事だもの」

ぶれない意志を感じて、無量は茫然《ぼうぜん》とした。

「理恵さん……」

「私は覚えてるよ。学生の頃、まだ小さかった無量くんと一緒に化石掘りに行ったことも、忍くんたちと花火したことも、みんな覚えてる。君を年の離れた弟みたいに思ってた。そんなことぐらいでなんて言わないでよ。そんなことぐらいで命が助かるなら、助けるよ。遺物泥棒だってする」

理恵は兄の透を失い、恋人だっただろう宇治谷《うじたに》も、捏造《ねつぞう》事件で失った。もうこれ以上身近だった人を失いたくないという気持ちが、ずっとある。

そうなのだと無量にもわかる。

「………。なら、誰かの命を助けるために嘘の土偶を遺跡に埋めろって言われたら、埋めてたんすか」

理恵は答えない。

だが、きっと理恵は埋めるのだろう、と無量は思った。誰かを守るためならば、埋めてしまえるのだろう。ためらいなく。誓いを反故《ほご》にすることもためらわない。それが理恵の強さであり、脆《もろ》さなのだと無量は感じた。

自分だったら、どうするだろう。大事なものを脅かされたら、やはり「埋めてしまう」のだろうか。そうやって追い詰められていった挙げ句、間違いは起こるのだとしたら……。

もしかしたら、祖父も……。

いいや、と無量は感傷を断ち切った。これは自分の失態だ。理恵に遺物泥棒をさせてしまったのは。自分がこんな連中に隙を見せたから。

「どうにかしないと」

無量は窓の外を見た。夜のアカマツ林は月の光が幹の凹凸を照らし出して、鱗《うろこ》のような木膚《きはだ》が煉瓦《れんが》のようだ。その奥に無量は目を留めた。林の向こうに何か光るものがある。車だ。林道脇にシルバーのミニバンが駐まっている。さっきまではいなかった。近くに別荘らしきものは数軒建っているが、どこも不在なのか、窓が暗い。

あんなところにぽつんと車だけが駐まっているのは、妙だと感じた。

「これからどうするの。私たち」

理恵が言った。我に返った無量は、だが、迷う目はしていなかった。

「あの靴下の色が気に入らない……」

え？　と理恵が目を丸くした。あの中年男のことだ。

「上はびしっと黒スーツなのに靴下赤とかヤバくないすか。あんなかっこつけ、ろくなやつじゃないすよ」

「う……うん。そうかもだけど」

「要はニケの首を石神教に渡さないで、俺らが取り返せばいいだけだ。そうすれば、一時的に持ち出しただけってことで済む。取引なんかさせなきゃいい」

「でもどうするの」

「字録とやらが必要でなくなればいい。俺らが自力で、この拓本にある梵鐘の暗号を解いてしまえば、字録を手に入れる必要もない」

理恵は「無理よ」と首を振ったが、無量は黄ばんだ拓本の和紙を手に取った。

「やってみなけりゃわからない。縄文の神代文字。とは言っても、所詮は後世の人間が意味づけしたもの。ぼーっとしてる時間が勿体《もったい》ない。やろう、理恵さん」

＊

外は良い月がでていた。

空気が澄んでいるせいか、輪郭がくっきりとしていて眩《まぶ》しい。

石神教本部の片隅にあるアトリエには、まだ明かりがついている。

人目を逃れるような場所にひっそり建つ平屋の木造家屋だ。質素な裸電球が照らす土間、それが彼のアトリエだった。

「こんばんは。昼間お目にかかった永倉です」

オコウ様と皆から呼ばれる白髪の信者――森屋護は、土に向かう手を休めない。

萌絵はそっと土間に入った。たくさんの土器が並んでいる。どれも縄文時代に倣った素焼きの土器だ。だが、装飾が独創的で素晴らしく、萌絵は目を奪われた。

「すごい……。すごい空間ですね。よくこれだけのものを」

深鉢、浅鉢、香炉形……。双環や双眼、様々な文様は縄文中期の特徴を押さえつつ、より飛躍した過剰かつ美麗な装飾に包まれている。奔放で土俗的なエネルギーに満ちた土器の数々に囲まれ、萌絵は圧倒されてしまった。

まるで縄文時代の祭祀《さいし》場にでも迷い込んだみたいだ。それが証拠に、奥にある神棚には石棒が祀《まつ》られ、人面香炉形土器も置かれて、灯明《とうみょう》が揺れている。

縄文時代の再現などと単純なものではない。縄文中期の最も華やかなりし頃から衰退することなく、ずっと続いていたならば、その進化はきっとここまでたどり着いただろうとさえ思える濃厚な作品群だった。

森屋護は、土器作りに没頭していてまともな返事もない。白髪の頭にタオルをまいて、黙々と土に向き合う。手元を覗《のぞ》き込んで、萌絵は驚いた。

「呪いのカエル……っ」

粘土に濡《ぬ》れた指がいままさに盛っている隆線は、御座《ござ》遺跡から出てきた土器のものとそっくりだった。半人半蛙《はんあ》の文様だ。

ぴくり、と土をなぞる指が止まり、護が口を開いた。

「なにか用か」

「呼ばれたので来ました。さっき私のこと、ヤサカトメと呼んで、どこかに連れていこうとしてましたよね。一体どこに行こうとしてたんですか」

「ああ……」

と言ったきり、続かない。

「あの……」

「外が騒がしいようだな。何があった」

初対面の時とうってかわって、いかにもとっつきにくい。

人嫌いだと聞いていたが、距離を縮められることを拒んでいるようにみえる。

「……あなたのお兄さんに神代字録を持ってくるよう、言われました。鍵《かぎ》を管理しているのは、あなただと聞いて」

「駄目だ。あれは森屋の教主だけが閲覧できる秘伝書だ」

「〝縄文のニケ〟の首と交換だと言ってます」

再び、護の手が止まった。

「祥平兄さんはニケの首を手に入れたのか」

「はい。それで都築さんに取引を」

「……。都築のやつ、いいように、つけこまれたな」

くぐもった声で、ひとりごちる。普段、声を出し慣れていないのだろう。発声がか細く聞き取りづらい。萌絵は意を決し、

「都築さんは一心さんが教主になることを危ぶんでいます。だから、自分が教主になるためにニケの首が必要なのだと言ってました。でもあの土偶の首は調査発掘での出土遺物です。所有権のないひとが手に入れたら、窃盗になります。この取引を無効にして発掘チームに返すよう、祥平氏を説得してもらえませんか」

護は土器と向き合ったまま、黙っている。

ややして、ぽつり、と言った。

「この半人半蛙……。〝呪いのカエル〟と呼んでいたことを、誰から聞いた」

萌絵は一瞬、口ごもり、

「……。あるひとから聞きました。そのひとは子供の頃、お兄さんが行方不明になったそうで……。いなくなってしまう前に、その半人半蛙とそっくりな絵を残したそうです。〝呪いのカエル〟だと言って」

「……」

「三十年前に見つかった〝縄文のニケ〟の胴体……。稗之底村跡から出たんですよね。誰が見つけたんですか。それを見つけたのは、あなたではありませんか」

「……」

「あなたの本当の名前は、多田透。多田理恵さんのお兄さん。ちがいますか」

森屋護は手をだらりと下げたまま、作業台にある作りかけの土器と向き合っている。

萌絵は胸の動悸《どうき》を抑えながら、返事を待った。

「……。君は多田理恵の知り合いか」

「理恵さんが働いている発掘現場に発掘員を派遣しています。直接現場で関わりはしていませんが、ご家族は今もずっと待ってますよ。透さんの帰りを」

護はなにも言わなかった。再び土をいじり始めた。

「多田透などという男はいない。稗之底村跡で死んだんだろう。三十年前に」

「どうして。その腕の傷が証拠です。透さんと同じ左腕の傷」

「ニケの胴体を見つけたのは、……先代だ。私とは関係ない」

あくまで認めようとはしない。土器の側面に粘土を塗りつけながら、呟《つぶや》いた。

「祥平兄さんは事業の資金繰りに困っていた。銀行からの融資が思うように受けられないので諏訪氏の軍資金頼みになったというわけだ。だが、字録であの暗号は解けん」

「解こうとしたことがあるんですか」

「ああ、ある。諏訪氏が編み出した神代文字は、縄文土器の文様をいろはに当て字化しただけのものだ」

「当て字……？　本当に暗号だったんですか」

「そうだ。だが、梵鐘《ぼんしょう》の暗号はいろはだけでは読み解けん。それで軍資金が手に入るなら、先代がとっくに手に入れている」

「神代字録を手に入れても、無駄だということですか」

「そうだ。祥平兄さんは知らなかったんだろう。気の毒なひとだ。一心が生まれさえしなければ、今頃は教主を継げていただろうに……」

しんみりとした口調だった。

だが、同情しながら、どこか羨望《せんぼう》を抱いているようでもあった。

「祥平氏の本当の名前は〝大川洋平《おおかわようへい》〟ではありませんか」

萌絵の言葉に、護は一瞬、指を止めた。

「三十年前に諏訪で行方不明になった少年の名前です。あなたがたは先代の道心氏にさらわれてここに来たのではないですか。オコウ様にされるために誘拐されたんじゃ」

言い切らないうちに、物凄《ものすご》い勢いで睨《にら》まれた。

萌絵はびくりとして首をすくめた。

「……大川洋平も多田透も、死んだ。もうこの世にはいない名だ。帰れ」

「あとふたり、いたはずです。その方々はいまどこに」

「言いがかりだ。帰れ！」

「あなたがたは生き延びたんじゃありませんか！　オコウ様にならずに！」

護は憎むような眼差《まなざ》しで、こちらを見つめている。

「君はなにを探りにきたんだ。字録が欲しいだけじゃないのか」

「字録が欲しいのは、遺物を返してもらうためです。でも、石神教のひとたちが、返してくれません。それが後継者指名に必要なものだからです。あなたは次の後継者を指名できる、と聞きました。だったら、あなたの意志で指名してください。都築さんは一心氏が前宮を石神教の私有地にしようとしてると言ってました。一心氏に問題があるなら、あなたが一言……っ」

「それも都築が教主になりたくてでっちあげた話かもしれん」

「そんな」

「それに先代は後継者の条件についてニケの首を手に入れた者、とは言わなかった。見つけた者、だと言ったのだ。だとしたら、発掘現場で最初に掘り当てた者にこそ資格がある」

　萌絵は意表をつかれた。

「それって……つまり、西原くんですか。石神教の教主になれるのは、西原くんだと？　なにを言って……っ」

「部外者は教主になれん。だから最終的には投票だ。信者全員に投票させ、多数決で決まった者を、私が指名する」

「あなたの意見はないんですか」

「ない」

護は鼓を打つように即答した。

「私はオコウだ。オコウになるため、ここにつれてこられた。オコウは、御頭祭《おんとうさい》の最後に殺される童子のこと。私はとうに死んだ人間。死人に意志も意見も、ない……」

萌絵はようやく理解した。

目の前にいる白髪の男は、人生に対して無なのだ。未来にどんな変化も望んでおらず、何にも関わらず、熱も野心もなく、あるのは土だけ。これから先、あと何十年あるかわからない時間、ただ淡々と土に向かい、土器を焼く。この小さな陶芸小屋だけを生きる世界として、ひたすら創造だけのために生きる。

あるいは芸術家にとっては幸せな在り方かもしれない。そうやって他人との繋《つな》がりを断ち、広く豊かで煩雑な世界に背を向け、耳を塞《ふさ》ぎ、一心に創造する道を自ら選んだというならば、それは前向きな引きこもりだといえる。しかし、そういう生き方しか選択できなくなったがゆえの、引きこもりだとしたら。

森屋道心のもとでの、どんな過酷な経験が、彼に人生を諦《あきら》めさせたのかと思うと、萌絵は心が震えだしそうになる。土器を残す以外、何も為《な》さないと決めた彼の「死人の心」に蓄積されていったエネルギーこそが、この荒ぶる土器なのではないか。その姿形が荒ぶっていればいるほど、失われていった時間の重さが浮き彫りになる。

——長期間監禁されたひとは、逃げられる状況でも逃れられないような精神状態になる。

萌絵にはこのとき、もうはっきりと答えがみえていた。

「わかりました。では、ひとつだけ答えてくれませんか。ヤサカトメとはなんなのですか」

萌絵が引き下がったと感じたのか、森屋護はおもむろに水を満たした碗《わん》に指を浸して、作りかけの土器に向かい始めた。

「ヤサカトメとは、託宣を担う巫女《みこ》だ。ミシャグジは言葉をもたぬ神だが、ヤサカトメは天白《てんぱく》というまじないを司《つかさど》る神の意志を口寄せする。いわゆるシャーマンだ」

「つまり、私をヤサカトメだと思って連れていこうとしたのは、私に託宣をさせるため？　後継者を指名させようとしたのでは」

「………。私の勘違いだ。思い込みで見誤った。君は巫女ではない」

萌絵は黙り込んだ。護の節ばった指で粘土の表面に描かれていくカエルの文様を見つめている。

石神教におけるオコウは次の御室神事までに次の教主を指名しなければならない。だからこそ、ヤサカトメを求めていたのだろうし、たとえ託宣には頼れず、信者投票に持ち込んだとしても、最終指名はオコウが行わなければならない。それが長老の役目だからだ。

萌絵は静かに意を決した。

「わかりました。では、西原無量を教主にしてください」

護はぎょっとして、萌絵を振り返った。

「何を言い出すんだ……っ」

「ニケの首を掘り当てたのは、彼です。彼は唯一ただひとり、教主になる資格を得ました。ニケの首も神代字録も、彼の所有物。そうなれば、祥平氏が取引するものではなくなる。これが私の託宣です」

「それは託宣ではない！」

「では巫女になる条件を教えてください。ヤサカトメになってみせます！」

萌絵は一歩も引かない。

否と言わせない迫力に、護は圧倒された。萌絵は執拗《しつよう》に迫った。

「私の託宣を信じてもらうためには、なにをすればいいですか」

「……………。諏訪明神は風の神だ」

半ば投げやりな調子で、護は神棚に置かれた人面香炉形土器の中で揺れている火を指さした。

「離れた場所からでも、風を起こしてあの火を消せるはずだ。そこから火を消してみろ。それができたなら、君をヤサカトメと認める」

萌絵の表情が強《こわ》ばった。

香炉形土器までの距離は、五メートルはある。肺活量のある男性でも、火を揺らすことすら難しい。細い線香の煙くらいなら揺らせても、炎を消すには遠すぎる。

諦めて引き下がるものと護は予想したのだろう。
だが、萌絵は途方に暮れることもなく、眦《まなじり》を決した。
拳法《けんぽう》の構えをとった。
精神統一をするため、調息しはじめた萌絵に、護はいぶかしげな目線を送った。
指先まで集中し〈気〉を全身に行き渡らせて、筋肉と神経を研ぎ澄ませる。心の眼に
ひとつの軌道を描く。ほんのわずかなぶれも許されない、精密な軌道を。
――風を起こす。
含み気合いをひとつ発し、萌絵は両手を二度さばき、旋風脚《せんぷうきゃく》を繰り出した。
蹴《け》りから発せられた風が護の頬をかすめ、同時に香炉形土器の炎が揺れたかと思うと、
刹那《せつな》の間を経て大きく乱れ、ぼっと音をたて――。
消えた。
あとに残るのは、灯心から立ち上る一筋の細い煙だけだ。
護は息を呑《の》んだ。
萌絵は音も立てずに右足を下ろすと、残心《ざんしん》し、息を細く搾り出しながら抱拳礼《ほうけんれい》をした。
これには護も言葉がない。目を剝《む》いて、ほとんど絶句してしまっている。
萌絵は肩で一度、軽く息を調え、護のほうを振り返った。
「石神教の教主は、西原無量です。祥平氏の前で、そう証言してもらえますね」

第八章　教主誕生

「目標把握。……いまのところは無事でいるようだ」

運転席から赤外線単眼鏡を覗《のぞ》き込んで通話相手にそう告げたのは、ＪＫだった。

アカマツ林に囲まれた別荘地。車もほとんど通らない夜の道路に、ライトを消して息を潜めるように路駐したミニバンの運転席から、ログハウスを監視している。

『無量《むりよう》の様子は』

スマホを通して話している相手は、忍《しのぶ》だった。無量が腕につけているスマートウォッチは特別製で、本人も知らないうちに第三者に居場所が筒抜けになる。元々は紛争地帯での危機管理のために開発されたものだが、無量はそうと知らずに身につけている。

「ああ、二階の部屋にいる。こっちに気づいてるのかな？　カーテン全開だから、よくみえる。女と一緒だ」

『女？　誰です』

「知らん顔だ。二十代くらいにみえるが、日本人はみんな童顔で年齢がよくわからん。階下に見張りがうろうろしてるな。突入するにも丸腰だし、俺はヤツに顔が割れてるからなあ。ハロウィンのかっこでもして『Trick or Treat』するか」

そうでなくとも欧米人の容姿は目立つし、そもそもＪＫは武闘派ではない。

忍は石神教《しゃくじん》の本部に都築《つづき》たちといる。ひとまず無量が無事との報を聞き、胸を撫《な》で下ろした忍は、次の作戦に向かって動き出している。ＪＫは手元のタブレットを操りながら、

「森屋祥平《もりやしょうへい》が代表を務める会社のデータが届いたぞ。身元開示で重大な詐称があり、銀行の融資が受けられず、指定暴力団の息がかかった再開発業者の傘下に入ったようだな。債務超過で破綻《はたん》寸前になった物件を片っ端から買い叩《たた》いてる」

『暴力団、か……』

「あんまり評判はよくない。身元詐称の中身もよくわからんが」

とん、とエンターキーを押して、添付ファイルを忍に送った。

「で？　そっちはどうなってる」

『祥平氏は無量を主犯に仕立て上げるつもりだ。電話もさせたし、取引の場にも自分は出てこず、無量に代行させるはず』

「なるほど。俺は何をすればいい？」

『あなたは指示があるまでそこから動かないでください』

「女のほうは」

『僕の読みが正しければ、そのひとは多分、首を持ってきたひとです』

頼みましたよ、と忍は手短に電話を切った。

ＪＫはもう一度、単眼鏡を覗き込んだ。

「……まったく、楽しい観光旅行が台無しだ」

状況を把握して、ドリンクホルダーに挿してあったコーラを一口飲んだ。

「さて……〈革手袋《レザーグラブ》〉はこの状況をどう打破するつもりかな」


室内では無量と理恵《りえ》が難問を前にして、腕組みをしていた。

ふたりの間には、梵鐘《ぼんしょう》の拓本が広げられている。諏訪《すわ》氏の軍資金の在処《ありか》を記したとされる神代文字は、梵鐘が作られた年号と経緯を記す漢文のあとに刻まれていた。

「なにこれ。見事に絵文字の羅列……。まじイミフなんですけど」

無量も引くほど、まったく意味が読み取れない。

「よく見て、無量くん。規則性がある。文章の終わりらしきところに同じ絵文字が並んでいるところを見ると、これは……たぶん、表音文字」

「ひらがなとかカタカナみたいなやつっすか」

「うん。当て字じゃないのかな。たぶん、いろは四十七文字を縄文記号に置き換えたんだと思う」

理恵は明晰《めいせき》だった。

「つまり、石神教にある神代字録は、いろは対応になってる記号の照合一覧ってことすか」

だとすると、想像していたよりも単純だ。記号の意味をいちいち考えずとも、要は、どの記号がそれぞれ「い」「ろ」「は」……にあたるかを突き止めていけばいい。

縄文図像学のように、ひとつの図像がなんのシンボルであるかを読み解いて、そこに描かれた縄文人の心象風景を読み解く、というのは専門家でないと厳しいが、意味を持たない単なる「記号」扱いならば解読もシンプルだ。

「時間をかければ、読み解けないものでもない。でも」

何時間かかるかわからない。末尾のお決まりの並びは「也《なり》」や「候」といった結語である可能性は高いが、それ以外はとっかかりがない。字録なしでは困難を極めそうだ。

「それでも図像の意味と仮名は、無関係でもないかもしれない。それがヒントにならないかな」

「文章の中に繰り返し出てくる記号があるっすね」

それもよく見れば、縄文土器で見たような形をしている。

「この矢印は……たぶん、蛇」

「蛇？」

「考古館でみた土器にあったやつだ。矢印は蛇の頭……もしくは蛇の頭に見立てた男根らしいっすよ。あと、涙みたいな形は双眼の片方。月を意味するとも言ってました。岡《おか》野《の》カントクが」

それ以外にも土器で見かける図形がちょこちょことある。

「……戦国時代の人間もやっぱり土から出てくる土器の変な文様が気になったんすね。意味まで考えたかはわかんないけど」

確かに文字のようにもみえたかもしれない。井戸尻《いどじり》系の土器特有のものだ。他の地域の土器なら、諏訪氏もこんな真似はしなかったかもしれない。

「昔のひとは、雨の後に土が流れて石器なんかが出てくると、天からふってきたものだと思いこんだらしいから、土器も神様の作ったものだと思ったかもね。実際、土から出てきた石棒を神様の依《よ》り代《しろ》にしてるくらいだから」

「このへんの土器の文様は風変わりすぎて『なにこれキモ』くらいには思ってたかもしんないすね」

百文字近い神代文字を目で追っていた無量が、ふと視線を留めたのは、最後に並んだ縄文記号だった。

「これ……。神像の背中と腕……」

「神像？」

「神像筒型土器っていう有名な土器が井戸尻にあるんすよ。見たことないすか」

「神様がこう、両腕で筒を抱えてるみたいな、あれ？」

「そう。肩の辺りとか、めっちゃリアルで完成度がヤバイ土器なんすけど、腕が蕨手《わらびで》みたいにくるっと……。ここの記号、まさにそれじゃないすか？」

「戦国時代にも類似する土器が出てたってことかな。でも、なんて読むのか……」

「わかんないっすね……」

お手上げだ。約束の時間までいくらもない。それでも解読不能の拓本を前にあがくように格闘していた無量と理恵だったが。

タイムアップだ。とうとう迎えが来てしまった。

「時間だ。一緒に来てもらおうか。西原《さいばら》無量」

あの中年男だった。森屋祥平。このとき、まだ無量たちは正体を知らない。

祥平はふたりの様子を見て拓本と首っぴきになっていたことに気がついたようだ。

「……読めんだろう？　私もそれを手に入れてから解読しようと努めてきたが、シャンポリオンのようにはいかん」

ヒエログリフを解読したエジプト文化の研究者だ。

「だから、解答集が必要なんだよ」

「この拓本、どこで手に入れたんすか」

「上原《うえはら》城の近くにある農家の蔵だ。子供の頃、諏訪家の旧菩提寺《ぼだいじ》で見た覚えがある。その後、行方がわからなかったが、住職の親戚《しんせき》のもとにあったのを探し当てた。それが宝の地図だとは伝わってなかったようだが」

解読書のほうは諏訪氏滅亡の時に家臣が持ち出し、武田《たけだ》方の板垣信方《いたがきのぶかた》らの目を避けるように森屋家が預かり、結局、後に再興されて高島《たかしま》城に移った諏訪家ではなく、そのまま森屋家に伝わっていたという。

「君の仕事は、これを解読することだ。解読できなければ『仮面の女神』が土塊《つちくれ》に返る。もっと焦った方がいいぞ」

「土偶といっても国宝になるやつでしょ。厳重に警備されて、指いっぽん触れられないと思いますけど」

「だがまだ国宝ではない」

やけに確信にみちた顔つきだ。重要文化財の土偶に害を加えるのは難しくない、と言いたげだ。

「君には字録が必要だろう？　待ち合わせの時間だ。ニケの首と交換してきなさい」

無量はあからさまに舌打ちをした。どうしても「無量が必要としている」体をなしたいらしい。

理恵は部屋に残され、無量だけが外に出された。それがなにを意味するかは、無量もわかっている。彼女は「人質」だ。ここから先の行動に枷《かせ》をつけるための。

――私のことはいいから土偶の首を奪って、逃げて。

理恵の目が訴えていたが、それはできない相談だ。

「で？　……首、どこ？」

すでに車に積んでいるという。無量はニケの首と共に迎えの車に乗り込んだ。

＊

そろそろ日付が変わろうとする時間だった。

富士見《ふじみ》高原にある展望台は、冷たい風が吹いていた。

眼下は一面、墨を流したような闇だ。辺りはアカマツとカラマツの林に覆われている。目線をあげれば正面に、南アルプスの稜線《りょうせん》が影絵のように横たわっている。右手に目を転ずると、黒い鏡を思わせる一角がある。諏訪湖だ。

約束の時間通りに、無量はその場所についた。

手前で車を降ろされて、襟元に小型マイクをつけられた。これでやりとりは祥平に筒抜けになる。ニケの首を入れた箱は、フードで顔を隠した藪内《やぶうち》が持っている。無量の持ち逃げを警戒してのことだろう。

斜面に張り出したバルコニーを思わせる展望台には、数人の人影があった。字録との交換にやってくるのは都築ひとりのはずだったが、四、五人はいるだろうか。

白装束を着ている。石神教の信者服だ。

「え……」

その中に、忍の姿を見つけた。無量は思わず呼びかけそうになったが、慌てて飲み込んだ。身内であることは知られない方がいい、と本能的に察したのだ。

忍は根石《ねいし》のあとを追って動向を探っていたはず。が、なぜこうなっているのか？

白装束の中に、ひとりだけ、羽織を纏《まと》っている者がいる。

「また会ったね。都築さん」

リーダー格の出《い》で立ちを見て取って、無量は声をかけた。

「ずいぶん大勢引き連れて……。ひとりで来んじゃなかったの？」

「来たか。西原無量」

うなずくと、次の瞬間——。

信者たちが一斉にひざまずいた。

無量の目の前で、まるで家来にでもなったように膝《ひざ》をついたではないか。

「な……なんすか、いきなり！」

忍もいっしょになってかしこまっている。土下座というものではなく、片膝をついて恭しく頭を下げ、まるで時代劇の家臣たちだ。

「教主様！」

と都築が叫んだ。続けて忍と信者たちも声を揃えた。

「教主様！」

「我ら石神教の次なる教主。西原無量様！」

これには無量も腰を抜かしそうになった。ぽかんと口を大きくあけて「はあ？」と思わず素《す》っ頓狂《とんきょう》な声が出た。

「あの、なんのことすか。意味よくわかんないんすけど」

「西原無量殿。あなたはこのたび〝縄文のニケ〟を御座《ござ》遺跡にて掘り当てました。先代・森屋道心《どうしん》の遺言に従い、我が教団の新しい教主として正式に指名されました」

「おめでとうございます、西原教主！」

忍も声を揃える。悪い冗談にしか聞こえない。だが誰も笑っていない。

「変な小芝居やめてくんない？　おかしいでしょ！　俺が教主なんて……。あんたも黙って見てないでなんとか言ってやってよ！」

と藪内を振り返るが、こちらも困惑しきっている。都築たちは「西原教主、おめでとうございます！」と大きな声で繰り返すばかりでやめる気配がない。たまらず無量が都築の肩を摑《つか》み、

「だから、やめろって言ってんの！　それより字録は？」

「神代字録の閲覧権は教主にのみございます。西原教主は閲覧することができます。ですが門外不出の品ですので、石神教本部に来ていただき、いくらでもご覧ください」

「え？　持ってきてないの？」

「あなたは教主ですから持ってくる必要もないかと。我々はお迎えに来たのです。無量様」

忍の芝居がかった慇懃《いんぎん》無礼な口調に、無量は呆気《あっけ》にとられるばかりだ。

「即位式のしたくも調っております。さあ、いっしょにまいりましょう」

言うやいなや、信者たちが無量を取り囲み、担ぎ出さんばかりの勢いで連れていこうとする。

「ちょ……っ。なになに？　なんなのこれ！　説明してよ！」

「おい、なんのつもりだ！　やめろ！」

藪内がようやく我に返り、無量を連れ戻そうと屈強な体で信者たちを薙《な》ぎ払おうとする。そこに立ちはだかったのは忍だ。

「なんだてめえ！」

つかみかかった藪内の太い腕をぐるりとひねりあげ、

「箱を取り上げろ！」

信者が藪内から土偶の首を入れた箱を奪おうとする。藪内は力づくでそれらを薙ぎ払い、乱暴に取り返そうとした。その腕に、忍はすかさずスタンガンを押し当てる。バチィ！　と、闇の中に火花が散り、藪内が悲鳴をあげて尻餅《しりもち》をついた。

「このガキぃっ！」

忍がくいとめている間に都築が無量の腕を引き、駐めてあったワゴン車へと強引に押し込む。藪内はなおも追いかけようとしたが、突然、目の前で爆竹が大きな音をたてて次々と破裂し、たたらを踏んでたじろいだ。忍は用意してきた爆竹にありったけ火をつけ、どんどん投げていく。

「相良《さがら》！」

ドアもあけっぱなしで動き始めたワゴン車から都築が身を乗り出し、駆けてきた忍に腕を伸ばす。忍も都築の腕を掴み、車内へと引っ張りあげられた。無量たちを乗せた車は藪内を残して猛然と走り出した。

「なんなん？　もー、これ一体何なん！」

キレ気味の無量には答えず、忍はめざとく無量の襟に付いた小型マイクをひっぺがし、窓から捨てた。都築はしきりに後ろを見ている。ヘッドライトが追ってくる。

「祥平さんだ。追ってきてる」

「よし。このまま本部まで突っ走ろう」

「ちょ……まずいって！　理恵さんが人質にとられてんだって！」

「大丈夫だ。理恵さんなら心配いらない」

無量はぽかんとした。なにもかもお見通しの忍を前にして、キツネにつままれたような顔をしている。

「都築さん！」

後部座席から信者のひとりが悲愴《ひそう》な声を発した。

「振り切れません！　まだ追ってきますよ！」

「あきらめの悪いひとだな。だが想定内だ」

「だから、なんなの！　なにこの小芝居、俺が教主とか意味わかんないんだけど！」

「小芝居じゃない。おまえは教主になったんだよ。無量」

至極まじめに、忍が言う。

「これから即位式を行うから、ちゃんと教主らしく振る舞ってくれ」

「忍ちゃんまでどうしちゃったの？」

「おまえはオコウ様の指名で教主に決まった。これからは石神教でがんばってくれ」

「は？　まじか！」

大混乱している無量をよそに、都築は何度もバックミラーを覗《のぞ》いている。

「これで片が付かなかったら、責任とってもらうからな。相良」

「覚悟の上さ。だから、おまえも腹をくくれ。都築」

萌絵《もえ》の編み出した秘策をもとに忍がたてた作戦は、ここからが本番なのだ。

「無量、おまえは今すぐこれに着替えて。着替えながら全部説明するから」

車は茅野《ちの》に向かって真夜中の県道を走る。執拗《しつよう》に追ってくるのは祥平だけではない。

冴《さ》えた月がどこまでも追いかけてくる。

＊

石神教本部は異様な雰囲気に包まれていた。

真夜中だというのに、境内には篝火《かがりび》がたかれている。上社前宮を模した石神教の「神《ごう》原《ばら》」には注連縄《しめ》が張られ、内御《うちみ》玉殿《たまでん》と十間廊《じっけんろう》の間には祭壇がつくられた。

　動いているのは皆、都築派の信者たちだった。

　これには一心《いっしん》派が黙ってはいなかった。

「おい、これは一体なんの騒ぎだ！　一心さんの許可もなく、なにを始めた！」

　駆けつけてきたのは根石ら一心派の信者たちだ。激しく抗議する根石たちに応じたのは、厳粛な神官装束に身を包んだ森屋護《まもる》だった。

「お……オコウ様、これはいったい！」

「次なる教主の筆頭候補が決まった。ヤサカトメの託宣を行い、諏訪明神の可否をあおいだ結果、可のお告げをいただいた。しかるのちに即位式を執り行う」

　根石たちは寝耳に水だ。到着後、なんの通達もなく、突然、後継者を決める儀式を始めることになり、当然のことながら猛反発した。だが、教主不在のいま、石神教で最も発言力があるのは、オコウ様である森屋護なのだ。

「都築ですか。都築のヤツを教主にしようというのですか！　そんなことは認めません！　力づくでも！」

「都築ではない。だが、誰よりも御遺言の条件を満たしている」

　根石たちは想定外の事態に絶句して、茫然《ぼうぜん》としていたが、やがて慌てふためいて、

「おい、急いで一心さんをお呼びしろ！　早く！」

　大騒ぎになった。そうこうする間にも、儀式のしたくは調っていく。

篝火に照らされた境内は、夜神事の様相を呈した。祭壇には藁《わら》でできた馬が置かれた。藁馬には小さな刀子《とうす》をのせた御札が挿してある。前宮で執り行われる御占《みうら》神事の時に用いる呪具《じゅぐ》で「剣先版」なる御札には「教主」と墨書きされている。もともとは、かつて、県《あがた》巡りをする六人の神使《おこう》を選ぶ時に使われたものだった。

山には闇がたちこめ、ひんやりとした夜気が辺りを包み、厳粛な雰囲気の中、祭壇の前にはおもむろに森屋護が立ち、都築派の信者たちが両脇に列をなして新教主の到着を待った。

「ごとぉーちゃーく！」

石神教本部に都築のワゴン車が到着した。

都築と忍がおりてきて、恭しく、ドアの前にこうべを垂れる。降りてきたのは、絹の白小袖《こそで》と紫紺袴《ばかま》に身を包んだ無量だ。髪は整えられ、玉を連ねた首飾りをかけられたいでたちは、信者たちの目を惹《ひ》いた。

「ここが、石神教？」

「新教主、ごとぉーちゃーく！」

都築が声を張り上げる。

「これより教主即位式を執り行う。一同、新教主に拝礼」

信者たちは冷たい地面に正座して、深々と一礼した。その中を都築に連れられた無量が進んでいく。祭壇の前には森屋護が待っている。

「あんたすか。俺を指名してくれたのは」

「君か。〝縄文のニケ〟の首を掘り当てたのは」

「仕事なんで掘りましたけど、契約条件に教主になるっつーのは入ってない」

「これもヤサカトメの託宣だ」

「ヤサカトメ？」

護が振り返ると、十間廊と内御玉殿の間にある石段から、女性信者に伴われて、降りてきた者がいる。紅白の巫女《みこ》装束に身を包んでいる。

無量は目を剝《む》いた。

「……永倉《ながくら》……っ」

白粉《おしろい》で巫女化粧を施した顔は、どこか神秘的で近づきがたい。萌絵はしずしずと降りてきて、手にした香炉をふり動かした。香炉から立ち上る煙が広がって、なんともかぐわしい香りがあたりに満ちていく。護が拝礼し、

「ヤサカトメに付け申す御方。新たな教主の即位につき、ご異論あらざれば、お声たまわれい！」

「ヤイヤアアアア――っ！」

森を震わせた萌絵の声に無量は驚いた。丹田《たんでん》から出る太い長音は、いつもの萌絵からはかけはなれていて、どこか神がかっている。

「神長《じんちょう》は西原無量！」

すます荘厳で神秘的な空気を醸し出す。無量は都築に促されて拝礼をさせられた。
鳴らされ、オコウによる祝詞《のりと》奏上が始まった。篝火から火の粉が舞い、太鼓の音色がま
と都築が言うと、忍も信者たちとともに「異論あらず！」と声を揃える。太鼓が打ち
「異論あらず！」

――教主としてふるまえ。

忍が目配せしてくる。無量は開き直って堂々と拝礼を繰り返した。

だが、厳かな空気は背後からの怒鳴り声にかき消された。

「おい、なにをしてる！　やめろ！　儀式をやめろ！」

血相をかえて駆けつけたのは、森屋一心だった。

根石たちも一緒だ。一心は怒りのあまり、顔面蒼白《そうはく》になっている。

「これは一体なんのつもりです、オコウ様！　暴挙だ！　なぜこんな真似を！」

一心派の信者たちを引き連れて、蹴散《けち》らす勢いで儀式に割り込んでくる。一心は怒り
心頭で都築に詰め寄ると、その胸ぐらを摑《つか》み上げた。

「都築、貴様か……！　オコウ様をたぶらかして、勝手に後継者を指名させたな！」

「静粛に！　儀式の最中ですぞ！」

「こんな儀式は無効だ！　いったい何が目的だ！」

「次の後継者が決まった。そこにおられる御方だ」

都築が指さした先に無量がいる。驚いたのは根石だった。

「西原無量……っ。なんでここに！」

「おい、どういうことだ。これは」

「一心さん、やばいです。ニケの首を掘り当てた張本人です。あいつが発掘現場で土偶の首を！」

「お静かに」

混乱するふたりに向かって、厳粛に言い放ったのは忍だった。

「おまえは誰だ」

「都築の友人で相良忍といいます。西原無量は御座遺跡の発掘員です。あの土偶の首を掘り当てたのが彼だということを証言するために来ました」

「ばかな……っ。どういうことだ、都築！　これは部外者じゃないか！」

「部外者だろうが関係ないんだ。一心さん。先代の遺言はニケの首を手に入れた人間じゃない。見つけた人間だったんですよ。僕でもあなたでもない」

「ばかを言うな！　部外者が後継者だと？　ありえない！　証拠をみせろ。首はどこだ！」

そのとき、ふと祝詞がやんだ。答えたのは護だった。

「首はここに」

祭壇にしつらえた剣先版。その正面に置かれた桐箱を開けると、そこに一体の美しい土偶が立っている。

「〝縄文のニケ〟は、ひとつになった」

胴体に首がのっている。美しい幾何学模様の沈線も繫《つな》がっていて、どっしりとした下半身には安定感がある。まるで釉薬《ゆうやく》でもぬったかのように黒々としており、天を仰ぐあどけない顔は、幼女の清廉と妊婦の成熟を併せ持っていて、神秘的だ。

まるで縄文の神が降りてきたかのように。

一心は息を吞《の》んだ。全身の力が抜け、その場にがくりと膝《ひざ》をついた。

放心状態の一心の後ろから、近づいてきた人影がある。

「ニケは完成したのか」

全員が一斉に、声のしたほうを振り返った。

そこにいたのは黒いスーツを纏《まと》う中年男だ。森屋祥平だった。

無量だけが何者かを知らない。誰？　と耳打ちした無量に忍が小声で説明した。

跡継ぎになるはずだった養子のひとり。長男格の男。

「祥平兄さん……」

森屋道心の息子三人が揃った。

物言わぬ土偶は、揺れる篝火《かがりび》に照らされて影が揺れ、まるで生きているかのようだ。

生きている女神だ。太古の祭の、そのときのように。

祥平もその姿に魅入られたように、見つめている。

おもむろに前に進み出たのは、忍だった。

「これであなたが仕組んだ取引は不成立になりました。ニケの首も字録も両方とも、ここにいる西原無量のものです。お引き取りを」

都築派の信者たちが祥平を取り囲む。包囲された祥平は、護を睨《にら》みつけた。

「こんな三文芝居が通用すると思うのか。護。部外者を教主にする気なんて、さらさらないくせに」

「兄さん……」

「字録はどこだ。よこせ」

祥平は押し殺した声で言い放った。

「さもないと、おまえの妹に危害を加えることになる」

護が息を呑んだ。無量もギョッとして思わず護を振り返った。その左腕に大きな傷痕《きずあと》を見つけて目を瞠《みは》った。

「妹……？　まさかあんたが……」

だが、護は表情を崩さない。

「妹などいない。なにかのまちがいだ」

「多田《ただ》理恵という名の女に何が起きても、関知しないということか」

護の表情が強《こわ》ばっている。無量が咄嗟《とっさ》に口を挟もうとするのを忍が制止した。忍は護の反応をじっと注視している。

「……忍……」

「……」

凍りついた場の空気を、破ったのは一心だった。

「ここに何しにきたんです。祥平兄さん。あなたは教団を捨てたひとでしょ。遺産めあてならお門違いですよ」

「そのひとは字録を手に入れようとしてたんですよ。一心さん」

横から口を挟んだのは都築だった。

「後継争いをしている僕らの弱みにつけこんでね。だが、あいにくそれらはもう石神教にいる誰のものでもない。そこにいる西原くんのものになってしまった」

「ふざけるな！　認めんぞ！」

一心は声を荒らげて立ち上がった。

「こんな茶番にいつまでつきあってる。教主はこの私だ！　このとおり、サナギの鈴も手にしている」

一心の手にはあの杖《つえ》がある。六本の鉄鐸《たく》を束にして杖の先につけたものだ。それが正統な後継者の証《あかし》とばかりに皆に見せつけた。すかさず都築が口を開き、

「それはあなたが先代の葬式中、そこにいる根石に勝手に持ち出させたものだろう。王冠を奪ったつもりでいるなら大間違いだ」

「黙れ！　土偶などどうでもいい。そんなガラクタを依《よ》り代《しろ》になどできるか。大祝《おおほうり》は生きた人間でなければ意味がないのだ！」

「先代の遺志をないがしろにする気か！」

「嫡男はこの私だ。後継は初めから決まっている。そういうおまえこそ、都築！　自分に資格がないからと言って、こんなわけのわからん連中を引っ張り出してきて……卑怯《ひきょう》だぞ！」

「黙れ、一心！」

太い声で一喝したのは、祥平だった。

「おまえに後継者となる資質があったなら、先代は初めから遺言書にそう書いたはずだ。だが、おまえの名はなかった。ここにいる誰の名も」

「だからってこんなわけのわからんやつを教主にするんですか。おい、おまえもなんとか言ってみろ！　こんなくだらん真似までして石神教を手に入れたいか！」

いきなり水を向けられ、無量は面食らったが、生来の負けん気も頭をもたげてきて、傲然《ごうぜん》とにらみ返した。

「教団とかなんとかに興味はないけど、その土偶の首は出土遺物なんすよ。所有権は……つか、まあ、拾得物扱いだけど、発掘調査の事業主にあるわけだから、勝手にもってかれたら困るんすよ。教主になんなきゃ返してもらえないなら、俺が代表して神主でも牧師でもなりますよ」

「何様のつもりだ！」

「ゲームは終わってないぞ。西原無量」

祥平の言葉に、無量は真顔になった。

「君にはきっちり仕事をしてもらう」

――軍資金を見つけられなかった時は『仮面の女神』を壊す。

はったりだといって突っぱねられないのは、祥平の背後には物騒な連中がついているせいだ。彼の会社の親会社は、破綻《はたん》寸前のリゾート物件を買い叩《たた》いて再開発の名のもと、荒稼ぎをしている不動産会社だ。指定暴力団の息がかかっているという。

「どーしても、あの暗号解かなきゃダメすか」

「無駄だ。祥平兄さん」

と答えたのは、護だった。

「あの暗号は肝心なところが読めない。字録でもあてはまらない」

「なんだと。おまえ、あの梵鐘《ぼんしょう》の拓本を見たことがあるのか」

護はわかっていたのだろう。おもむろに懐から取りだしたのは、印画紙の黄ばんだ古い白黒写真だった。

「先代が字録とともに残していた写真です」

戦前、梵鐘がまだ寺にあった頃に撮られたもののようだった。

「先代も解読を試みたが、最後の一行だけがどうしても読めなかった」

「その前は！　その前の行は読めたのか！」

ええ、と言って護はゆっくりと祥平たちのほうに近づいてきた。

「字録と照合すれば、いともたやすく読めました。最初の四行は、こうです。『是《これ》なる財《たから》は守屋山《もりや》の東。ひざわにある古井戸よりあがりてカエル石を左に、三社祠《さんじゃぼこら》を過ぎた先にあり』……」

「ひざわの古井戸……っ」

そう聞いて、反応したのは森屋兄弟と都築だった。

「それは、つまり、……ここか！　ここじゃないか！」

「ええ、そうです。石神教本部のある、この山。ここにある」

無量たちも驚いて、夜闇《やあん》に沈む山林を見上げた。

「先代がこの土地を手に入れたのは、この山が、梵鐘に記された『財』の隠されている山だったからだ」

「じゃあ、この山のどこかに諏訪氏の軍資金が」

居合わせた者たちはにわかに色めきたった。どこかにあるのは間違いないということか。

「そこで西原教主。あなたにお伺いをたてたい」

護が言い放った。

「誰も読めない最後の暗号。これが読めるのはミシャグジを降ろした大祝《おおほうり》だけであると、ここには記してあった。ミシャグジを降ろせるのは神長のみ。真の神長の力をもつ者を見極める試金石になるのでは」

「そうすね。つまり」

無量は皆を見回した。

「ミシャグジを降ろして、ここに記された軍資金にたどり着いたやつがホンモノだ」

信者たちがざわついた。

忍は驚いたが、ほどなく言葉の意図を察した。

「つまり、たどり着けたものが神長——すなわち教主か」

「そう。それなら納得できるんじゃないの？　一心サン、都築サン」

ふたりとも顔が強ばっている。無理もない。生きた人間にミシャグジを降ろしたことなど一度もない。ミシャグジを大祝《おおほうり》に憑依《ひょうい》させる祝詞《のりと》は、今はオコウである護のみが知る。だが、憑依させたところで正解が出せるかどうか、誰にもわからない。

「やり方はそれぞれに任せる」

「先にたどり着けばいいのですね」

「そうだ。より早くミシャグジを降ろしたほうが能力が上だからな」

「いいだろう。この山のどこかにあるのはまちがいないのなら」

一心は息巻いた。根石たちをすぐに集めて作戦会議を始める。にわかに騒然となってきた。まだ戸惑っている都築の耳元に忍が囁《ささや》いた。

「……先に宝にたどり着いたら、勝ちだということだ。単純なゲームだ」

「ミシャグジを降ろせなくてもいいと？」

「あくまで建前だ。護氏もわかってる」

「大の大人が宝探ししろっていうのか。こんな山の中で」

「一心が教主になるのを阻止するんだろう？」

忍は厳しい口調で叱咤《しった》した。

「だったらチャンスだ。勝負をかけるなら、ここしかない。都築」

闘志にスイッチが入ったのか、都築は眦《まなじり》をキッとつりあげた。一心派を黙らせるまたとないチャンスだ。都築もすぐに仲間たちに準備をするよう、指示した。

「軍資金が見つかったら、その所有権はどうなりますか」

忍が護に尋ねた。

「もちろん、見つけた者のものに」

森屋祥平は腕組みをしたまま、なりゆきをじっと見守っている。

「探し出せるのか。西原無量」

「誰かが俺にミシャグジを降ろしてくれればね。なんなら、あんたが降ろしてくださいよ。俺に」

「私はミシャグジなど信じていない。忌まわしいだけだ。あんなもの」

そう呟《つぶや》いた祥平の表情に、ただならぬ感情を読み取った無量は、護のほうを見た。護はひとり、まっすぐ山のほうを見つめている。

もしかして、と無量は思った。

もしかして、彼らは、このためにここに連れてこられたのでは。

「西原くん……大丈夫？」

巫女《みこ》姿の萌絵が近づいてきて問いかけた。それまでやけにおとなしかったのは巫女の演技をしているためかと思ったが、見れば、顔色が紙のように白い。

「つか、おまえのほうこそ大丈夫？　顔色やばいぞ」

「あ、うん……。あのお香の煙吸ってたら、なんか頭がくらくらしてきちゃって……」

儀式のために焚《た》いていた香りだ。神道系の神事で香を焚くというのは珍しいが、これが石神教のやり方だった。

「少し休んでろって。こっちでなんとかすっから」

「うん。ごめんね……。けど本当にいいの？　大丈夫？」

祥平の言いなりになって軍資金を見つけてしまったら、教主続行になるし、見つけられなかったら国宝土偶を壊されてしまう。この矛盾を解消しなければ解決にならない。

「無量……」

忍がやってきた。事情は話してある。忍には考えがあるようだった。

「話はつけておいた。資料は用意できる」

無量は軽くうなずいた。

審判をするのは、石神教のオコウ——森屋護だ。

「これが梵鐘の神代文字だ。四行目までは解読済み。平等を期すためあらかじめ配っておく。ミシャグジの降りた大祝《おおほうり》だけが読めるのは、最後の一行だ」

写真のコピーが、一心と都築、そして無量へと配られた。

無量は先ほどすでに拓本で見ていたが、縄文土器で見る記号だとわかる以外、意味は全くわからない。

「捜索は安全を考慮して日の出とともに開始する。期限は日没まで。いち早く解読して見つけたものはミシャグジを降ろしたものとみなし、教主に指名する」

第九章　ミシャグジをおろせ

早朝の山には靄《もや》が立ちこめていた。

秋も深まってだいぶ気温も下がり、朝の冷気が首筋をわななかせる。短時間だが睡眠を取れたせいか、無量《むりょう》も忍《しのぶ》も準備は万端だ。

日の出を知らせる太鼓が鳴り響き、捜索が始まった。

「遅れをとるな！　一心《いっしん》さんに続け！」

根石たち一心派は真っ先に山にあがっていった。まずはすでに判明している場所まで行って、そこからは人海戦術でひたすらそれらしき場所を探す作戦のようだ。解読不能な記号を自力で解くよりも、直接、山を探すほうが早いと思ったのだろう。

サナギ鈴の杖《つえ》を持つ一心は、ミシャグジを降ろすために、信者の子供をつれて、御室《みむろ》へと入っていった。こちらは本気でミシャグジ降ろしを行う気のようだ。

靄の漂う山林に入っていく一心派の信者たちを、研究棟の蔵窓から眺めて、都築《つづき》は言った。

「大きな山ではないが、闇雲に探しまわるだけでは到底無理だ。どうだ。相良《さがら》、なにか摑《つか》めたか」

　机の前には忍と無量がいる。

　無量は都築と共闘することで話がついていた。

　机の上に広げた数枚の地図に印をつけていきながら、忍が言った。

「思ったとおりだな。守屋《もりや》山からふもとにかけては、遺跡銀座だ。諏訪《すわ》大社上社本宮から前宮にかけても、あちこちに古墳がある。調査は入っているのか」

「この山は私有地だからな。戦後すぐの頃に調査した石室もあるが、先代がここを買ってからは公《おおやけ》の調査機関は入れてない。全部、先代が自ら調査したものだ」

　研究棟には、森屋《もりや》道心《どうしん》が残した発掘調査の資料が残っている。

　石神《しゃくじん》教の山はくまなく歩いたようで、どこに祠《ほこら》や巨石、石室や墳丘があるか、すべて綿密に記録にとってあった。本格的な発掘調査をひとりでやってのけていることにも、無量は驚き、

「……すげーな。道心ってひと。これ全部ひとりで調べたのか」

「軍資金探しのためだったとは驚きだが、もともと考古学畑にいたひとだったし、ひとつのことにのめりこむと止まらない、探究熱心なひとだったからな」

「宝の山っつーか、遺跡の山だ。ここ」

　もともと、上社本宮から前宮にかけての山裾《やますそ》周辺はたくさんの遺跡がある。縄文時代の住居址《じゅうきょし》から、古墳、奈良・平安時代、中世にいたるまで様々だ。諏訪信仰の中心地と

いうだけでなく、もともとは土着豪族であった守矢氏の祭政拠点だったという証《あかし》でもある。大和《やまと》朝廷の神氏《みわ》がよそから入ってきてトップの座は譲ったが、その下で変わらず実質的権力を握っていた。その痕跡《こんせき》は脈々と残っている。

「もし、この山に軍資金的なものを残すんだとするなら、やっぱ石室を二次利用すると思う。だけど、これだけ調べてあるんなら、もうとっくにみつかってるはずじゃ」

「そうだな……」

忍も腕組みをして難しい顔をした。

「たとえ最後の記号が解読できなくても、見つけ出せていた可能性は高い。先代はなにかそれらしきことを言い残してなかったのか、都築？」

「聞いたことないな。護《まもる》さんたちなら、何か知ってるかもしれないが」

「少なくとも祥平《しょうへい》氏は知らなかったから、あんな脅しまがいのことしたんだろ？」

無量は「最後の記号」を写した写真を見た。

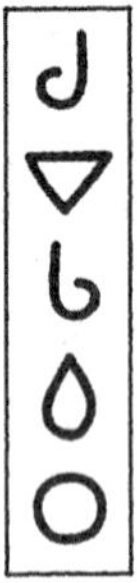

記号は五つ。

左右逆向きに巻いた蕨手形《わらびで》の両腕。三角形の背中。ティアドロップと真円リングの双環。

「……どうみても、神像筒型土器なんだよな。これ」

「どこかに埋まってるってことか？　そこに軍資金を隠した？」

「かもしんないけど。石室でなく土に埋めたんなら、めんどいぞコレ」

ともかく、と言って忍は「解読済みの四行」が示す場所を地図に書き込んだ。

「〝カエル石を左に、三社祠《さんじゃほこら》を過ぎた先にあり〟……判明してるのは、ここまでだ」

「その先にある石室は？」

「露出してる竪穴式《たてあなしき》石室がふたつ、横穴式石室がひとつ、未調査の墳丘がふたつ」

「副葬品は？」

「獅子塚《ししづか》の石室からは刀子《とうす》と鉄鏃《てつぞく》が出てる。他は大体、土師器《はじき》と須恵器《すえき》だな。におうのは、未調査のやつだが……」

とにかく「あたり」がつけば、そこを潰《つぶ》していくことで調査箇所は絞り込める。

「手分けして山に入ろう。都築、おまえは土地勘があるから無量と一緒に山へ入ってくれ。俺はここに残って司令塔になる。遺構に当たった時は念のため、画像を送ってくれ。遺構保護のためにも手当たり次第に掘り返したりはしないように」

「やるしかねっか」

無量は革手袋をはめなおして、タオルを頭にまいた。

石神教の裏山に朝日が差し込む。刻限は日没までだ。

篝火《かがりび》は消されたが、祭壇はまだ片付けられてはいなかった。

香炉形土器からは白い煙が立ち上っている。

審判役であるオコウ――森屋護は床几《しょうぎ》に腰掛けて、裏山をじっと見つめている。

「……理恵《りえ》さんに、会いたくないんですか」

後ろから声をかけたのは、萌絵《もえ》だった。濃厚な香のにおいにあてられて母屋《おもや》で休んでいたのだが、捜索を見守るために起きてきた。

護は振り返らず、首と胴がつながった〝縄文のニケ〟を見つめている。

「なんのことだね……」

「あなたの本当の名前は、多田透《ただとおる》さん。小学生の時、旧稗之底《ひえのそこ》村で行方不明になった、理恵さんのお兄さん」

「………」

「あなたと祥平氏は、子供の頃、森屋道心に連れ去られて、ここで育てられた。道心氏はあの『最後の暗号』を読むために、大祝《おおほうり》役の子供を誘拐してミシャグジを降ろそうとしていた。あなたはその被害者なのでは」

萌絵の言葉にどんな反応をしたのかは、後ろからは見えなかった。ただ背筋をのばして微動だにしなかった。

「………。現代の日本で、誘拐した子供を隠して、誰にも知られず育てることが、本当にできるのかどうか、正直私にもわかりません。でも引きこもりになったまま大人になったひとが、家から一歩も出ずに何十年と暮らしてるという話も、少なからず聞く世の中です。あなたもそうやって三十年生きてきたのでは」

「君たちは、マレビトだね」

　マレビト？　と萌絵が問い返した。

「外界からやってきて何かを起こして去っていく来訪神のことだ。君たちはこの石神教の閉じた世界をこじあけた」

「出ませんか」

「……………」

「もし『最後の暗号』が解かれたら、外に出ませんか」

　香炉から立ち上る煙が風で流れてくる。護はじっと空を仰いだ。

　そのときだ。御室のある方角から、ぐわらん、ぐわらん、と鉄鐸《たく》を鳴らす音が聞こえてきた。サナギの鈴だ。一心がミシャグジを降ろすために鳴らしているのだとわかった。

　突然、護が耳を押さえてうずくまってしまった。

「大丈夫ですか！」

「……あの音だ……」

　顔に苦悶《くもん》を浮かべている。

「ここにつれてこられた私は、四ヶ月――。御室に閉じ込められて、毎日のように目の前であれを鳴らされた。外に出ることもできず、空を見ることもできず、暗いムロの中で、炉の炎だけを見つめて過ごした。ミシャグジをこの身におろすために……」

「！　……まさか」

「あのときの私には読めたんだ……。あの記号が。最後の記号の意味が」

その言葉を聞いて、萌絵はすべてを悟った。

「……護さん……」

ぐわらん、ぐわらん……。鉄鐸の束を振り鳴らす重く錆《さ》びた音が、境内に響いている。頭の深いところを揺さぶるような音だ。どこか野蛮な自然神の咆哮《ほうこう》を思わせる、脳の奥にある太古の部分を容赦なく殴りつけて、呼び覚まそうとするような。

萌絵も頭を押さえた。また、めまいが始まった。石神教の儀式に使う香がよほど合わなかったようで、においに酔った脳にはあの鉄鐸の音は刺激が強すぎる。目の奥で花火が連続して炸裂《さくれつ》するようだ。

たまらずしゃがみこんだ。

地面についた手が、自分の手ではなくなっていくような感じがする。体が自分のものではなくなっていくような、おかしな感覚だ。

「……やめ……て……。それ……鳴らさないで……」

瞼《まぶた》の裏で白い光が渦を巻く。ぐるぐる、ぐるぐる、とサイケデリックな模様が、網膜いっぱいに現れては消える。

「……くる……」

ぐわらん、ぐわらん……。

ぐわらん、ぐわらん……。

その渦の真ん中から、突然、鎌首をもたげて何かが立ち上がる。蛇だ。ふたつの目が赤く光っている。

「……ひ……っ」

鉄鐸の鳴る音を遮るように——。

朝日に照らされた山林から、猛禽《もうきん》が高く鳴いて飛び立った。

「おい、永倉《ながくら》くん……！　しっかりしろ！　大丈夫か！」

護の叫びで、萌絵がゆっくり顔をあげた。

「……永倉…くん？」

「……われらが……たから……たけだに……うばわれてはならない……」

なにかに操られでもしたように告げる萌絵は、まばたきもしない。

「おおほうりの……あかしは……へびの……つるぎ……」

ゆらり、と立ち上がり、青ざめた護の前を、萌絵は歩き出していく。御室のほうへと歩きだす萌絵を、護は恐れたかのように見つめ、止めることができなかった。

「……これは……」

*

石神教の裏山は、物々しい雰囲気に包まれた。

信者たちが大勢分け入って、大捜索が始まっていた。

「ここがひざわの古井戸だ。この先にあるカエル石を探せ！　なんでもいい。それらしきものを発見したら、すぐに知らせろ！」

一心派の陣頭指揮に立つのは、根石《ねいし》だ。発掘作業員をしている男だから、遺構を見る目も決して素人《しろうと》ではない。遺構らしきものを見つけたら、すぐに手をつけるつもりなのだろう。大きなスコップを背負って発掘の準備万端だ。

「まずいな……。片っ端から掘り返す気か」

様子を窺《うかが》っていた都築が、携帯電話に向かって知らせた。

「相良。連中は手当たり次第に掘り返すつもりかもしれん。荒らされる前に動かないと、こっちが目星をつけたやつまでわからなくなるぞ」

『作戦は立ててある。無量、頼んだぞ』

忍の言葉に応じて、無量が反対側の斜面から目印の古井戸へと近づいた。

根石たちはあちらこちらを探して右往左往しているが、カエル石と呼ばれる巨石の目星はつけられないようだ。そもそも裏山に足を踏み入れたこともないのだろう。どこになにがあるともわからず、不慣れな斜面に四苦八苦している。

「おっ。まだこんなとこにいたんすか。根石さん」

無量は頭にタオルを巻いたいつもの発掘スタイルで、杉林の道をあがってきたところだった。

「まだだ」

「カエル石、見つけました？」

「そーすか。じゃあ、お先に」

これみよがしに地図を広げて歩き出していく。

「待て。その地図はなんだ」

「裏山の地図っすよ。なんか先代のひとが残してたらしくて。あ、やべ。……これ内緒だった。じゃ」

無量はどんどん獣道をあがっていく。根石が仲間に目配せしたことには気づいていない。しばらくあがっていったときだった。

「な！　……なにするんすか！」

待ち伏せしていた一心派の信者たちが突然、無量に襲いかかってきた。斜面の途中でもみ合いになった。そうこうしている間に地図を奪われてしまう。

「返してくださいよ！　それないと探せな……うわっ！」

奪い返そうとした無量は突き飛ばされて、斜面へと転げ落ちてしまう。地図を奪った一心派はそのまま尾根のほうへと逃げ去ってしまう。その先で待ち受けていたのは、根石だった。

「よし、よくやった。こいつが宝の地図か」

地図には書き込みがされている。巨石と無数にある石祠《いしぼこら》のいくつかに、赤ペンで印が入っていた。

「やつら、やっぱり目星をつけていたか。よし、他の連中にも知らせてこっちに集結させろ。この印が入ったところを掘り返すぞ」

根石たちは意気揚々と東側の斜面に向かって歩き出していった。

彼らが去ったところを見計らって、無量はようやくムクリと体を起こした。そして携帯電話を手に取り、

「……作戦成功。反対側におびき寄せたよ」

『よくやった、無量』

根石たちに奪わせた地図は、偽の地図だ。彼らを遠ざけるため、あらかじめ用意しておいた。内ポケットから本物の地図を取りだして、無量は根石たちが去ったのと逆の方角を見やった。

「よし」

都築とは「三社祠《さんじゃぼこら》」で落ち合った。解読できた部分はここまでだ。

「ここからが本番だな」

大きな山ではないとはいえ、山中は広い。大きな道もなく、あるのは獣道ほどのものだけだ。

「しかも、あちこちに小さい石祠があるんだな。このあたりはやはり昔から聖地だったのかもしれん」

膝丈《ひざたけ》ほどの可愛らしい石祠だが、そのひとつひとつに、四本の御柱が建ててある。道心が自分で建てていたのだろう。

「先代はちょくちょく山に入っていた。何度か、ついていって御柱を建て替えたこともある。俺が一心よりも裏山の地形を知ってるのは、そのせいだよ」

ひとつひとつの祠が何を祀《まつ》っているのかまでは知らないが、巨石の在処《ありか》などは熟知していて、道案内も確かだった。

「問題はここから先っすね」

解読不能な暗号が示す場所を突き止めなければならない。

ふたりのもとに忍から連絡が入った。

『……そこから一番近い石室は獅子塚古墳だ。西南に百二十メートルほど行ったところにある。GPSで誘導するからスマホはそのままで』

行こう、と都築が率先して前を歩き始めた。目指す古墳の石室は、都築も以前、見たことがあるという。石室の入口部分が露出していて中も見ることができるが、記憶によれば、それらしきものは見当たらなかったと。

「あそこだ」

斜面を平らに削ったテラス状の場所があり、そこから平らな石が顔を覗《のぞ》かせている。

無量は這《は》いつくばり、天井石の隙間から懐中電灯で中を照らした。

「なんもないすね」

「ここは調査済みだからな。副葬品は全部取り上げてるし」

「念のため見てきます。こっから潜り込めそうだ。メットください」

無量はヘルメットをかぶって石室の中に入ってみた。腰も伸ばせない狭い石室だが、すでに何もなく、壁も苔《こけ》で覆われている。あの謎の暗号と関わりがありそうなものも特になかった。

「ここじゃないっすね。次、行きましょう」

こうして無量たちの探索は続いた。

だが、目星をつけた場所はどれも、それらしきものが隠されている様子がない。未調査の墳丘も試掘してみたが、攪乱《かくらん》の痕跡《こんせき》もなく、空振りだった。

そうこうしているうちに時間はどんどん過ぎていく。

「……やばいな……。石室に隠したんじゃなければ、本格的に掘んないと出てこないぞ」

「………。都築サン、やっぱ一度、スタート地点の三社祠に戻りましょう」

もう一度、一からやり直す。無量が引っかかっていたのは、やはり「最後の暗号」だ。

ありかを示す目印ではなく、場所を示すものなのかもしれない。

　三社祠まで戻ってきた無量と都築たちは、その場所でもう一度、あの「最後の暗号」と首っぴきになった。

『無量。護氏が公開した前半部分の解読文から、対応する五十音を割り出してみた。最後の暗号とも照合してみたんだが、結果は〝も〟〝て〟〝に〟〝さ〟〝こ〟。意味のある単語にはならない』

　司令塔の忍がスピーカーホンで伝えてきた。

『護氏の言った通り、最後の五文字は解読不能だ。なにか特別な読み方が必要かもしれない』

「そう。やっぱミシャグジを降ろしてもらうしかないのかな」

　と無量は途方にくれている。文字なき世界との格闘だ。都築はお手上げというジェスチャーをして、

「その手の儀式は一心のほうが詳しそうだからなあ」

『あっさり白旗あげるなよ、都築。教主になるんだろ』

　忍が尻《しり》を叩《たた》く。無量は手にした方位磁石を見下ろして方位を確認すると、顔を上げてじっと辺りを見つめている。時折、両腕をのばして、なにかを包むような仕草をする。

「なにをしてるんだ。西原」

「いや。神像筒型土器の真似」

「神像？　ああ、井戸尻《いどじり》にある藤内《とうない》I式の土器か。重文の」

「最後の暗号が、もし、神像筒型土器の同類土器からきてるんだとしたら」

無量は両腕を左右に広げてみせる。

「方角を示してるんじゃないかと」

「方角？　この記号が？」

「そう。この〝J〟みたいなのが左腕。〝▽《逆三角形》〟が背中。〝ᒐ《反転したJ》〟が右腕」

と身振り手振りを加えて説明する。

「それがどうして方角になるんだ？」

「つまり、あの土器は南向きなんすよ」

「南向き？」

「左腕が東、背中が北、右腕が西、筒を抱えてる腹側が南」

無量は体を南に向け、腕を振って東西南北を体で示した。都築も真似をして、

「その根拠は？」

「確か、井戸尻考古館の資料か何かの説明で、あの神像は季節を司る神、太陽と月を所有する神だって。頭にあたる『双眼』が太陽と月。そんで蕨手《わらびで》状に巻く両腕は、月の生長と減殺を表す。右腕は、夕方の空に光り始めて満ちていく月の軌跡。左腕が、満月から光を失って東の空で痩《や》せ細って消滅する月の軌跡。……新月前後の三日間は、この神様の腋《わき》の下に隠してるって説が」

「聞いたことがある。北西アメリカやアフリカなんかにも同じような伝説があると」

と都築も同調した。縄文研究をしているだけあって、反応も早い。

「つまり、太陽と月の動きを支配する神だから。この体が月の運行を表してるってことか。三日月が西の空で光り始めて、やがて満ちていくことを示す右腕、満月を過ぎた月が東の空で消滅することを示す左腕。南を向いているというのはそういう意味か」

「それで、最後の暗号。最初の記号が〝J〟でしょ。これ左腕。つまり東」

無量は東を指さした。

「こっちに何かあったりしないすかね」

都築は地図を広げた。方位磁石を置いてみると、

「ここから真東に五十メートルほど行ったところに、祠がある」

「念のためなんすけど、見てきていいすか」

都築は許可し、ふたりして真東にあるという祠に向かった。見つけたのは杉の木の根元にある小さな祠だ。やはり四本の御柱に囲まれているが、これといって変哲はない。

「ちょっと中みてみます」

石祠に手を合わせて拝み、許しを請うた後で、可愛らしい石の扉を開いてみると、中に入っていたのは……。

「石棒！」

「ミシャグジを祀った祠だ」

石皿の上に石棒が立っている。無量は慎重に苔むした石棒を取りだした。裏返した無量は、ぎょっとした。

「この石棒……ッ。神像が彫ってある」

苔に覆われているせいで、かえって凹凸がくっきりとみえた。石棒の背面に、神像筒型土器の腕と背中をなぞらえたものが彫られているではないか。

「まさか……っ。やっぱり方角なのか」

「暗号の二文字目は〝▽〟で背中だ。都築サン、ここから北に石祠《いしぼこら》はありますか」

「ある！　ここから六十メートルほど真北にあがったところだ！」

俄然《がぜん》勢いがつき、ふたりは道なき斜面を這いつくばるように登った。そこにも同様の石祠がある。やはり中には石棒と石皿が納められていて、しかも石棒には神像の腕と背中が彫られていた。

「忍、おい忍、聞こえるか」

無量はスマホに向かって叫んだ。

「都築チームの人たちに伝えて。近くにある石祠の中身を確かめるようにって」

『いきなり、どういうことだ。石祠？』

「あちこちにあるでしょ。片っ端からみて石棒が入ってないか、確かめて。あと、もし石棒が入ってたら、なんか彫られてないか見てもらって」

司令塔である忍は、山に入っている都築派の信者たちと繫《つな》がっている。すぐに指示を出した。次々と答えが返ってきた。

『無量、石棒が入ってる石祠はいまのところ、ない』

「やっぱり……」

無量は都築と顔を見合わせた。石棒はやはり目印だ。暗号が指し示すものは、やはり、方角だったのか。

「場所が摑《つか》めるかもしれない。このまま調べる。忍、サポートよろしく」

「三文字目は右腕。右腕は西。次は西だ、西原。五十メートルほど先に石祠がある！」

ふたりは木の根を踏み越え、岩を乗り越えて、地図に記された西の祠に向かった。

「これか……」

三つ目の石祠にたどり着いた。中には思った通り、石棒と石皿が入っている。

石棒には神像が刻まれている。

「ここか……。ここに軍資金が埋まっているのか？　本当に」

都築も半信半疑で見回している。無量はしゃがみこんで、あたりの土をじっと凝視している。何かを埋めた場所に残る痕跡を探している。軍資金がどれだけの質量のものかはわからないが、それなりの大きさなら隆起が残るし、金属ならばその成分が土に滲《にじ》み出て化学変化を起こしていることもある。

無量は枯葉をのけて注意深く土を見ていたが、やがて周りを見回し始めた。

「墳丘とか、石室とか、この近くにありますか？」

「祠はいくつかあるが……」

黙り込むと、山林に風のわたる音だけが聞こえる。紅葉し始めた雑木林は梢《こずえ》がさわさわと揺れ、遠くから人の声が時々聞こえるが、途切れると辺りは静寂に包まれる。黄葉の隙間から木漏れ日が差し込み、無量の右手を照らした。

山が何かを示唆したかのように感じて、無量は革手袋を外した。手の甲を覆う熱傷痕《ねっしょうこん》に都築がぎょっとした。

「その手……っ！」

皮膚の盛り上がり方が鬼の顔を彷彿《ほうふつ》とさせる。神経が高ぶっているせいか、右手の古傷がざわついている。何かに呼ばれている、と無量は感じた。それは文字なき太古の世界からやってくる精神のうねりなのか。それともこの地に満ちるミシャグジというエネルギーに、右手の鬼が共鳴《ともな》りしているのか。言葉なき感覚だ。祈りにも似た。

無量は目を閉じ、その感覚に身をゆだねてみた。

きっと縄文人が皆、当たり前に身をゆだねていただろう、この感覚。場と一体になり、どこまでも五感が解放され、とぎすまされていくような。

無量は尾根を見上げた。

「……この上に狭い削平地《テラス》がある。行こう」

あがってみると、無量の言葉通り、ごく狭い平坦《へいたん》場に出た。イヌザクラが佇立《ちょりつ》して、そこだけ崖《がけ》状の急斜面になっており、多少の土崩れを起こしているようで、斜面から岩が顔を覗《のぞ》かせている。

「自然石じゃない。加工されてる」

「石室か……！」

無量は腰の工具ベルトにさした移植ゴテをとり、石の周囲を削った。角がきれいに処理された人工物だ。やがて石室の後部とみられる部分が顔を覗かせた。

「開口してる。入れるかも」

無量と都築はスコップで斜面の土を削り始める。思った通りだった。地図には載っていない石室だ。手前の大きな石をどけると、天井の低い入室口がある。ヘルメットのライトをつけ、しゃがみながら中に入った。何かある。

「石棺？　……いや蔵骨器か？」

花崗岩《かこうがん》でできた長細い石の器だ。周囲の土には四本の石棒が土にさしてある。

その石棒の裏に、神像が刻まれているのを見つけたのは都築だ。

「やっぱり、これだ。梵鐘《ぼんしょう》に刻まれた宝物は」

「念のため、写真とっといてください。動画も」

発見時の状況を念入りに撮影し、いよいよ石棺の石蓋《ぶた》をずらして、中を覗き見た。

「これは……っ」

中に横たわっていたのは、長い金属の塊だ。剣だ。たった一振りの抜き身の剣。それだけだ。しかも普通の刀剣ではない。刀身がぐねぐねとまがっている。まるで蛇の体のように。

「蛇行剣《だこうけん》!」

無量は目を瞠《みは》った。都築も驚き、

「蛇行剣……?」

「古墳時代の鉄剣です。刀身が蛇みたいに曲がってるのが特徴で。九州が一番多くて、あとは西日本に多いんすけど、東のほうでもいくつか。五世紀くらいすかね」

「実戦向きにはみえないが……。祭祀《さいし》用か?」

「魔除《まよ》けに使ったとかって。……ん? この石棺」

蓋の部分に彫刻がなされている。陰影が出やすい角度でライトを向けてみた。植物の葉のような形だ。五角形の葉が三枚、三つ葉状に伸びている。

「これは諏訪大社の御神紋だぞ。根が四つだから、上社だな。上社の諏訪梶《かじ》」

「上社の神紋? ってことは、やっぱり」

これが諏訪氏の「財《たから》」。梵鐘に記されていた宝物だというのか?

「軍資金は……? 軍資金はどこに」

「そうか。金塊でも貨幣でもない……。これが諏訪頼重《よりしげ》が護《まも》りたかった宝……」

鉄錆《さ》びた刀剣だ。だが、いわゆる古墳から出土する副葬品よりもずっと状態がいいところを見ると、四百年前には頼重の手元にあったものかもしれない。

「手元にだと? 古墳時代の刀剣をずっと伝えてきたというのか」

「憶測だけど。この蛇行剣を伝えてきたことが、大祝《おおほうり》の証《あかし》。由緒正しい神氏《みわ》の末裔《まつえい》である証拠になってたんじゃないかな」

「それにしたって古墳時代だぞ。正倉院の宝物よりも古いってことじゃないか！」

その通りだ。だからこそ、伝えてきた意味があるということか。

「もしかすると、神氏が諏訪に入ってくる前からのものかも。誰かからもらった可能性も高いけど、神氏の家宝みたいなもんだとしたら、成分分析とかして調べれば、彼らがどこから来たかまでわかるかもしんないすね」

「建御名方《たけみなかた》伝説！　建御名方が出雲《いずも》からやってきて諏訪の洩矢《もれや》神と戦った、あれか！」

「出雲からも蛇行剣は出てるし。しかも確か、荒神谷《こうじんだに》の近く……俺が前に『青銅の髑髏《どくろ》』出したところっすけど、あのへんの遺跡だった気が。古墳時代だけど」

都築はぽかんとしている。大変な発見であることは間違いない。

「……神氏は三輪《みわ》山から来たともいうし。三輪山には出雲人の痕跡《こんせき》もあるし。三輪山の出雲人が、諏訪に来た。そういうストーリーにはなるかもっすね」

都築は力が抜けたのか、へたりこんでしまった。

「……軍資金じゃないが、大変なものを見つけたな。いや、見つけたことになるんだろうか」

「どうでしょ」

「これが梵鐘の暗号が示したものだっていう証拠は」

無量がふと石棺の奥に器のようなものが入っていることに気がついた。

蓋をさらにずらして、覗き込んだ無量は「あっ」と小さく声を発した。

「どうした」

「……少なくとも、その証拠にはなりそうなものが入ってましたよ」

無量は深く息を吐いて、石棺を抱くように座り込んだ。

「……みんなをここに呼んでください」

＊

裏山から発煙筒の煙があがったのは、それからしばらく経ってのことだった。

これが発見した合図だ。

忍たちが駆けつけ、次に一心と根石たち、最後に護と祥平があがってきた。全員が石室の前に集まったのは、発見から一時間ほど経った頃だった。

一心は、がくり、と膝《ひざ》を落として、放心状態に陥っていた。

祥平もまた、絶句して、茫然《ぼうぜん》と立ち尽くしてしまう。

諏訪氏の軍資金などというものは、最初からなかったのだ。梵鐘が伝えていたものは、大祝《おおほうり》家に代々伝えられてきた「神剣」だった。

「……蛇行剣。そのオンボロの剣が、財宝の正体だというのか」

忍も意表をつかれた。

だが、脳裏に甦《よみがえ》ったのは、道心を知る村の古老が言っていた言葉だ。

――なんでも森屋家の家宝は、蛇でできた刀だとか……。

「そうか。蛇行剣。道心氏が言っていた家宝というのは、これのこと……」

家宝が蛇行剣であることを、先祖から伝え聞いていたのか。子供だった道心氏はまだ見ぬ家宝のことを言っていたというわけか。

護ひとりが、冷静だった。

無量はブルーシートの上に置かれた錆びた鉄剣に寄り添って「はい」と答えた。

「桐箱に入ってたようですが、そっちは腐って朽ちてしまい、鉄剣だけが剝《む》き出しの状態になったんでしょう。それともうひとつ、あれが」

都築が運んできたのは、土器だ。縄文土器だ。驚いたのは忍だった。

「神像筒型土器……！」

「……の類例かな。井戸尻にあるやつより、出来栄えはよくないけど」

逆三角形の背中に、筒を抱える蕨手《わらびで》の腕、双眼の頭。モチーフはまったく同じと言えた。模倣品なのか、類例品なのか。

「どっかから出てきたやつを諏訪氏が珍しがって神宝にしていたんでしょうね。神代文字が記された神の器だと思ったんでしょ」

「……」

「あくまで軍資金でなきゃ認められませんか」

「いや。これが正しい。諏訪頼重が隠したのは蛇の剣だ」

護はあっさりと認めた。

「ヤサカトメに頼重の口寄せがあった。蛇の剣だとはっきり言った」

驚いたのは無量たちだ。

「それって、どういう……」

「約束は約束だ。最初に見つけたのは、どっちだ。都築か？　それとも」

「都築サンっす」

無量がすかさず言った。都築が慌てて口を挟みかけたが、無量は目配せして制し、

「見つけたのはこのひとです。このゲーム、勝ったのは都築サンですよ」

都築派が歓声をあげた。祥平は何も言わなかった。無量が勝者になったところで手に入るのはオンボロの鉄剣だけだと思ったのだろう。

「一心。おまえたちも二言はあるまいな」

一心は無念そうにしていたが、二度目の敗北を喫してはぐうのねも出ないのだろう。

無量たちの作戦にまんまと引っかかった信者たちも疲労困憊《こんぱい》で責める気力もないようだ。

「卑怯《ひきょう》だぞ！　偽の地図なんかで俺たちを騙《だま》しやがって！」

根石ひとりが気を吐いていたが、無量にあっさりとかわされた。

「人聞き悪いっすね。ミシャグジ降ろして暗号から読み取った。それだけっすよ」

「では、都築」

護が言った。

「次の教主を引き受けるか」

「………。いいえ」

都築は、毅然《きぜん》と言った。

「私はミシャグジを降ろしてはいません」

無量が「え」と目を剝いた。せっかく流れを作ったのに、都築は自分で覆してしまった。

「ここを見つけたのは西原くんと暗号の意味を解釈したからです。私は若輩でまだ教主になれる身ではありません。今回のことでよくわかりました。教主にふさわしいのは、護さん。あなたです」

居合わせた者たちがざわめいた。無量と忍も意表を突かれたが、都築の答えは揺るがなかった。

「石神教を誰よりもよく知り、まとめ、導けるのはあなただとわかりました。ヤサカトメに諏訪頼重を口寄せできるなら、ミシャグジを降ろすこともできるでしょう。これ以上に神長《じんちょう》にふさわしいひとはいるでしょうか。あなたが教主なら、私も一心さんもその下でまだまだ切磋琢磨《せっさたくま》できる。どうですか。一心さん」

一心は納得しきれてはいないようだったが、都築が教主になるよりも遥《はる》かにマシだと判断したのだろう。

「私も……賛成します」

ざわついている信者たちを鎮めるように、都築が声をあげた。

「神長は森屋護！」

「異論あらず！」

と最初の声をあげたのは忍だった。その声に呼応するように「異論あらず！」の声が続々とあがり始め、一心派も都築派も口々に同調した。信者たちの声が山林いっぱいに響きわたる。教主決定を待たず、森屋祥平は山を下り始めた。

ひとり、山道をくだっていく祥平に気づいて、追いかけたのは忍だ。

山をおりて境内に出たところで、忍はようやく声をかけた。

「あなたの名前は、大川洋平《おおかわようへい》」

内御玉殿《うちみたまでん》の前で祥平は足を止めた。

「三十年前、諏訪で行方不明になった子供のひとりですね。あなたも道心さんに連れ去られてここへ来たのですか」

「…………。なぜ、私の本当の名を知っている」

「調べました。いろいろあって」

「いろいろ、か」

祥平は山歩きで泥だらけになった靴を、灯籠《とうろう》の角に軽くこすりつけた。

「先代に連れ去られたわけではない。私は自分からここに来た」

「自分から？　どういうことです」

「私は母親の連れ子でね。再婚先の家族になじめず、養父からひどい虐待を受けていた。母親に助けを求めても『頼むからおとなしく従ってくれ』というばかりで、かばってもくれない。子供心に家を出たいと強く願っていた時に、先代と出会った」

遠い日のことを思い浮かべ、祥平は傾き始めた陽に照らされるかやぶき屋根を見上げた。

「近所に諏訪氏の旧菩提寺《ぼだいじ》があった。家に居場所のない私が唯一いられる場所だった。先代は梵鐘《ぼんしょう》の拓本を調べに通っていたのだ。よく話を聞いてもらった。ある日、先代から こうもちかけられた。『私のもとにこないか』と」

家には帰りたくない子供にとってそれは救いの声にほかならなかった。祥平――いや洋平は、迷わずに家を出た。名前を変えることにも躊躇《ちゅうちょ》はなかった。

「ちがう人間になってしまえば、もう誰も追ってこない。あの家に連れ戻されることはないと思ったのだ」

忍は静かにその背中を見つめている。

「……そうだったのですか」

誘拐ではなく、家出だったのだ。それでも、むろん、許されることではない。親に知らせず未成年を家に置いておけば、未成年者略取・誘拐だ。犯罪になる。

「連れてきたあなたを、道心氏は大祝《おおほうり》役にしようとしたんですね」

「石神教の御室の中で、四ヶ月間閉じこもり、昔ながらの神事を行った。ミシャグジをこの身におろし、私は現人神《あらひとがみ》になったのだ……」

その時の万能感を祥平は忘れられなかった。道心は彼を天皇のように扱った。

貧しさと虐待と、みすぼらしい思いばかりを重ねてきた子供にとって、それは生まれ変わったかのような恍惚《こうこつ》の日々だったのだ。

だが、どうしてもあの「最後の暗号」が読めなかった。

「……ミシャグジが降りていないのではないかと疑われた。降りている神を確かめるため、顔に……松明《たいまつ》を近づけられたりもした」

それが左目の火傷《やけど》だ。いまも醜い痕《あと》を残している。

忍は痛いような顔をした。その痛みが伝わる思いがした。

「私は、大祝《おおほうり》をおろされた。かわりに、あとからやってきた護が石神教の大祝《おおほうり》になった。護は憑坐《よりまし》としての能力が高く、先代のお気に入りになった。本物の大祝《おおほうり》だと絶賛されていた。かたや私は神長を継ぐことになり、厳しい修行を強いられた。何年も何年も、一心が生まれるまで」

石神教の跡継ぎになることだけを目指して、学校にも行かず、閉ざされた教団の中でだけ生きてきた祥平だ。だが、生まれたばかりの赤ん坊に跡継ぎの座まで奪われ、夢も目標も努力も、その全てが無に帰したとき、心が折れる音を聞いたのだ。

──俺はいったい、なんのためにここにいるのだ。

後見役になれと言われたが、他人の身勝手がみえる年頃になっていた。道心に反発し、自分の人生に虚《むな》しさを覚え始めた。

石神教で手に入れられなかったものを埋めるため、外に出ることも覚えたが、子供の頃、自分を消すことを望んだつけは大人になってからまわってきた。大川洋平はもう死亡したものとみなされており、自分を証明するものを何も持てなくなっていたのだ。

「それで……非合法な連中に近づいたんですね」

「石神教にいては、人生を取り戻すことはできないと、ようやくわかったのだ」

諏訪の軍資金は上納金にするつもりだった。事業を軌道にのせるためでもあった。

人生を取り戻すために金が必要だったのだ。

「……くだらんことをした。あんなものを信じた私がばかだった」

「どうするんですか、これから」

「警察に出頭するさ。縄文フェスの事務局を脅迫した」

「！　……なら、あれはあなたが！」

「悪い噂をたてて、金で解決させるつもりだったんだがな。武井《たけい》という男は度胸があった。金は払わん、通報すると言い切った」

カッとした藪内《やぶうち》が武井に暴行を加えた。あとは忍たちの知るところだ。

靴の裏の泥を何度もこすり落としていたが、表面についた泥汚れはこびりついて落ちない。あきらめたように微笑んだ。

「しばらくあがくつもりだったが、これもひとつの引導だ。またやり直すさ」

「祥平兄さん！」

あとから追いついた護がこちらに近づいてくる。祥平は自嘲《じちょう》し、

「はじめからこうすればよかったな。老いぼれの遺言なんか無視して、おまえが教主になれば、それが一番だった」

「どこに行くんですか。石神教に戻る気は」

「ないね。もう、ない。ここは俺の避難所だったが、生きる場所じゃなかった」

あとから無量も追いついた。祥平はそれに気づいて、護に言った。

「老いぼれの遺言を踏み倒すついでにニケの首はそいつに返してやれ。ミシャグジを降ろす土偶が必要なら——おまえが作ればいい。護」

「私が」

「ミシャグジはいつどこにでも存在していて消えることはない。現代《いま》の人間らしい受け止め方があるはずだ。現代人にふさわしい土偶ってやつを、自分で生み出せ。おまえならできる」

じゃあな、と言い残し、祥平は歩き出していく。去ろうとする先に、女がひとり立っている。

無量は目を瞠《みは》った。

「……理恵さん……」

丹波《たんば》理恵だった。

石神教のことは知らないはずの理恵がどうしてここにいるのか、無量にはわからない。祥平が指示をしたわけではなさそうだ。祥平も不思議そうな顔をしていたが、そこは問わずにこう言った。

「怖い思いさせて悪かったね。詫《わ》びというわけではないが」

理恵の耳元に何かを告げた。理恵は目を瞠り、信じられないというような目で護のほうを見る。祥平はその肩を一度叩《たた》くと、あとはもう振り返らずにひとり去っていく。残された理恵の前には護が立っている。

護はその視線の意味がわかったのだろう。棒立ちになった。

「……兄さん？　あなた、透兄さんなの？」

無量と忍は固唾《かたず》を呑《の》んで護の反応に注目する。

護は険しい表情をして、理恵と向き合っていたが……。

「人違いではありませんかね。私はそんな名前ではないし、妹もいない」

「待って」

駆け寄ってきた理恵が護の左腕を摑《つか》んだ。袖《そで》をまくり上げ、その下に傷痕《きずあと》があるのを確認すると、理恵は確信をもってすがりつくようにして言った。

「透兄さん、私です。理恵です。生きていたんですね」

「人違いだ。私はそのような人間ではない」

「その声……。まちがいない。あの時の電話のひとですよね！」

あの時の、と聞いて無量が思い出したのは、発掘現場にかかってきた電話だ。

「……理恵さん。このひとだったんすか。女神を出土させるなって、言ってきたのは」

「ううん。ちがう」

理恵はきっぱりと言った。

「土偶が出土した直後にかかってきた電話のほう。あのふたつの電話は同じ人がかけてきたものじゃない。女神を出すな、と言ってきた人と、埋め戻せと言った人は、別のひと。このひとは、埋め戻せ、と言った」

その考えは無量にはなかった。てっきり同じ人間だと思っていたからだ。確かに最初の電話の声を聞いたのは、理恵だけだ。無量が声を聞いたのは二度目の電話だ。

──呪い村で私も同じものを見つけたからだ。

──首を切られた女神は出土させた人間を死なせる。呪われて死にたくなかったら。

「兄さん。あなたは透兄さんですよね。そうなんですよね」

必死の眼差《まなざ》しで訴えかけてくる理恵を見て、護は万感がこみあげたのか。その手を強く握り返したが、抱きしめることはしなかった。どうにか昂《たか》ぶる気持ちを必死で抑え込んで、自分の手から理恵の手を剝《は》がした。

「兄さん……」

「稗之底村で何が起きたのか……。死んだ少年に代わって、伝えます」

誠実な眼差しで護はまっすぐに理恵を見下ろした。

「あの頃、稗之底村は少年の探検の場所だった。ある日、彼はそこで名もなき考古学者と出会ったんです。考古学者は稗之底村址《あと》を調べているひとだった。少年はその男と友達になったんです。何度かガイドもしてあげた。楽しい日々だった。そんなある日、沢の近くの崩れた斜面で半人半蛙《はんあ》の土器片を見つけた」

「呪いのカエル……」

「そう。彼はそう呼んでいたっけ」

もともと土器片がたくさん出てくる沢だった。考古学者に現物をみせるといたく驚いて興奮した。大発見だ。きっとこの近くにはすごいものが埋まっているぞ。

「見つけたことが誇らしく、その不思議なカエルの図像を絵に描いて妹に見せもした。少年はその考古学者とともに縄文土器を探し続けた。彼はめざましい発見を次々として、考古学者を驚かせた。そして――」

ある日のことだった。

彼は首のない土偶を掘り当てた。

このうえなく美しい、スペシャルな土偶だった。

だが不運にもその日、激しい夕立が森を襲った。前日の大雨ですでに水かさが増していた沢の水が溢《あふ》れ、立ち往生した透は斜面で足を滑らせて沢に流されてしまったのだ。

「……考古学者はとるものもとりあえず、少年を助けた。自分も流されたかもしれないのに、危険もかえりみず飛び込んだ。怪我を負いながらも助けた少年は、濁流に流されても、女神の土偶だけは手放さなかったのです」

「それが……〝縄文のニケ〟」

「そう」

後に、森屋道心が石神教の御神体となした土偶だった。

「考古学者はその少年に特別な力を感じたのでした。彼はずっとそういう少年を探していた。天の意志と繋《つな》がることのできる、特別な少年を……。彼は怪我をした少年を親元には帰さず、自分の家に連れて帰った」

「その少年は、どうなったんです……」

「少年は考古学者にこう聞かされました。あの土偶には呪いがかかっている。君は呪いにかかってしまった。体から呪いを解くまで家に帰ることはできない。呪いは家族にも降りかかるからだ。家族を死なせたくなければ、ここにいなさい。呪いを解いてから帰るといい」

御室と呼ばれる竪穴式《たてあなしき》住居にこもり、神事を受けた。百日に及ぶ穴ごもりの神事だ。

それがミシャグジを降ろす儀式だということを知ったのは、それからしばらく経ってのことだった。

「少年は大祝《おおほうり》と呼ばれ、天皇のように扱われた。秘密の儀式は徐々にひとも増え、自分の他にも同じような境遇の少年がいることを知ったんです」

「……それが、養子になった子供たちですか」

「はい。四人いました。最初に連れてこられたひとりは、穴ごもりの御室神事に耐えられなくなり、大声をあげて逃げていったきり行方がしれず音沙汰《おとさた》がないそうです。もうひとりは若い頃に体を壊し、いまだに寝たきりだ」

最初に行方不明になった〝仲野治《なかのおさむ》〟と二番目の〝小関健一《こせきけんいち》〟のことだろう。

「大祝《おおほうり》にさせられた養子たちは、十五を過ぎ、御室にこもらずにすむようになるとオコウになる。オコウになるために、大人の男にはならぬようにさせられたのです」

「男にはならぬ……。それはどういう。まさか」

「去勢されるのです」

淡々と護は言った。

「永遠の童子であれるように」

理恵は息を呑んだ。無量と忍も耳を疑った。

「……それは、中国の宦官《かんがん》のような」

「童子の条件は、婚姻未犯であることだ。それが破られぬようにと」

石神教ではオコウと呼ばれた。新たな童子を外から連れてこなくなった代わりに〝縄文のニケ〟をミシャグジの依《よ》り代《しろ》となし、大祝《おおほうり》と呼んだ。

「オコウたちの役目は、大御立座《おおみたてまし》神事で依り代からミシャグジを受け取り、その力を信者の人々に振る舞うことでした。二十歳を過ぎてもそれは続いた」

他人のことのように語るが、それはまぎれもなく護の身に起きたことだった。

無量たちは言葉もない。

悲痛としか言いようがない。神事復元のためとはいえ、取り返しのつかないことだ。いたいけな少年たちを連れ去ってきて監禁したばかりか、その肉体にありえないようなむごい仕打ちを加えていたとは。

ついに耐えきれなくなって、無量が叫んだ。

「森屋道心は罰せられるべきだ！　なんでもっと早く！」

「全ては終わったことだ」

護は遠い目をして、暮れなずんでいくのどかな風景を眺めた。

罪を犯した道心も、いまは鬼籍《きせき》に入った。もうこの世の人ではない。

「一心が生まれたおかげで、それ以上のオコウが出なかったことを、よしとするほかない」

不意に理恵が護の胸に飛びこんだ。何も言わずに力いっぱい抱きしめている。

護は驚いたが、無理に引き剝がそうとはせず、するままにさせて、天を仰いでいる。その目には光るものがある。

何も言わずとも、理恵には伝わっていた。名を呼ばずとも、伝わっていたのだ。

護はじっと目を閉じていたが、ふと理恵の肩に手を置くと、そっと引き剝がした。

「……過去を呪って、閉じた世界で生きていくこともできる。だが」

護は理恵と目の高さをあわせて、その顔を覗《のぞ》き込んだ。

「君たちと会って心を決めた。私は、石神教を開いた世界にしていきたい」

その表情は、柔らかく微笑んでいる。

「そうしたら、また、君とも会える日が来るでしょう。きっと」

理恵も微笑み返した。

兄さん、と口には出さずとも、気持ちは受け止めたというように。

「……はい」

無量と忍も、お互い顔を見合わせて、うなずきあった。

振り返ると、ひなびた郷《さと》には紅葉を透かしたような陽が差し込んでいる。

秋風の吹く山里には、田を焼く煙がたなびいている。

紅色に染まり始める鰯雲《いわしぐも》を見上げて、無量は大きく息を吸ってみた。

どこか懐かしい澄んだ空が、古《いにしえ》の信仰宿る山々を包んでいる。

終　章

十一月の連休初日、縄文フェスティバルは無事開催された。

茅野《ちの》市で行われたオープニングイベントには萌絵《もえ》と忍《しのぶ》も参加し、セレモニーは大勢の市民や遠方からの観光客で賑《にぎ》わった。

一時は意識不明だった事務局の武井《たけい》もその後、順調に快復し、松葉杖《まつばづえ》をつきながらではあるが、セレモニーにも立ち会うことができた。会場では縄文土偶『仮面の女神』関連の特別展示もなされ、開催を危ぶまれていたスタンプラリーも、事件解決を経て、心置きなく執り行われ、好評を博している。

そして富士見《ふじみ》町にある御座《ござ》遺跡も、フェス開催に合わせて、スタンプラリーのポイントのひとつとなっていた。

開催一週間目のこの日は作業完了後、最初の遺跡現地説明会が行われることもあり、畑の真ん中にある現場は大賑わいだ。スタンプラリーの客と考古学愛好家、そして出店目的の近所の人々でごった返している。

「ふー。やっと昼ごはんにありつける」

忍がテントに戻ってきたのは、一時をまわったころだった。駐車場整理を任された忍は、スタッフベストの前をあけて、椅子に座り込んだ。

「お疲れ様です。さ、どーぞどーぞ」

待ち受けていた萌絵が仕出し弁当を差し出しながら、言った。

「すごい人出ですね。駐車場待ちまで出るとは思いませんでしたよ」

「ふつーにお祭だな。出店もいっぱい出てるし」

現場の隣の休耕田には地元のサークルなどが屋台を出して、ちょっとした食のフェスティバルだ。縄文はほんの付け足しといった具合だが。

「そうでもないですよ。ほら、着ぐるみたちもがんばってる」

萌絵イチオシの土偶ゆるキャラ、トガちゃんに子供たちが群がっている。トガちゃんが菓子を配っているのだ。

「着ぐるみが出てくる現説なんて初めて聞くな」

「これからの現地説明会はこれくらいアミューズメントでないとってことです」

「でも着ぐるみが説明するわけでもないし」

「盛り上げるにはもってこいですよ。いまどきの着ぐるみはなんでもできないと」

「ダンスでもさせる？」

「もっと命がけなのがいいです。アクロバットとか、スカイダイビングとか」

すると、向こうで子供に群がられていたトガちゃんが、こちらめがけて一直線に突進してきた。ひっ！　と逃げかけた萌絵と忍の目の前で、やってきたトガちゃんが大胆にも「頭」を外した。

「ふー。あっちー。めっちゃハラ減ったー」

「ちょ、西原《さいばら》くん！」

トガちゃんの「中の人」は無量《むりょう》だったのだ。これには萌絵が慌て、

「人目につくところで頭とらないの！　子供のユメ壊しちゃうでしょ！」

「は？　今更でしょ。中の人いるのなんて、ガキでも知ってるし」

「でもお約束なの！　ゆるキャラ道に反するの。中の人などいないの！」

肩をすくめた無量は頭に巻いたタオルをはぎとった。手近な麦茶をコップについで一気のみしてから、椅子にどすんと腰掛けた。

「一時はどうなることかと思ったけど、よかったな。忍。なんか無事終わって」

「そうだな。ニケの首も無事帰ってきたし」

発掘現場横の展示テントでは、御座遺跡から出土した半人半蛙《はんあ》の土器とニケの首が仲良く並んで展示してある。

その後、約束どおりに森屋護《もりやまもる》は遺物を返し、ニケの首は穂高《ほたか》たちのもとに戻って、事件は無事収束に向かった。

「ホント人騒がせな連中だよ。石神教《しやくじん》のヤツら……」

「ホントホント」

武井が持っていた石神教の御守はやはり藪内《やぶうち》のものだった。前宮への脅迫から石神教の関与を疑った武井は、藪内を問いただしてもみ合いになり、藪内が落とした鍵《かぎ》についていたのがあの御守だった。藪内は鍵だけ拾い、ちぎれた御守には気づかなかったようだ。その藪内も暴行容疑で逮捕された。一方、前宮に脅迫電話をかけたのは一心《いっしん》派だった。あの日、萌絵たちが着ぐるみをつれて前宮にいたことに腹を立てていたらしい。が、それで武井は石神教を疑い、藪内を呼び出したのだから、因果はめぐるというものだ。

一心派は実力行使するでもなく一度きりだったこともあって事件として扱われはしなかったが、警察から厳重注意を言い渡された。

「しかし、あの宝探しで負けたあと、一心氏やけにあっさり引き下がったけど……。なんかあったの？　急におとなしくなっちゃってたけど」

「ああ……。そのことなら」

理由は忍が知っていた。一心が御室《みむろ》でミシャグジ降ろしを敢行していた時のことだった。

「なんでも諏訪頼重《すわよりしげ》の霊が乗り込んできて、それはそれは恐ろしい目に遭ったんだとか」

「なにそれ。恐ろしい目ってなに？」

忍の視線がじーっと萌絵に向けられた。萌絵は「私？」と言い、慌てて否定し、

「なんですか。私はなにもしてませんよ。なんにも」

「つか、宝探しの時、あんたずっと寝てたんでしょ？　お香でラリっちゃって」

「言い方。ラリってないし」

「護氏が、あん時なんか言ってたんだよ。蛇行剣のことも、たしか、ヤサカトメが諏訪頼重を口寄せしたとかなんとかで、知ってたみたいな、あれは一体……」

　こほん、と忍が咳払《せきばら》いした。実は忍だけが事情を知っている。あの後、お香酔いした萌絵は、御室の中で大暴れして一心を恐怖の底にたたき落としたのだが、本人は覚えていないようなので、あえては何も言わなかった……。

「まあ、お灸《きゆう》据えられてよかったんじゃないかな。前宮手に入れるとか、妄言も甚だしかったし。これで少しはおとなしくなるだろうね」

　石神教は、正式に護が教主を継いだという。

　ただ書面上は都築《つづき》が代表を務めることになった。護が社会的に教主と認められるようにするためには、まだ少し時間がかかるからだ。

　祥平が出頭したことで、道心の養子たちの過去も明らかになるはずだ。事情聴取でどこまで掘られるかはわからないが、事によっては世間が騒ぎだすかもしれない。そのときはそのとき。都築が責任をもって対処すると約束した。

　石神教自体は、護が言っていた通り、一般社会に開かれるよう方針転換するという。石室や石祠《いしぼこら》がたくさんあった裏山も開放し、一般見学コースを設けようという話も出ている。蛇行剣は博物館に科学鑑定を頼み、正式に古墳調査も行おう、という流れになってきたようだ。その時はぜひ無量に、といまから頼まれてもいた。

ただそれも、亡き道心が犯した罪について教団として禊《みそ》ぎを終えてからという話になるだろうが。

——理恵《りえ》さんにもぜひ、息子さんたちをつれて、見学にきて欲しいそうだ。

都築が伝えた。自分が多田透《ただとおる》であることは、最後まで口にはしなかった護だが、理恵は理解している。大きな騒ぎになるのを嫌う彼らだから慎重になるしかないけれど、少しずつ少しずつ、家族として失われていた時間を取り戻していくのだろう。

——そのためにも変わらないといけない。

——石神教は秘密教団などではなく、地元のひとや、ふつうのひとたちに親しまれ、どこにでもあるお寺のように、心のよりどころになれるように。

「つか……不思議なのは、なんで護さんはニケが出た時、俺に電話かけてこられたんだろ。だいたい番号知らないでしょ」

「根石《ねいし》氏経由だったそうだよ」

「え？　そんなはずは」

「正確には一心派に潜入して情報リークしてた都築派の信者が、護さんにも報告を入れてたんだとか。理恵さんのこともそこから知ったらしい」

萌絵と無量は顔を見合わせた。忍は弁当の唐揚げを口に放り込んで、

「……護さんは世捨て人なんかじゃないよ。本当のところは結構な策士なんじゃないか

な。もしかしたら都築をけしかけたのも、彼かもしれない」

それもこれも石神教という船を正しい航路に転針させるためだったのだろう。

結果として、それが実を結んだわけだ。

そこへ発掘現場のほうから理恵がやってきた。

「あら、無量くん！　だめじゃない！　こんなところで着ぐるみ脱いじゃったら！」

「理恵さん、先に弁当いただいてるっす」

「もう。子供たちがみてるんだから、頭は隠して。頭は！」

理恵はあれから、すっかり明るくなった。無量が子供だった頃の「理恵おねえさん」に戻ったようで、生来の潑剌《はつらつ》とした笑顔を見せるようになった。かつてのように甲斐《かい》甲斐《がい》しいお節介までしはじめて、やることなすこと、遠慮がなくなった。

「も……もう大丈夫っすよ！」

「大丈夫じゃない。あ、ほら。こんなとこにごはんつぶつけて」

ふたりにとっては子供の頃のまんまのやりとりなのだが、仲が良すぎて、萌絵は無性に嫉妬《しっと》にかられてしまう。

「相良《さがら》さん……。最近あのふたり、距離近すぎませんか」

「うん。まあ、子供の頃からの仲だしね」

「仲ってどういう仲ですか」

「あ、理恵さんは無量の初恋のひとなんだよ。言わなかったっけ？」

「ええっ！　聞いてません！」

「はじめてプロポーズもしたって」

「プププロ……！」

ゆゆしき事態だ。萌絵は慌ててふたりを引き剝《は》がすため、無理矢理、麦茶ポットを握って間に割って入った。ささやかな抵抗だ。

一息つくと、理恵は発掘現場で見学者に説明をしている入来《いりき》たちのほうを眺めて、穏やかな表情になった。

「……やっぱり発掘現場っていいね。土から出てくる遺物を手にとって、久しぶりにワクワクした。はじめのうちは怖かったけど」

初心にかえったというべきか。……その後、理恵は自分の経歴詐称を自ら穂高たちに申し出ていた。穂高は理恵の気持ちを汲《く》み取り、特段のペナルティも科さなかったが、それでは気が済まないという理恵に研究室での整理作業を頼んだという。理恵は来月から通うことになる。いろんなことが起きた嵐のような数週間だった。悲しみや後悔に暮れた日々を一気に取り戻していくような。失われたものを取り戻していくような。

理恵は心を決めたようだった。

「私ね。やっぱりもう一度、勉強しなおすことにしたよ。縄文時代の石器研究。あの事件以来、投げ出したままだったから。やっぱりちゃんと研究と向き合いたい。宇治谷《うじたに》さんの気持ちにこたえるためにも」

「いいことだと思います。もう充分、禊ぎはし終わったはずですから」

忍はあの捏造《ねつぞう》事件をリークした相良悦史《えつし》の息子だ。その忍から言われると、どこか許されたような思いがするのだろう。

「捏造事件のことは一生背負っていく。間違えてしまった経緯《いきさつ》もちゃんと自分の言葉にしなきゃね。後世のひとが同じ轍《てつ》を踏まないためにも。明らかにしなきゃいけないよね。少しずつでも、それが私の責任だと思うから」

まっすぐに前を向いた理恵の言葉を聞けたことは、無量にとって何より嬉《うれ》しかった。消すことができない過去はあっても、前を向けば、新しいものに塗り替えることはできると、理恵は透から教えられたにちがいない。簡単ではないことも、無量はよく知っている。祖父はそうなる前に心を病んでしまった。だが、理恵は若い。時間があるということは、それ自体が希望なのかもしれなかった。

と同時に、右手のことを理恵に知られないでよかった、と無量は思った。片方だけの革手袋には理恵も気づいていて訊《き》かれもしたが、学生時代の怪我とだけ答えていた。おかげで無用な罪悪感を背負わせずに済んだ。理恵の笑顔を守れたことに満足していた。

「なんかあったら言ってください。力になります」

「ありがとう。無量くん。忍くん」

そういえば、と理恵はふと思い出してコップを抱えた。

「あのログハウスから私を助けてくれたあのひと……。どこで何をしてるのかな」

無量が祥平とともにニケの交換に出た後、別荘に残された理恵を助け出した者がいた。助け出したばかりか、石神教まで連れてきた。

「祥平氏の指示で藪内に連れてこられたんじゃなかったんですか？」

「ううん。外国人だと思う。ピザの配達にきた、と言ってやってきて、頼んだの頼まないの、見張りと言い合いになって、そのうちに気がついたら見張りが縛られてて、私を助け出してくれたの。石神教に私を連れて行ってくれたのもそのひとなんだけど」

名も名乗らず、まるで正義のヒーローのように、助けて送って去っていった。

「サングラスにフードかぶってたけど、ハリウッド俳優みたいなイケメンさんだった。こう、体つきもよくて、日本語も堪能《たんのう》で……。都築さんの友達みたいなことを言っていたけど」

たちまち無量が真顔に戻る。萌絵も神妙な顔になった。

サングラスをかけたハリウッド俳優……ときいて、ふたりの頭に浮かんだのは、同じ人物だったのだ。

ジム・ケリー。

あのやたらと目立つ米国人だ。イリノイ考古博物館の学芸員。

が、すぐに打ち消した。こんなところにいるわけがない。そもそも日本にいるはずもない。だが──。

自分たちを見張るように、ずっと駐まっていた車。それに忍の言葉。

――大丈夫だ。理恵さんなら心配いらない。

押し黙ってしまった無量を見て、忍は箸《はし》を置き、手元のせんべいに手を伸ばした。

「都築はあれでいて顔が広いから、思いもよらないところに人脈がある。英会話教室もやってたっていうから、その知り合いかもね」

「そうだったんですか」

「おーい！　西原くん、相良くん！」

そこへ格闘家風スキンヘッドの初老男性が若い男をつれてやってきた。

見れば、ふたりともゴザを編んだような衣を身に纏《まと》い、足は素足だ。

岡野《おかの》と都築ではないか。

「岡野カントク。都築サン。なんすかその格好は」

「縄文人の格好だ。縄文フェスというからには、衣装から決めてこないとな」

「どうだ、なかなか似合うだろう。今度の発掘も素晴らしい収穫がたくさんあったそうじゃないか。見てきたぞ、半人半蛙《はんあ》の深鉢に人面香炉形土器。大したもんだ」

岡野は上機嫌だ。

「写真を撮ろう！　記念写真だ！」

「あ、ちょっとカントク……っ。まだ喰《く》ってんすけど！」

縄文人コスプレをした岡野に無量は無理矢理連れて行かれてしまう。理恵は明るく笑っている。苦笑いしている忍を萌絵はじっと見つめている。忍が何かごまかそうとしているようにみえたからだ。今こそ真偽を確かめようと思い、問いかけようと口を開きかけた時、萌絵を遮るように、先に語りかけたのは都築だった。

「縄文フェスで注目を浴びていることだし、俺の縄文学校のほうも、これを機に実現に向けて準備をしようと思ってる。それで、だな。もしよかったら、相良。俺を手伝ってくれないか」

　都築からの突然の申し出に、忍は驚いた。

　目を丸くして、驚いた。

「あれから色々考えたんだが、もし俺がおまえの言うとおり、龍禅寺《りゅうぜんじ》の亡霊から逃れられてないんだとしたら、その亡霊を打ち払う蛇行剣が、俺には必要だ。相良、おまえさえよければ、俺の蛇行剣になってくれ。経営パートナーになってくれないか」

　これには萌絵もびっくりだ。忍はもっと驚いている。

「経営パートナー……？　俺が？」

「俺が鳳雛《ほうすう》学院と同じ轍《てつ》を踏むことがないよう、監督してもらえないかと言っている。私学を共同経営する。どうだろう」

　プロポーズの場面に居合わせてしまったような若干の気まずさをおぼえながら、萌絵も緊張して忍の返事を待った。忍はしばらく目を丸くして立ち尽くしていたが、

「……………。ありがとう。都築。だが、俺には俺の、やらなきゃならないことがあるから」

あっさりふられた。

都築は苦笑いをして、手にした石器の農具で土を何度か叩《たた》いた。

「そうか。そうだろうと思ったよ。だが、今すぐでなくてもいいんだ。何年後かでも、何十年後かでもいい。一緒に何かやろう。おまえと何かを成し遂げてみたい。頭の片隅にでも置いておいてくれ」

「そんな奇抜な格好で言われたら、二度と忘れやしないよ」

「まったくだ。さあ、なら、ひとつ。縄文人らしいことでもしてみせようかな」

都築は照れのない男だ。

客に向かって人集めを始めた。これから縄文ライブをするという。縄文クッキーの宣伝も始めている。

「バイタリティのあるひとですね、都築さんて……」

「ああ。鳳雛を出た人間の中では、たぶん、一番まともな人間になったんじゃないかな。あいつは」

都築を見守る忍の目が優しい。その目を見て、やはり、と萌絵は思うのだ。

この優しい眼差《まなざ》しこそが、忍の本当の姿だ。これが裏も表もない、忍の素顔だ。忍の真心なのだと。

彼がどんな顔をどれだけもっていようと、自分たちが知る忍こそが、真実だと。

信じていたい。いや、信じよう。

「思い出した。ひとつだけ、気になってたことがあるんだ」

忍が考え込むように言った。なんです？　と訊《き》くと、

「護氏が言ってただろう？　子供の頃、御室で自分にミシャグジをおろした時に『最後の暗号』が読めたって。その意味が解けたって。あれって、無量が気づいた東西南北ってこととはちがうような気がするんだ」

「ああ……。そういえば」

それが何とはとうとう聞けなかった。

御室でミシャグジをその身におろし、大祝《おおほうり》そのものになった護は、あの暗号にいったい何を見たのだろう。

「……それは、いつか解けるかな。図像学で」

忍は白く雪をいただく甲斐駒《かいこまが》ヶ岳《たけ》を眺めて、小さく微笑んだ。

「解ける日がくると、信じるよ」

「そうですね。それは現代人の力で解きましょう。私も図像学挑戦してみようかな」

「また神様おろしてみる？」

「はは、それだけはもう勘弁です」

忍は立ち上がって、大きくのびをした。

「さあて。じゃあ、もうひとふんばりがんばろうか。永倉《ながくら》さん」

「はい。縄文フェス、盛り上げましょう」

縄文遺跡のあった土の上で、現代人たちが音楽に合わせて踊っている。歌声が響いて、高原の町はひときわ賑《にぎ》やかだった。

冬の訪れの前に、縄文人たちが収穫を祝ったように。

次の春の芽吹きを祈りながら、彼らも祝祭のときを持っただろう。

目に映る様々なものに神を感じながら、祈りを捧《ささ》げたのだろう。

形を変えながら、この土地で、人々はそうやって生きてきたのだろう。

萌絵には感じることができた。

何千年か前にも、自分たちとよく似た人たちがきっと、ここでこうして笑っていたと。

華やかな紅葉に彩られた山々も、間もなく色褪《いろあ》せていくだろう。

白い季節がやってくる。

色彩豊かな里山の向こうから、冠雪した南アルプスが巨《おお》きな神様のように、身を乗り出して、こちらを見下ろしている。

遠《はる》く望む純白の富士に祈りを捧げて、生命を謳《うた》う。

遥かな縄文の歌が、この大地には響き続けている。

主要参考文献

『井戸尻　第8集』　富士見町井戸尻考古館 編・発行
『藤内　先史哲学の中心』樋口誠司・小松隆史・小林公明　富士見町教育委員会
『日本原初考　古代諏訪とミシャグジ祭政体の研究』古部族研究会 編　人間社文庫
『日本原初考　古諏訪の祭祀と氏族』古部族研究会 編　人間社文庫
『日本原初考　諏訪信仰の発生と展開』古部族研究会 編　人間社文庫
『甦る高原の縄文王国　井戸尻文化の世界性』井戸尻考古館 編　言叢社
『神長官守矢史料館　周辺ガイドブック』茅野市神長官守矢史料館 編・発行
『縄文のメドゥーサ　土器図像と神話文脈』田中基　現代書館
『諏訪学』山本ひろ子 編　国書刊行会
『かもしかみち』藤森栄一　学生社

取材にご協力いただきました富士見町井戸尻考古館の小松隆史館長に深く御礼申し上げます。

なお、作中の発掘方法や手順等につきましては実際の発掘調査と異なる場合がございます。

また考証等内容に関するすべての文責は著者にございます。

方言監修をしてくださった宮坂浩見様はじめ、執筆に際し、数々のご示唆をくださった皆様に心より感謝申し上げます。

本書は、文庫書き下ろしです。

遺跡《いせき》発掘《はっくつ》師《し》は笑《わら》わない

縄文《じょうもん》のニケ

桑原水菜《くわばらみずな》

平成31年 1月25日　初版発行
令和6年 11月25日　7版発行

発行者●山下直久

発行●株式会社KADOKAWA
〒102-8177　東京都千代田区富士見2-13-3
電話　0570-002-301（ナビダイヤル）

角川文庫 21417

印刷所●株式会社KADOKAWA
製本所●株式会社KADOKAWA

表紙画●和田三造

ISBN 978-4-04-107221-9　C0193

◆◇◇